中公文庫

目白雑録 I

日々のあれこれ

金井美恵子

中央公論新社

目白雑録I——日々のあれこれ●目次

目白雑録Ⅰ——日々のあれこれ

頭の中身

二〇〇二年四月

足かけ五年というのは、ある意味ではあっという間に過ぎたと言ってもいいのだが、それだけの時間をかけて（費やして、という、なんとなく古めかしい言い方を思い出さないわけでもないが）、「群像」に連載していた長篇小説が、去年の八月号で終り、今年の一月に『噂の娘』が上梓されて、なんと言うか、しばらく一種の放心状態が続いている。

脱稿・刊行後の放心状態などと言うと、まるでなんだか、こう、作家生命を賭して全てを書ききった問題大作でも書きあげたように聞えるかもしれないが、別にそういうものを書いてきたわけではなく、長い時間をかけて書きつづけた『噂の娘』の世界と、うまく距離をとれないような感じと言ったほうが正確かもしれない。小説を書くということは、ひどく疲れる作業で、思い出してさえ、胃のあたりは重くなるし首筋は凝り背中と腰が痛くなって頭がぼうーっとしてくるほどなのだけれど、それは書いている最中におこる症状と言うよりも、机に向って、タイトルだけ書いてある原稿用紙に、ボールペンで、最初の言葉を書きはじめる前に、長く続く症状で、そうした状態というのは、何をどう書くのかいろいろと構想を練っているから苦痛なのかと言うと、全然そうではなく、ただ「書くのがいやだ」という、いわば一種ウツ的な悪夢と闘っているからだ、と言うのも、まったく事実ではなく、むしろ、「書くのはいやだし、書きたくない」という、この三十五年間の個人的な口癖でもある言葉をめぐって、あれこれと毎月、十日間程考え続けるのが、肩の凝《こ》りやら首筋の凝りの原因で、それも、むろん、軽いストレッチ運動を入浴後に行えばそう執拗につきまとわれずにすむ程度のものなのだけれど、頭の疲れはなかなか取れないので、つい、ぼうーっとしたまま、テレビを見たり、雑誌や新聞の類いを読んでいると、そこで語られたり、書かれたりする言葉に、苛々することや腹の立つことが無数にあって、その度に、小説の連載が終ったら、書いてやる、と思うのだけれど、その度、それを書きとめておくとか、雑誌なら付箋を張り、新聞なら切り抜くという手間をいちいち取るのも面倒なので、忘れてしまったことも多いものの、とりあえずは、新連載の始まったエッセイの一回目に書くのは、書きたいと、それをテレビで見た時から、あきれはてて思った、中年の、哲学的で、しかもマッチョじゃないと称される小説家の発言についてです。

　ＮＨＫの衛星第二放送に「新・真夜中の王国」という若者向け情報番組があって、内容がいかにも中途半端なのは、まあ、テレビの本質だから、それはそれとして、音を消して見るともなく見ながら、寝そべって考えごとをしていると、頭頂部のやや薄い、どこかで見た顔の中年男が、番組の二人組ホステスのタレントだか女優を相手に、何か喋っていて、これはあれじゃないかな、と音を入れてみると、最新作の、日々のなにげない生活の時間に思索の時間が重層して移ろう静かに波立つ空間を描いた、と、私が編集者だったら、それが仕事なので「帯」に書くかもしれないけれども、ほとんど、苛立しい退屈さしか読後感のない小説を出したばかりの小説家で、タレントだか女優の、チープなファッションが愛らしい二人のネエちゃんは、彼の小説のファンらしく、その小説が、凄く感じが良くて、なんていうか、ほんわかした気分になって、でも、シンとした読後感が残る、と言い、一人のネエちゃんは女優だったと見え、映画化されたら、あたし、絶対、出演したい、とまで言って、興奮気味に小説家を持ちあげ、当の小説家も、テレビ出演には慣れていないので、硬くなって恥し気な素ぶりではあるけれど、まんざらではないようにヤニ下り、女優が、やや舌たらずな発声で小説の一節を朗読したりして、そこまでは、まあ、見るに堪えない、という程のものではなく、たとえば、同放送局が力を入れて宣伝しているBSデジタル放送のコマーシャルに出て来て、同放送局のBSデジタルのドキュメンタリー、競争率の高さが異常に高い北京の映画学校演技科の受験を目ざす少女たちの一カ月を追う、という番組について、BSデジタルの高画質の画面の鮮明さは、「彼女たちの心の中まで映し出すようだね」と、北関東のナマリでニコニコと朴訥な笑顔で、全共闘世代の小説家が語る時の、BSデジタル放送の高画質・高音質を実現する受像機BSデジタルテレビではなく、普通のテレビ画面でも、お前の頭の中身はまる見えさ、というまでの感想を持つにはいたらなかったのだ。

ところが、後で人に聞いたら、この二人のネエちゃんがホステスを務める番組は、インタヴューのおわりに、ゲストが男の場合には、ゲストの男に「ところで、二人のどっちがタイプですか？」と質問するのが恒例なのだそうで、中年男性作家もそう質問されたのだった。

質問に対して、やや、戸惑いと困惑の沈黙があり、中年男性作家は無邪気な恥らいと、正直であらねばという思いもこもごもに、顔面ばかりか、薄く地肌の透きとおる頭頂部まで真っ赤に染めて、※※ちゃん、と、一人のネエちゃんの名前を口にし、嬉しそうに相好を崩し、あたかも自分の無邪気で無防備な率直な正直さを誇るように、なんと、かあいいから、と付け足したのでした。彼の口にした※※ちゃんは、小説が映画化されたら、出してほしい、と売り込んでいた方のネエちゃんではないので、こっちは意外にも受けてしまった屈辱に少し顔をひきつらせる一方、※※ちゃんは、うわぁーっ、と幼稚園児のように両手を打ちあわせて、嬉しそうに笑う始末。

もし、そう質問されたのが、哲学的思索を日常的空間でほんわり実践される小説を書く中年男性作家と苗字が一字違いの野坂昭如だったら（かつての、と書き加えておくが）、答えたら、寝てくれるんですか？　と、侮蔑的な薄笑いを浮かべて、ぴしゃりと答えただろうし、中年男性作家が尊敬する田中小実昌だったら、そんなこと聞いちゃ、いけないよ、そんなこと聞くのは馬鹿だよ、と、馬鹿な娘たちの売り込みに対する同情と不快さの混りあった韜晦《とうかい》の表情で怒ったのではないだろうか。

さて、若い男女の交際方面の感覚については、よくはわからないけれども、どっちがタイプ？　といったような質問は、ダブル・デートとか合コンとか、そういったような場で、ごく軽く口にされる、一種の言葉遊びとして、ありふれたものなのかもしれない、とも思うし、若い娘たちの男に対するコケティッシュなからかいで、どう答えたかが、その男に対する判断になるわけなのだから、テレビの情報番組のインタヴューにおいては、二人の女優たちの質問は、上品で知的とさえ言ってもいいのだ、という考え方もあるかもしれない、とも思うし、男性作家という存在に、と言うか、作家というものに求められているのは、率直な、その場にふさわしいジャーナリズム的な意見なのだ、という考え方もあるかもしれないのだから、同時多発テロでも、田中眞紀子の進退問題でも、鈴木宗男をめぐる疑惑でも、メディアの中で、何かの意見を求められたなら答えなければならない、と思うのは当然で、無責任にいろいろと間の抜けたことを言ったり書いたりして、頭の中身の乱雑さと軽さを見せることに対して、私は文章を書いて金銭を得るという職業を通じて、理解もしているつもりだし、一概に批難したり馬鹿にするつもりもないのだが、読んだり聞いたりしていて苛々することは、年中ある。

足かけ五年、一九五〇年代の地方の小都市の商店街を主な場所とした小説を書きながら、書きたくないし、書くのがいやだ、という気持（というか、精神状態）と、ずっと共生していたというのは、別に今にはじまったというわけではなく、まあ、考えてみれば、小説家になった頃からそうだったわけで、それなのになぜ長いこと書きつづけて来たのかと言えば、書きはじめるまでの時間——原稿用紙や辞書や参考資料や何やかやの載っている机までの距離が、ひどく遠く思われて、なかなかそこへたどりつけない——の耐え難く寄るべのない倦怠感に比べれば、一度、書きはじめてしまえば、万事快調とまでは言わないにしても、実は楽しいことのほうが断然多いからなのは確かで、去年の八月以来、信じがたいことに、小説を書いていないものだから、欲求不満状態になりかかっているような気がしないでもない一方、書きおえて「本」の形になった小説は、読者にゆだねられて「書評」の対象になることで苛立しさを増加させる。

以前、蓮實重彦が、書評というのは本の万引きに似ている、と書いていたことがあって、それは「本」の万引きは古来大目に見られて犯罪扱いされないのと同じように、短い書評は批評として機能を果してはいないのだから批評とは言えない、という程の意味なのだが、ブックオフが近くに出店してから、大量にごっそりと本を万引きするケースが増えて、本の万引きは立派な犯罪だ、と怒る本屋の主人をテレビで見たし、ジャーナリズムには「書評家」という肩書きを持つ書き手もいるし、「書評の名手」と称される書き手もいて、年配の編集者などは、朝日新聞に書評が載ると以前だったら増刷になったものだ、と、どうもその因果関係がわかるようなわからないようなことを言ったりもするし、こちらも書評の原稿は頼まれもするわけだから、誰がどこに書評を書くかということは、そこに属している関係者の間では、ちょっとした「問題」であり、作者としては、可能なかぎり、小説を読む能力のある書き手に書いてもらいたい、と願うものである。小説を読む能力というのは、もちろんピンからキリまであるし、その能力の質（カヴァーしている教養の幅や広さ、文学観、センス、と、いろいろな物が含まれている）までは問わないにしても、最低限に要求されるのは、やはり、小説というものを好きかどうかという一点かもしれない、といった、多少高級なことを私は要求しているわけではなくて、小説を読んで批評を書こうとするからには、せめて辞書を引くくらいの手間を厭わない程度の努力が必要ではないか、と言いたいのだ。

たとえば、『噂の娘』について、平岡篤頼《とくよし》は、〈むやみと反復される《ジョーゼット》とはどんなものか、《ドロンワークでかがる》とは何をどうすることなのか、《白いピーターパン・カラーでドロップ・ショルダーのブラウス》とはどんなものか、男の読者は知る由もないから降参するが、実はそれも多彩な色の羅列同様、ほぼ機械的に反復されるから記号として処理されているだけだと観念すると、色恋沙汰特有の艶めかしさの完全な欠如と、反対に『秘密の花園』の繰り返し挿入される空想場面の匂うような官能の密度の濃さも、意図的に作者によって対置されたものであることが了解される〉(「文芸時評」「新潮」四月号)と書いていて、私は「作者」なのだから、この読みは、作者の意図とはまるで違うし、間違っている、という権利も資格もあるけれど、そうした正当な主張をする以前に言っておきたいのは、ジョーゼット、ドロンワーク、ピーターパン・カラー、ドロップ・ショルダー、などという言葉は、どんな国語の辞書にも載っているし、「女の読者」なら、ほぼ百パーセントが知っているごくありふれた服装用語に、なぜ、〈知る由もない〉のが当然であるかのようにすませようとするのか、という疑問である。

「女の読者」なら誰でも知っていることなのだが、〈知る由もない〉人たちも辞書をひけば、ドロンワークの〈「drawn work」(手芸で)麻地や絹地から糸を抜き、その部分をさまざまな模様にかがったもの。オープンワーク〉(集英社『国語辞典』)という、「男の読者」は何が何やら余計にわからなくなる説明もあれば、〈麻布などの織り糸を何本か引き抜き、残った織り糸を束ねて透かし模様を作る刺繡。テーブルクロス・ハンカチなどに用いる。抜きかがり刺繡。〉(小学館『大辞泉』)とあって、小さな説明用の写真が載っているのだけれど、その写真がドロンワークではなくレース編みだったりするのもあり、講談社『日本語大辞典』は小学館とほぼ同じ説明で、写真はドロンワークが載っている、といった違いはあるものの、面倒くさそうで手間のかかる手芸なのだな、という程度のことはわかるはずだ。

〈男の読者は知る由もないから降参するが〉と、平岡氏は書くのだが、もちろん、氏にしてもそれがフランス語の小説で、翻訳でもしなければならないとすれば、とりあえず辞書くらいは引くだろうし、もう少しは真面目に読むだろうから〈ほぼ機械的に反復されるから記号として処理されているだけだ〉などと、ちゃちな暗号を解読するかのようにあっさり〈観念する〉だろうか？　いや、やっぱりするな。

同じように何種類かの布地の描写のある『柔らかい土をふんで、』について、「新潮」で、どういうわけか「文芸時評」を書いていた養老孟司が、そんなことを書かれたって、何が何だかわからない、と、噴然とした調子で書いていたが、自分のまったく知らない、しかし、たいていの女なら知っている女子供の服飾や手芸についての言葉が出て来る、というだけで一種の拒否反応をおこすのは、もちろん、ある種の男特有の現象だろう。

それで思い出したのだけれど、誰だったか、女の小説家が、自分の小説の中には、パンタロン（当時、流行していた）とかそういった流行物の名前は書かない、時間がたつと古びてしまって通用しなくなる物＝言葉の使用はしない、と書いていたことがあって、ふん、流行の推移より純文学の小説の絶版になる時間の方が早いよ、古びるだのなんだのって、心配しなさんな。考えてることが、まるで男だね、と思ったものだ。

それで、また思い出したのだけれど、岩波文庫のハックスリの『恋愛対位法』に、女の登場人物が「ヴォーグ」を読むところが出て来て（あるいは、「ヴォーグ」風のファッションを身につけている、という描写だったか）、「ヴォーグ」に註がついていて、流行婦人服装雑誌のことらしいが、詳細は不明、と書いてあったのには、それを読んだのが、ほぼ四十年近く前の高校生の時だったけれど、ほとほとあきれた。今でも、訂正されずに同じ註が『恋愛対位法』には付いているのだろうか。ヴァージニア・ウルフの『ダロウェイ夫人』が着ていて、縫い目のほころびを繕うことになる緑色の「クレープ・デ・シン」に註は付いていなかったが、男の訳者にこの布地の意味はわかったのだろうか。

「オヤジ」の言説に抗して　二〇〇二年五月

人口密度のわりにしては、スーパーマーケットが一軒しかないせいもあって物価が高い、というのが、いろいろな意味で中途半端な町である目白の特徴の一つだったのだが、四年程前にやや高級系スーパーの丸正が出来たのがきっかけになって、競合店がないせいで、のんびりといい商売をしてるとしか思えなかった目白ピーコックストアも変革しないわけにはいかなかったのだった。

その頃、ピーコックストアには、非常に感じの悪い中年男の店員がいて、いっさいやる気がないと言ったふうの不満そうな表情と態度でダンボールを積み重ねた台車で客にぶつかりそうになりながら、さも邪魔だといわんばかりに商品を棚に並べたり、お客の奥様たちの質問に対しては、嘲笑的としか言いようのない受け答えぶりをするので、店内に置いてある「お客様御意見箱」に、あいつのことを書いて入れてやろうか、と姉と私は言っていたのだったが、ある日、姉がそれはやめたほうがいいと思う、と言うのだ。

新聞で大手スーパーのリストラの記事を読んだけれど、それは悲惨な実態で、リストラされた挙句、ホームレスになってしまったという店員もいるというのだから、私たちの投書がきっかけで、あいつがリストラされてホームレスになっちゃったら寝ざめが悪いよ、ピーコックにはなるべく行かないで、生協の個人宅配の会員になればいいじゃないの、新しいスーパーも出来るしさ、と言うのである。

それからしばらくして、ピーコックストアが改装された。青山店も自由が丘店もそうだったのだが、この店の入口の正面のガラス戸は灰色のブラインドで塞がれている印象で、陰気このうえなく、看板の照明もひどく暗いから、店のまん前まで行って確かめないと、開いているのか休店なのかわからなくて、むっとさせられたものだったが、それも、そこそこ改善され、丸正で始めた、各種特典付きお客様カードというのも導入されたのだった。買物の度にレジで渡す磁気カードで、買上げ金額によってポイントが加算され、何百ポイントにつき五百円の商品券が発行される、という仕組みになっていて、文房具の銀座の伊東屋（私は、ここの原稿用紙を三十年来使っている）のメルシー券とか、目白の行きつけのクリーニング屋とかコーヒー豆屋や雑貨屋のハンコを押してくれる形式のポイント・カードやらで財布の中はゴチャゴチャしている始末。ポイントがいつの間にか溜って、千円で一ポイントで三十ポイントで千円分がタダになる、というコーヒー豆屋の場合、単純計算では、三万円で千円のサービス、ということになるはずだけれども、一回に買う金額が千八百円とか千九百円という時にもポイントは一点なのだから、もちろん、凄くサービスされている、ということにはならないにしても、すぐに三十ポイントは溜ってしまうものだけに、ポイントが三十になって千円割り引いた金額の、二百グラム千百円（消費税抜き）でコーヒー豆を買うと、百円だから、なぜか、ひどく得をしたような気になってしまうのだ。行きがかりというか、なんとなくというか、ピーコック・カードというのは作ってしまうことになり（なぜか、丸正のカード会員にはなっていないのだが）、年末には、七千円か八千円の商品券と交換できることになると、なんとなく得をしたような気分になってしまう、というのも、断然シャクにさわる話で、ここから、たとえば、地域通貨貨幣の話になっても不思議ではないところなのだけれど、そうではなく、さらに話はピーコックストアの売場フロアに停滞するのである。

デパート系のスーパーマーケットが売り上げを伸ばしている、というのは近頃新聞の経済欄で読んだのだが、それはともかくとして、カード制度を、いくらか後発に導入したピーコックストアは、先日、丸一日をカード会員専用のバーゲン・セール日に定め、招待ハガキ持参のお客様に全商品十パーセント引き、冷凍食品三十パーセント引きのセールを行ったのである。オリーヴ油と醬油とヨーグルトとネコカンが切れていたので、それを買いに行くと、むろん店内は、いつになく混雑していて、もともと狭い店内の通路をふさぐようにして、カートに商品を山積みした五十がらみの女性（今時のファッション用語でいうパンツではなく、スラックスにベージュの木綿の帽子を着用）と、男の店員がもめていて、それはどうやら、カード会員のみ入場可能のセール会場に、非会員が入って買物をしている、ということを店員がとがめたことが原因らしいことは、女性の方は、それなら一割引きではない金額を払えばいいのだろう、と昂ぶった大声で言っている様子で見当をつけたのだが、どうして、たかだか全商品一割引きのバーゲン・セールの場でそういった言い争いにまで至ったのか、一部始終を見ていたわけではないから理解には苦しむものの、二人のやりとりを小耳にはさんで、啞然としたのは、中年男の店員（これは、前述の店員とは別人）がもめにもめた末に口にした、それでは私が懲戒免職になるんです、という言葉だった。懲戒免職というものが、法的には、労働者の企業秩序違反に対して制裁として行われる解雇で、そうされた者は退職金に対する権利を失うというものだというくらいのことは、労働問題に疎い私だって知っていることなのだから、スーパーマーケットの労働者（もしかしたら、男のパート社員？）である中年男が知らないはずもないだろうし、おそらくは、サラリーマンの家庭の主婦であろう女性も知らない訳がないのだ。

　さて、この、偶然、耳にすることになり、おそらくは無意識に発せられた懲戒免職という言葉について、不況下の労働問題（ようするにリストラ）の過酷さを語ることも可能ではあるのだが、私としては、そうではなく、この際、オヤジの無知という話に持って行きたいのである。

と言うのも、先日とどいた私の卒業した県立女子高校の同窓会報に、現在の校長（当然、オヤジ。私の卒業した女子校に女性が校長になったという例は知らない）が書いている文章を読んだせいでもある。〈本校は103年目を迎えますが、同窓会は本年が100年目――この、数字の表記の仕方にも、引用者は違和感を覚えるのだけれど、それはともかく――とお聞きしております。心より御祝い申し上げます。／さて、学校では昨年も生徒が、文武両面において大いに活躍してくれました（傍点は、もちろん引用者による）。今回は、日常生活のなかで、**校訓の明朗闊達・向学叡智・品位清楚**（ゴチック表記も、むろん、引用者による）を実践してくれた後輩の事を紹介させていただきたいと思います。〉と、書いてあるのを読んで、校長（写真を見ると四十五から五十五歳くらいの、オヤジだが、私より年齢は若いかもしれない）が四文字コトバを好む質《たち》だということは、なんとなくわかるけれど（四文字コトバの校訓というのは、私が卒業した後で作られたのだろう、聞いたことがない）、文武両面というのが、いくら、拓殖大学の名誉総長になって白馬に乗って入学式だかなんだかに臨んだ元首相の出身地の県立高校だからといって、文武などという死語が通用するわけもないだろう。普通には、勉学、スポーツ共にとでも言うところに、文武ときては、意識的なのかどうかは定かではないけれど、右翼というよりは、無知のセクハラを連想してしまうところだが、この女子高校は、確か私が在学中に「ナギナタ部」というのが復活したはずで、私の知りあいのおばさんの同級生の戦前からハリキリ愛国少女だったという体育教師が部長をやっていたから、全国高校ナギナタ大会でイイセンのところまでいったのを、「武」と称しているのかもしれないが、なにしろ、ますますバカになっている、としか思えない。私が在学していた頃は、県立の男子高校（群馬県は、今でも男女別学なのだ）から回って来た校長が、「ウチのお嬢たち」と、美空ひばりのおふくろのように連発して、それでも、とりあえず、生徒たちのヒンシュクを買っていたが、それはそれとして、オヤジというのは、また、たとえば、「北海道は寒くない」と言い張ったりする。

絶対的に寒かったですよォ、と、疑わしそうに言う、とりひき先のアンチャンに向って、北海道はサッポロ出身のオヤジは、目白の喫茶店で、絶対に、寒くないと言い張り、だって、こういう喫茶店なんかでも北海道では、もっとずっと室温を高く設定してるから、東京より暖かなのだ、と言い、アンチャンは、そうすっかねえ、でも、寒いっすよォ、と、反論するのだが、オヤジは、絶対に寒くない、と主張し、それは、よく考えてみると、「寒い」というのが気候上の地域差ではなく、ある種の「遅れ」を意味する「差別」だと思い込んでいるせいかもしれない、と、インタヴューのために約束した時間を二十分すぎても、まだ現われない北海道の新聞社の記者を待ちながら思ったのだった。

たとえば、かれこれ二十年程前、韓国の大学で一年程講師をやって帰って来た少壮学者（オヤジになりたてのホヤホヤというところ）が、「アイゴー」という言葉は、「哀号」という漢字で日本人がイメージするのとは違って、もっと軽いニュアンスで、あらゆる場合に使われる言葉なのだ、と解説してくれたので、たとえばキムチが辛いっ、という時なんかも、アイゴー？　と言うと、突然、顔面をひきつらせて、キムチは辛くない、と、まるで、辛いということが差別であるかのように、主張するのだった。ようするに、オヤジというものは、様々な意味とレベルで保身的なあまりに言葉に対して無神経な、ほとんどの場合、性別が「男」である人間のことなのだが、良く考えてみると、「性差」がない場合もあって、女の「オヤジ」も存在する。

　ところで、オヤジは、言うまでもなく、交際したくないものの筆頭にあげられる存在なのだが、私の日常生活に、いやでも、それらは侵入して来るのである。

　今月の文芸雑誌では、そうしたバカオヤジたちの侵入を、笙野頼子（「ドン・キホーテの侃侃諤諤《かんかんがくがく》」「群像」五月号）が食いとめようと、いつもながらの孤軍奮闘を繰りひろげていて、溜飲が下がったのだったが、それはまず、「週刊読書人」の蓮實重彦へのロング・インタヴューの中で、文芸雑誌から匿名批評が無くなったことを、あたかも文芸ジャーナリズムのタイハイかスイタイかのように嘆く文芸批評家の絓《すが》秀実に対して、蓮實が、実名で匿名批評に書くようなことを書けばいいだけのことだ、と答えていることを、そうした男の優秀な批評家とそうではない批評家のやりとりとは無関係に、笙野頼子がやってしまうことであり、それは以前、女性作家についての渡部直己《なおみ》によるインタヴューのなかで、彼女について、大作家たらんとしている、と見当違いの批評を下した蓮實の見取図にも反しているということだろう。硬直的だし、かつ必死に自己防衛的なきらいが笙野頼子の「純文学擁護論」にはあるし、そもそも「純文学」などという言葉を使うことにヘキエキもするけれど、彼女は、文芸雑誌の存在とささやかな原稿料を、作家に対する「お布施」だなどと朝日新聞紙上の文芸時評で津島佑子のように、ほとんど、のほほんといった調子で書いたりはせず、実名で「匿名批評」を書くのであり、そうしたことは、まあ、考えようによっては、純文学の擁護といい、大作家たらんとすることに、ふさわしいことかもしれないのだ。

男の批評家は、たとえば、多和田葉子の短篇に登場する、そこいらにいくらでもいそうな程度にバカな文芸批評家について、「群像」の創作合評の場で、日頃の批評的立場を超えて、いくらなんでも、こんなバカな批評家はいない、と、現実も事実も無視して、意見を一致させてしまうのだし、かなり以前のことだが、富岡多恵子の小説に登場する男の大学教師について、しかし、ここまでいやらしい男というのが現実に存在するものでしょうか、と三人の作家・批評家は意見を一致させていたのだったが、存在するもしないも、私の周囲の読者たち（むろん、女性）は、ほら、このヒガシダってあれ、でしょ、保守派の論客気取りのあれ、うへーっ、気持わりィ、と笑っていた。オヤジは、他人にバカだと思われる事を、むろん屈辱としてとてもガマンが出来ないのだが、自分の同類のオヤジが女の小説家にバカ呼ばわりされることに対しても、基本的なところで大変な屈辱と思ってしまうらしく、どうしても認め難いらしいのだ。

「ドン・キホーテの侃侃諤諤」で、厳しく批難されているのは、批評家だけでなく文芸誌編集者でもあるのだが、笙野頼子がむかっ腹を立ててあきれかえった「群像」三月号の座談会「言葉の現在」（渡部直己、富岡幸一郎、大塚英志）というのは、まことに、ひどいテイタラクのものであり、大塚英志も富岡幸一郎も何を言っても、どうでもいいのだが、蓮實重彦へのインタヴュー（「週刊読書人」）では、最近の若い批評家は小説に溺れたという経験を欠いている、と、あたかも自分にはそうした経験があったかのように発言していた渡部の、笙野頼子の言葉を使えば〈腑抜け〉加減にはあきれたのだったが、しかし、それより何より、あきれたのは「新潮」五月号の、島田雅彦「未刊の辞――『美しい魂』は眠る」である。「新潮」と「文學界」には、なんと、またまた『声に出して読みたい日本語』の齋藤孝が登場していて、ベストセラー『粗食のすすめ』の国語版というか、戸塚ヨットスクール国語ヴァージョンに相田みつをが入ってるといった類いの齋藤を、なぜ「新潮」と「文學界」が重宝に使うのかと言えば「新潮45」と「諸君！」を出してる出版社なのだから当然とはいえ、それはさておき、「未刊の辞――『美しい魂』は眠る」である。

『美しい魂』という小説は、「前代未聞の恋愛小説」として『彗星の住人』の続篇として構想され書かれたのだが、書きあげた〈カタルシスと引き換えに二年ぶりに寝込んで〉しまう程の〈心血を注いだ作品〉で、そのことを〈私は自慢しております〉というのだが、こういう場合、普通には、自信たっぷりに「自負しております」と言うのではないか、と思うものの、まあ頼りな気な無邪気さで「自慢して」いるというのだから、それはその通りに受けとっておくことにすべきだろう。

ようするに、かいつまんで言えば、『彗星の住人』に「皇室問題」に触れる部分があり、続篇の『美しい魂』執筆中に〈雅子妃ご懐妊の発表があり、ちょうど出産予定日と出版の時期とが重なり、この作品の真意が最も誤解されやすい状況になってしまったという〈新潮社〉役員の判断〉が、出版延期という複雑な事情や思いも乱れる事態の一つの要因ではあるものの、島田は、『彗星の住人』発表の一年後に上梓すると公言していた続篇を待っていた〈読者の方々を裏切る結果になってしまったことをこの場を借りて、お詫びすると同時に、出版延期となった経緯を説明し、御理解を求める〉という御挨拶から、この妙な文章を書きはじめている。

はっきり言って、「皇室問題」にも「天皇」にも、どうやら、そうしたことに、ちょっぴりからんでいることになっているらしいので、作者が自慢気に壮語する〈前代未聞の恋愛小説〉にも、私は興味がないのだが、どこで聞き齧ったのか、と言うよりも、どこで聞き間違えたのか、とつい首をひねりたくなる島田のオヤジぶり発言については、枚数がつきたので次回に回すことになってしまったが、スーパーの店員の「懲戒免職」発言からこの文章を書きはじめたのは、他でもない、島田の弁明文が、スーパーのオヤジのことを、どうしても思い出させてしまうからなのだった。

「『風流夢譚』の出版自体は罪ではないし、言論の自由として認められるべきだが、出版によって起こり得る事態を想定しなかったことは責められる」と、島田雅彦は書いた　二〇〇二年六月

戦後のアメリカの占領政策が、天皇の戦争責任を問わないことで冷戦下に民主日本を成立させた歴史は誰でもが知ることなのだが、皇太子の家庭教師として来日した清教徒の正統的子孫のヴァイニング夫人の書いた少女小説『ケティ、西へ行く』を岩波少年文庫で読んだ世代といえば、おそらく私たちまでだろう。皇太子を、たしか、「ジミー」という愛称で呼んだというヴァイニング夫人の今では忘れ去られた小説の筋をここで紹介したいという誘惑に、ちょいと負けそうになるのだが、そうしていると紙数を喰うので、その少女小説が、『昔気質の一少女』と『モル・フランダースの冒険』とハリウッド映画の野合によるアメリカ建国と「家庭の天使」神話なのだ、と言っておくつもりだが、もちろん、そう言ったからといって、大方の読者に理解されるとは考えていないから、『ケティ、西へ行く』については、別の機会に触れることとして、キューバ危機を招いたケネディが暗殺された時、お赤飯を炊いたという深沢七郎（尊敬する人物は誰か、という日本の大衆青少

年へのアンケートの答えが、「ケネディ」から「自分の父母」へと移行したのが、一九六八年を境にしていたのではなかっただろうか。その後、青少年大衆の尊敬する人物はフォーク・ブームを経て、坂本龍馬になる）は、ギタリストとしての芸名に「ジミー」を使っていたのだが、それはそれとして、深沢七郎が『風流夢譚』の〈夢〉の中の革命シーンで、〈昭憲皇太后〉のツーピースのスカートのハジに〈英国製〉という商標マークがついているのをはっきり見て不思議に思ったと記していることは、その後、表徴された天皇と皇后像が身にまとう衣装の変化に着目した論考（若桑みどり『皇后の肖像――昭憲皇太后の表象と女性の国民化』二〇〇一年・筑摩書房）などでも明らかな「近代化」の表徴を深沢が、はっきりと見ていたということだろうし、作中の夢の中で〈私〉が口にする庶民的罵倒に対して、なぜか同じ甲州弁で〈なにをこく、この糞ッ小僧、8月15日を忘れたか、無条件降伏して、いのちをたすけてやったのはみんなわしのうちのヒロヒトのおかげだぞ〉と喚く〈昭憲皇太后〉の台詞を、戦後の日本は屈折したかたちでアメリカと共有してきたというわけだろう。

　革命騒ぎをよそに、辞世の御製《ギョセイ》のおん歌の解説や着物の模様の説明を〈私〉にしてくれる〈30年も50年もおそば近くにおつかえした者〉と名乗る「老紳士」を、まるでその場にいない者のように介在させながら、〈昭憲皇太后〉と〈私〉のはしたない言い争いは続くのだが、そこに突然、〈横で耳を裂く様な軍楽隊の演奏〉が始まり〈〝アモーレ、アモーレ、

アモーレ、アモーレミョ〟――死ぬ程愛して――を吹奏楽でやりだしたのだ。〝クンバイ・クンバイ・チェロ〟を吹奏楽でやればいいと思っていたのに、（これも、いいねえ）と私はゴ機嫌になった。〉と、「ジミー」の芸名を持っていたギタリストでもある作者の「夢」は展開し、皇太子夫妻の初々しく空疎なかけ言葉をつらねた恋歌のような辞世の歌についての「老紳士」の解説に続いて、やがて、軍楽隊は、小太鼓の大群と大喇叭の大群と〈高射砲の様な金色のトランペットの林〉を押寄せるように並べ、〈マンボの〝花火〟のふしが、烈風が吹きつけるように鳴り響き〉、夜空には花火が轟然と火の柱を吹き出し、〈老紳士〉は、打ち上げられる花火が、いちいち〈有名〉であり、文字通り〈名称〉（〈小野の道風〉、〈西行桜〉、速打《はやうち》の〈三十三間堂〉）を有していることを教えてくれ、〈私〉は〈こんないい花火を見て〉〈あゝ、これで、思い残すこともない、私も腹一文字にかき切って、死んでもいい〉と思って、〈歌の意味は武運長久を神に祈るのは自分のためではなく父母のためなのだ。私はもう今は父も母もないから死んでもいいというのである〉という辞世の歌を作るのだが、先の老紳士に〈それは、万葉の防人の歌にあるではないか〉と指摘され、さらに、でかい声で寝言をいった、と言って甥のミツヒトに起こされ、深沢七郎流の、もう一つひねった落ちが最後に用意される。

もちろん、この奇妙に魅力的でおかしい小説は、作中の、革命で処刑された皇族の首が〈スッテンコロコロ〉と、古い民話のなかで穴の中に転がりこむ「おむすび」のように、誰もが聞き慣れたリズムで転がり落ちることの「不敬」を理由として、冷戦体制下の理不尽な右翼テロを招くことになり、ジャーナリズムの、「皇室タブー」を形成することになったのだが、そうした形成の歴史については、本来ならば「カルチュラル・スタディーズ」が研究すべき恰好の題材だろうし、それとは別に、『風流夢譚』は七五調の「歌」の韻律と、ラテン系ポピュラー・ソングのリズムとの闘いの物語としても読まれるべきであるだろうが、それも、ここでは、とりあえず、さておくことにしよう。

　言うまでもないことだが、島田雅彦の『美しい魂』が出版されようとされまいと、私にとってはどうでもいいことだし、第一、〈前作『彗星の住人』刊行時から皇室問題に触れる部分があることが、新潮社やその他新聞、雑誌メディアによって指摘されていた〉という『彗星の住人』も読んでいないという有様なのだから、まあ、はっきり言って〈いくら批評家ではないとしても〉、「未刊の辞――『美しい魂』は眠る」（「新潮」五月号）という出版延期についての自己弁解の文章を読んで批評しようというのは、いくらなんでも、図々しいわけなのだけれど、たとえば、八カ月という短期間に一八万文字六五〇枚の〈心血を注いだ作品〉である『美しい魂』を脱稿後、〈担当編集者とのあいだで入念な直し〉が入れられ、それはその段階ではまだ〈言葉を磨き、より緊密な構成にする、いつもの手直しに終始して〉いたと書いてあるのを読んで（『彗星の住人』は読んでいないにしても）、他の島田作品なり文章を読んだことのある読者としては、失笑する権利は有しているはずだ。人の「自慢作」を、読んでもいない者が、思わず、であるにせよ、ある予断（あるいは偏見？）を持って失笑するというのも、礼を失したことではあるものの、〈より緊密な構成〉という、やはり失笑せずにはいられない言葉で思い出したのが、『彗星の住人』刊行当時、「波」誌上に載った島田と福田和也の対談（二〇〇〇年十二月号）で、〈**島**　これを恋愛小説として立ち上げるときに考えたのが、今、恋をするとしてどの相手を選べば最もスキャンダラスかということ。その恋を最後まで書くのが、第二部。（中略）そうしたら……おのずとあの人しかいない。その名を今言っちゃうとね、まずいんですが。**福**　確かにね。**島**　だから分けるんだ、一部と二部に。全部合わせて出して、「これは出版差し止め」なんてやられたら、前半が損するじゃない。**福**　何考えてるんだよ（笑）。仕方がない人だね、あなたも。でも、ある意味そこまで敏感な人はいないか。**島**　実はそうなんだよ。「これ読めば不二子が誰かぐらい一発でわかるだろう」と思って書いていたが、これまで受けた何件かの取材でも、意外に、「誰ですか」なんて反応で……。（中略）わかって欲しいんだが、自分から種明かしもできない。でも、この件について無視されるというのが一番嫌だ。面白がってくれよ、という気分。〉

という思わせぶりな発言で、発言の内容は読んでの通りなのだから、説明も不要で、不二子というヒロインが、実在であるなしに関係なく皇太子妃であることは、メディアが指摘するより前に、島田が入魂の自信作として自慢していたことなのだけれども、そんなことはともかく、信じ難いのが、東京近郊の団地に一九六一年に生れて育ったはずの島田の言葉づかいで、引用文中の傍点の「が」の使用法は、星飛雄馬のオヤジか自民党の首相をはじめとした男の大臣か石原慎太郎といったタイプの人物の発言のなかでしか、眼にしたことがない。わかって欲しいんだが、と来たら、種明かしもできん、とすべきであり、できない、と結ぶのなら、欲しいんだけれど、か、欲しいんですけど、と言うべきであり、言葉のセンスもバカみたい。

〈『美しい魂』決定稿の出版にまつわる危惧とは具体的に〉〈一つには右翼団体やその他の圧力団体の行動を恐れてい〉ることであり、〈自分が襲われても自業自得で済みますが〉〈小説書いて右翼に襲われて、自業自得で済むのかね、と、私は思うが、本人はそう書いているのだ〉〈家族に危険が及ぶのは避けたい。そこで二の足を踏む作者が多いのは事実です。物書きとしての果敢を発揮し、名声と印税を得るのもいいですが、そのとばっちりが自分以外の誰に及ぶのかを想像できない者は、むしろ臆病であった方がいいと思います〉〈想像してしまう者は、臆病になります、の方が、意味が通じる〉〈書斎で問題作を書いているあいだは、あたう限り果敢であるべきだが、出版に際しては、起こり得るあらゆる事態を予測しなければならないのです。〉と書く。

むろん、島田はあらゆる事態をあれこれ予測して、「霊能者」に『美しい魂』の未来を占ってもらっていればいいのだが、〈六〇年代の大江健三郎氏の『政治少年死す』や深沢七郎の『風流夢譚』が引き金になった右翼テロは、現在に至るまで文学表現に暗黙のタブーを強いている現状を思えば、果敢な文学表現が却ってのちのちの作家を不自由にすることもあるといわざるをえません〉と、「タブー」の形成について本末転倒して、自主的かつ出版社と緊密な相談の上でとりやめたと主張している自分の小説の出版中止を、大江健三郎と深沢七郎のせいであるかのように書くべきではないだろう。

〈いたずらにテロを招き、テロを警戒しての言論の自粛をもうながしてしまう行動は慎むべきだと考え〉、〈いわば、恋に悩む天皇も登場する『源氏物語』の現代化には危険が伴なうよう〉ではあるけれど〈もちろん、それをどう書こうが、作家の自由〉ではあるものの、〈しかし〉、と島田は言う。

〈危機管理を徹底するのは作家と出版社の義務です〉「危機管理」とは、どういうことか。〈『風流夢譚』事件で中央公論社社長宅が襲撃されて、死者が出た時の教訓を忘れるべきではありません。『風流夢譚』の出版自体は罪ではないし、言論の自由として認められるべきだが、出版によって起こり得る事態を想定しなかったことは責められる、ということです。〉〈罪ではない〉だの、〈言論の自由として認められるべきだが〉だの、〈起こり得る事態を想定しなかったことは責められる〉だのと、言論弾圧国で無節操に民主主義者にも気をつかって、進歩派とも思われたいせいで反動になりきれもしない日和見の判事の苦しまぎれの判決をヤユする小説のなかの台詞かと、疑ってしまうところだが、真面目な話、書かれた小説によってひきおこされる「テロ」が、まさしくそれが「出版」されたことによっておこったことを責めるのは本末転倒で、『風流夢譚』とは、どういう小説なのか、なぜそれが「不敬」とされたのかについて、島田は書いてみたほうがいいと思うのだけれども、しかし、前記対談の中で『嵐が丘』と『春の雪』を持ち出し、なにしろ私は読んではいないのだが、『彗星の住人』の「君」という二人称で書かれたらしい部分について〈ロブ＝グリエがやっているけど、あれは二人称にすることで三人称的な小説空間自体を宙吊りにしているわけですよね〉と、まあ、どうでもいいけれど、ビュトールとロブ＝グリエを間違える福田相手に、〈つまり、三島は（略）日本的な王権そのものへの侵犯を描いた〉と盛上り、〈なるほど。王殺しでさえも相対化してしまう……そうか、だから『嵐が丘』になるのか。（略）そこで『嵐が丘』の構造が必要になるわけだ。（略）それはやっぱり松枝清顕であり、ヒースクリフだよね。外から来て、その場所を簒奪しようとする男の話だよね〉と、さらに福田は盛上り、島田は〈『嵐が丘』は冒頭、ヒースクリフが親父《おやじ》に連れてこられて、突然その家の子供になっちゃうシーンから始まりますけどね〉と、『嵐が丘』の冒頭は全然そうではないと訂正してやれない文芸批評家に言っているくらいだから、小説が読めない、とまでは言わないとしても、読んでも、その十九世紀的小説としても、いささか古風ではあるけれど、もちろん緊密に計算された構成を忘れてしまうくらいに無頓着なのだから、四十枚程の短篇とは言え、多少複雑な構成の『風流夢譚』が読めるかどうか疑問である。

もちろん、私にとっては、『美しい魂』が出版されようとされまいと、どうでもいいことなのだ。右翼だか圧力団体だかについての知識も、ジャーナリズムに書かれたものをわずかに知るばかりなのだから、〈皇太子妃をモデルにしたとの噂がありますが（噂というよりも、〈これ読めば不二子が誰かぐらい一発でわかるだろう〉と思って書いていたと、島田自身が言っているわけだが）、私は改稿に当たって、不二子という名のヒロインが雅子妃と同定されないよう万全の注意を払いました〉という小説が、あらゆる予測をした場合とはいえ、「テロ」の対象になるのかどうか、何しろ『彗星の住人』も読んでいないのだし、ふうーん、そんなもんかねえ、としか言いようがないのだが、〈外から来て、その場所を簒奪しようとする男の話〉と福田の言う『彗星の住人』は、しかも、〈母や近所のおばさんも感動するように書いたんだぞ〉という島田の、自分の小説的力量のタイプをわかっていない、というよりも、〈近所のおばさん〉の、案外島田より豊かであるかもしれない読書傾向を、まったく理解していない発言から推しはかれば、なんか勘違いしているか、例によって読み間違えたか聞き間違えたのじゃないか、という気がする。

ところで、エミリ・ブロンテの『嵐が丘』は、小説全体の「枠」の語り手である孤独を

「『風流夢譚』の出版自体は罪ではないし、言論の自由として認められるべきだが、出版によって起こり得る事態を想定しなかったことは責められる」と、島田雅彦は書いた

好む内気な失恋男ロックウッドの一人称の語りではじまり、彼が目撃する謎めいた人物たちの荒々しくも奇妙で狂的なやりとりに好奇心を抱いて、屋敷の歴史を知る家政婦のネリー・ディーンと近づきになり、あらためて催促するまでもなく語りはじめた彼女の話を聞くことになる、というのが、第四章の冒頭部分で、十六年前のことから語られるネリー・ディーンの回想（この中でヒースクリフが連れて来られた時の事情が語られヒースクリフとキャサリンの激しい愛が語られる）と、さらに一年後に、スラッシュクロス邸にやって来たロックウッドがネリーからヒースクリフの死の様子を告げられるという構成になっているのだが、むろん、小説の細部には何ら注意をはらうことのない読み手にとっては、〈拾われて嵐が丘に連れてこられ、やがて共同体の破壊者にして、収奪者になるヒースクリフとキャサリンの関係は、アングロ・サクソンのヒロインとヒスパニックの男とのあいだの性的妄想がパターンになっているハーレクイン・ロマンスの原型でもある。ヒースクリフのようなよそ者に妻や娘を寝取られてしまうのではないか、という恐怖が、アメリカ人のナショナリズムの根源にあるのではないか。〉（『必読書《カノン》１５０』太田出版「嵐が丘」の項目）と、近畿大学国際人文科学研究所の、学生たちに正典を強制的に読ませるべく目論まれたと称するブック・ガイドの中で陳腐にも知ったかぶる権利はむろん、一応はある。一五〇冊のカノンには入っていないジョルジュ・バタイユの『文学と悪』に収められている美しいブロンテ論（まるで『嵐が丘』を書いたのが自分であるかのような、深い共感に

静かにふるえる読みは、まさしくバタイユならではである）を、それでも島田は読んで（本質的に読み間違えて）いるらしいことは、ヒースクリフとサドが比較され、キャサリンの言う〈私はヒースクリフよ〉という言葉が引用されることから見当はつくが、結論のみみっちく陳腐な凡庸さが、いかにも島田めく、と書いても、ま、虚しいのだが。

夏風邪日記

二〇〇二年七月

五月二十二日の朝、鼻とノドの奥あたりがチクチク痛みはじめた時には、風邪薬を飲んで一晩ぐっすり眠れば回復するつもりでいたのだが、夏風邪というのは、ぐずぐずと長びく。

熱があるのかないのか、暑いのか寒いのかわからないまま汗をかくと思うと体が冷えてきて、やたらと懈《だる》いし、頭痛はするし、体の節々が痛いし、咳と鼻水がとまらず、やっとの思いで「小説トリッパー」の短篇を書いて原稿を渡し、これで少しは体の調子がよくなるだろうと思ってたのだが全然駄目。懈さと咳と鼻水がつづく。

ゴダールの『JLG／自画像』の試写も、去年の三月のグル・ダット祭の時に見そこなった何本かをアテネ・フランセの上映会で見る予定だったのも全部中止して、風邪をひいた時に、ぬくぬく読む定番本（アーサー・ランサム、ヒュー・ロフティング、マーク・トウェイン、ジェーン・オースティン、といったもの）にどっぷり浸っていようと思ったのだが、猫の尿に血が混って真紅色になっているのに姉が気づき、ギョッとして、あわてて猫医者に連絡すると、すぐ連れて来てください、と言うので、六・九キロの猫をキャリー・バッグに押し込んで、二人で交互に抱え、汗だくになって医者にたどりつくと、膀胱炎と診断され、女医さんが、トラーちゃんには長生きしてもらわなきゃあ、後、最低十年はねえ、と言い、トラーびいきの看護婦さん（トラーの顔について、美男な王子様みたいと、いつも言ってくれる）も涙ぐむので、そんなに重症なのか、とつい思ってしまったが、そうではなく、優しい性格の女性なので涙ぐむのだった。トラーの病気を治すためには、指の一本くらい喰いちぎられても、という覚悟で薬を飲ませなければ、と先生は言うのだが、二人がかりで押え込み、一人が、トラーの口の両端に指をひっかけるようにして、大きな鋭い牙が四つむき出しになって開いた見るからに獰猛《どうもう》な口へ、もう一人が指でつまんだ薬をノドの奥に投げ込む、という仕事は、ちょっとしたストレスで、指で口を開かれるとトラーの奴は投げ込まれる薬をベロで跳ねかえそうとするし、ちょっと油断すると、逃げだそうとしてもがき、爪を人の腕に立てようとするので、トラーのおクスリの時間が近づくと、こちらは、ストレスで溜息が出る。

おまけに、姉は軽度の椎間板ヘルニアで医者に通っているところに、私の風邪が伝染《うつ》ったものだから、二人で咳と鼻水に悩まされ、風邪と違ってヘルニアは伝染らないけれど、私にしたところで、いつ腰痛になっても不思議はない、更年期が終ったと思ったら、腰痛だよ、と言い、そう言えば、去年だったか一昨年だったか、男の若手批評家（たち）の書いている文章があんまり幼稚で馬鹿みたいだったので、アメリカの女性作家の『アイ・ラヴ・ディック』という小説（物凄い女性差別的な帯が付けられていた）の書評を書いた時に、彼等の幼稚さを、ついでにからかったのだったが、（ついで、というのは、こっちも思いあたることがあるけれど、たしかに人を嫌な気持にさせるのである）、ある種の男の批評家というのは妙に執念深いらしくて、更年期の欲求不満と、さっそく返礼され、こういう場合はね、フン、更年期のヒステリーと書くんだよ、と思ったのだが、そもそも、フン、小僧、更年期なんて、フン、とっくに終ってんだよ、こっちは。

お前たち男の無邪気に昂ぶったオナニー批評に苛々させられるせいで、こう、つまらないことに苛々するのは、アルツハイマーの初期症状じゃないだろうかって心配してるくらいさ。ゴダールは見逃してもいいけど、グル・ダットを見逃しちゃったし。

岩波で出している現代文学のナントカというシリーズ（これまで、筒井康隆や斎藤美奈子が責任編集の、凄くヘンで面白くない文学論（？）のアンソロジーが何冊か出ている）の実作篇に短篇を書くと引き受けていたので、うっとうしいので会うのをずっと引きのばしていた担当編集者のH氏と、風邪を押して会う。これは、どういうコンセプトのアンソロジーなのか、と問うと、どうせ、そういう答えが返って来るのだろうと思ったとおり、文芸雑誌には載らないような小説を集めたいのだ、という返事。フン、と鼻が鳴るのをティッシュ・ペーパーで押え、ついでに鼻水をかんでから、文芸雑誌に載らない小説があるとしたら、「新潮」では島田の「不敬恋愛小説」なんだろうけど、他に何が載らないのだ、と問うと、それはそうですが、文芸編集者が最も嫌うのは、シンタックスの崩れたような小説で、と答えるので、今度はティッシュ・ペーパーで押えずに、フン!!「文藝」のJ文学はどーよ？　と、2ちゃんねる言葉（なのだそうだ。どーよ？　というのは）で答える。同じ日、「文藝」のA氏との電話で、H氏の「シンタックス崩れ論」を伝えると、「当然、ウチなんか、そういうのジャンジャン載ってます」と笑う。

風邪が全然治らないので、今日「群像」に渡す予定だった短篇は来月にのばしてもらう。

「文學界」の七月号に、緊急提言座談会「小説家がつくる『国語』教科書宣言」（山田詠美・島田雅彦・奥泉光）というノーテンキ座談会が載っていて、五月号の大特集「漱石・鷗外の消えた『国語』教科書」の続きのつもりらしいのだが、両方を読むかぎり、文春のネライは文春版「新しい歴史教科書」を作ることなのだろう、と出席者の意に反して、思ってしまう。例の「新しい歴史教科書」が話題になった時、連載小説にかかりきりで、書く機会がなかったのだが、教科書編者の一人、ドイツ文学者だとかいう西尾幹二（この名前が思い出せなくて、一時間ばかり苛々する）の顔がテレビに映るたびに『仁義なき戦い』の、あの卑怯な親分の金子信雄（顔をゆがめて口をとがらせて薄笑いを浮べる演技）にそっくりで、「新しい歴史教科書」が、仮りに正しいとしても、『仁義なき戦い』の金子信雄がテレビで宣伝活動したんじゃあ、正しくないことが映像的に伝わっちゃうよ、強いものに迫られると、腰を抜かして、許してくれ、許してくれ、金、金なら、やるぞ、と叫んで女房にまで軽蔑される、広島の金子親分の「歴史教科書」だよ、などと思い出す。いろいろ思い出すのだが、それが全部昔のこと、というのが、どうもあやしい。

　なんで、風邪ひいて文芸雑誌を読んでなくてはならないのか、文芸時評をやってるわけでもないのに、と思ったので、遅ればせながら思い出したのが、この連載の六月号の末尾に付けられた〈前号の本欄、35頁下段6行目「朝日新聞紙上の文芸時評で」は「『一冊の本』二〇〇〇年七月号で」の誤りでした。お詫びし、訂正いたします。（編集部）〉という文章で、これは、「一冊の本」の「文学とおカネ」という特集だったのだが津島佑子氏が文芸雑誌における小説家の原稿料（とても安い）を「お布施」と書いた場所は、そういうことでした、と編集部でお詫びしているものの、間違ったのはむろん私で、津島氏から編集部にとどいた間違いを指摘する手紙に対して、本来、私がお詫びしなければならない。

　というのも、「朝日新聞紙上の文芸時評」という場所と「一冊の本」などでは、まったく場所が違うからで、どういうふうに違うかと言えば、そこに文芸時評を書くために、毎日新聞の文芸時評はステップ・アップの邪魔かも、と考えている、という話を、江藤淳について、まことしやかに語っていたある批評家（むろん、男）が、江藤淳が朝日の文芸時評の執筆者になった時、自分の書いた自信作（多分）の評論集が時評に取り上げられなかったことに対して怒り心頭に発し、告訴してやると自分の担当の編集者にいき巻いた、という話を聞いたことがあるからで、まったく訳のわからない話ながら、朝日の文芸時評に書かれなかったからには、告訴という言葉さえ飛び出すという、津島さんが連載する以前から、そういうものではなくなっていたとはいえ、旧世代の信じ難い権威のメディアがそれだったのだから、これは本当に、間違ってしまったことを津島さんに深くお詫びいたします。

　と、書いていて、また思い出したのが、どの文章や小説を読んでも、絶対に私より二世代は年上だ、としか思えない中沢けいが本誌六月号の連載の最終回に書いている『噂の娘』の読後感想文で、風邪をひいていて言葉をあれこれ選んでいる能力が落ちている、という言いわけを卑怯にもしたうえで言うのだが、こういうのを、フン、利口ぶるんじゃないよ、〈こうした長いセンテンスというのは、それをすることによって何か新しいものを生み出そうとする時に役立つというので、多くの作家がその方法をもちいたことがある〉だって？　フン、「例」を作者名入りであげてみな、誰と誰がその方法とやらをもちいたのさ、と、日頃の私にも似ず、むかっ腹が立ち、やれやれ、これは、やっぱり、アルツハイマーの前期症状なのかなあ、二世代は年上としか思えない、しっかりした文章を書く女性作家に、それでも、私の小説の魅力のある部分は、凄くピントの外れたものとはいっても、やっと認めてもらったというのに、と考え込む。〈これほど精緻な細部が積み上げられた作品は希有だと言わなければならない。〉〈生きる喜びのシンフォニーに包み込まれてしまう〉？　シンフォニーなんて構想はまるでないね、私の小説には。〈言わなければならない〉という、いやいや、という調子は、どーよ、と、また頭に来る。

などと「不安な症状」に悩んでいると、「群像」七月号の目次で、絓秀実の「アルツハイマー」というタイトルが目に入り、絓も、やっぱりね、と思ったのだが、これは、案に相違して「批評空間 Web CRITIQUE」上での高橋源一郎との論争で、「アルツ」という言葉を用いたところ、あちこちから「差別表現」ではないかとの疑義・批判をいただいた、という内容。

高橋に対して、絓は〈事実確認的《コンスタティヴ》な病名〉として〈アルツ〉という言葉を使い〈あまりにも支離滅裂〉な〈かかる文章を書いてしまうのは、もしかしたら高橋氏が『アルツ』をわずらっているからかも知れず〉、自分の〈アルツ〉という表現は、スーザン・ソンタグの言うように「隠喩」として用いられたわけでもなければ〈その病に対する誤解と偏見を基にしているわけでもないのは、すでに明らかであろう〉と絓は弁明につとめているが、フン、アルツハイマー専門医でも文章を読んだだけでは下しはしないだろう診断（他の病気かもしれないものね）を下す態度そのものが、隠喩と誤解と偏見だろうって言うの。おまけに、「アルツ」なんて言葉をちぢめちゃって。なにが「事実確認的な病名」だっての。下手な言い訳だね。苛々して、また、自分のことを心配しちゃう、と言いたいところだが、怒りや苛立ちを、激しく表わすのがアルツハイマーの初期症状という言説自体が、むろん、実はあやしいものだろうとは思うのだが、こう苛々するとね……。

と、苛立つと毛細血管が収縮するらしく、咳込み、咳込むと啖がノドにからまって、鼻水が出るのだが、絓の文章の左側には、日本雑誌協会と日本書籍出版協会（そういうものがあるのも知らなかったが）の連名で「なぜ私たち出版社は『メディア規制三法』に反対するのか」〈報道・出版・言論の自由なくして人権も情報保護もない〉という、メディアの紋切型アピール文が載っていて、そのページをめくると、丸川哲史が〈『風流夢譚』事件も一つの例として取り上げながら、延期の理由を述べると同時に、将来出版される際に危惧されるであろう事態への予防線も張るなど、慎重な筆さばきを見せている。島田が説明するところの出版延期の理由について、何ら異議を持つ者はおそらくいないだろうと思われる。〉（「国家・国民・国語と文学」）と書いているのが、「アピール」の紋切型と連動してるかのように、いかにも象徴的である。

前出、A氏は、電話で、前の方は読んでないけど、後の方で、大塚英志の「不良債権としての『文学』」（「群像」六月号の、笙野頼子への反論）を批判してるのはその通りで面白かったけど、と言い、アルツハイマーの不安のことは言うまい、ようするに、こらえ性がなくなるという老化現象のせいで、頭に来て、怒鳴りちらしたくなったのを、ぐっ、と押え、そうすると、また咳込んで、この咳込むという症状がまた、老化現象という気分をいや増すのだが、ちょっとお、「批評季評」は誰が書いたって短い駄文なんだから、つまみ読みしないで、最初から最後まで全部読んだら、と怒鳴るのはやめて、弱々しく、前の方も読んでみたら、と咳込みながら言って電話を切る。

　風邪は一向によくならず、ゼイゼイ息をしていると、友達から「一冊の本」を読んだというファックスが入り、「島田の、或いは島田・福田・編集の卑しい『神話化（?）言説』、妄想以前の傲慢、アホさはひどい。『僕の新作は、頑張ったつもりが、我ながら小説になっておらず、活字化に値しませんので出しません』って『正直に』言えばすむことでしょ、あんなの。」とあって、膀胱炎のトラーとヘルニアの姉（神話化言説に対する激しい批判者）しか味方はいないのかと、むかむかしていたのが、やっとホッとする。

　丸川の生真面目で無邪気このうえない馬鹿的小僧ぶりは、〈大塚による、不良債権化した『文学』を立て直すための合理化案や文学コミケの開催を提案する身振りは、まさに今日的な経営戦略家としてのそれである〉という文章にもあらわれていて、みみっちくチャチな文学コミケ（なんのこった？ と思った読者がいたとしても、説明する気にもなれねえよ）開催案やら、また、「群像」を一冊出すさいの原価計算を大塚がやれるからって（そんなことは誰だって出来るのだが）、「今日的な経営戦略家」なんて言うの、無邪気すぎる自分が惨めにならない？ チンピラの新自由主義者の言いぐさだろ？ 大塚の言いぐさは。〈文学は今、ある意味では『政治』を代行しなければならなくなっている〉と言う丸川は、〈大塚と笙野が提起した議論をより大きな公共的議論へと広げていく義務があるだろう。本来なら、それは、批評家がやらねばならない仕事である〉と、へえーっ、そうなの、としか言いようのないことを書き、大塚が仄めかしているように〈既にして文壇ギルド内部の人間となっている〉笙野頼子には、〈そうであるにせよ、文学を担うことの意味が摑まれているのだ。それは、恐らく彼女が成功してから身に付けたものではなく、彼女が成功できなかった時期の自分を現在の自分の影のようにして対話を続けているからだ〉と。なんだか、文学的な中学生の感想文のようなものを書きつける。成功してから身に付けた？ 成功できなかった時期？ 成功？ 文学を担う？ 文学は、二宮金次郎のマキ？ 文学であれ、マキでもあれ、どっちにしても、担うのなんぞはお断りだね。

夏風邪には、冬の風邪と違って、体をあたためる食物というのが、うっとうしい。風邪がなかなか治らないのも老化現象だから（と、医者が言うのだ）、まあ、ガマンする他ないか、と、午後遅く、食欲もないままに、リンゴ・ジュースを飲んでいると、「週刊読書人」（六月二十一日号）がテーブルに載っていて、一面に、ブルーに白抜きで「笙野頼子と大塚英志の『論争』を読む　文学は不良債権か」という中森明夫のエッセイが眼に入る。これには笑った（なぜか「群像」六月号の表紙がデカデカと載ってるという紙面レイアウトにも笑っちゃうけど）が、咳込まずにすんだ。〈大塚英志×笙野頼子論争（になってないでしょ、これは？）の経過を語るのはいささか脱力を誘う作業だが、気を取り直してやってみよう〉という書き出しのシンプルな常識感覚が、友人からのファックスと並んで、まず一服の清涼剤だった。〈文学はサブカルチャーに寄生している（オレ達マンガが稼いだ金で「群像」を作ってる癖に）という大塚の発言に怒り心頭となったジェイソン笙野が、腰抜け（腑抜け、である——引用者）渡部に替わって文学サイド代表闘士として堂々リングに上がったって構図か？〉と、中森は論争を要約するのだが、丸川の言う〈経営戦略家としてのそれ〉というミミッチイ大仰さを、中森は軽やかに、「群像」がいかに経済的に自立していないかを大塚が〈延々卸値だの原価計算だのを並べ立て（なんとも嫌みですな）、あげくに文学再生の一手段としてコミケに倣う文学コミケ（ってひどいネーミングは、どーよ？）を開催したい（中略）というのだから、私はほとんどお腹を抱えてゲラゲラ大笑い〉するのであり、〈どうして文学ごときに経済的自立を求めるのか（『重力』の諸君もよく考えてみたまえ)〉と書くのである。いいんじゃない、それで。宗教やって、人も自分も救われようとしてるわけじゃないから、原稿料を「お布施」とはいわないし、施しをもらって「寄生」してると言われたって、私はそれで充分。文学なんか担うつもりもないしね。

青山真治の『ユリイカ』文庫版(角川書店)がとどく。解説を書いたのだ。タイトルは「『競争相手は馬鹿ばかり』の世界へようこそ」というもので、「競争相手は馬鹿ばかりの世界」とは、むろん「文学の世界」である。

夏ボケ日記

二〇〇二年八月

夏風邪からはどうにかやっと抜け出せたものの、梅雨時のどんよりとした蒸し暑さと、時々やってくる梅雨寒《つゆざむ》とやらの湿って寒い天候の繰りかえしには、なかなか身体がついていかないというか、うんざりして気分はウッ状態になってしまう。

おまけに天井から雨漏りがして、天井に張ってあるボードに雨水が溜って、たるんで来てそこからポタポタと雨水が床に落ちて来る、という騒ぎも発生する。雨漏りなどというと、どんなに古いボロ屋に住んでいるかと思われがちだろうが、築九年か十年の二階建て賃貸マンションの二階で、ようするに屋上の防水加工のメンテナンスを大家がケチってやらなかったのが原因で、前に住んでいたマンションでは、何年かに一度、屋上とベランダの防水塗装をやり直していたものだった。屋上の防水塗装は早くすんだものの、何日か後に、天井を張り替えることになり、午後一時すぎに内装工事の職人が、電話で前もって時間を知らせてくれることになっていたのに、いきなりやって来て、リビングと契約書には称されている部屋中に、ビニール・クロスのようじょう（と、業界で言う、汚れ防止のためのカヴァーのこと。どういう字を書くのか、と以前のマンションでの改装工事の職人に訊ねたところ、「養生」だ、と答えていたが、後で建築用語辞典で調べたら、コンクリートのひび割れなどを防ぐため、乾くまでその表面を保護すること、と書いてあって、なんともピンとこない言葉の用法だと思ってムカムカしたのだった）を張りめぐらし、天井のボードを剝しはじめる。

三時半からワールドカップの韓国・トルコ戦を見るつもりだったのに、リビングに置いてあるテレビは「養生」用半透明ビニール・クロスのカヴァーに覆われてしまっているので見られない。それほど見たいと思っていた試合ではないからいいようなものの、八月に結婚するという内装工事の若い職人が、不景気だというけれど、仕事がたてこんでしまって、自分の新居のマンションの壁紙と天井の張り替えが結婚式の前迄に間に合うかどうか、とか、婚約者が梅酒を作ったところ、あんたは甘いお酒が嫌いだからというので砂糖をまったく入れなかったものだから、酸っぱいというより渋くて飲めなかった、といったような話をペラペラと嬉しそうにするので、つい、こちらも、甘くない梅酒を作るのには、青梅一キロに、お砂糖二百グラム、ホワイト・リカー一・八リットルという分量が最適で、それ以下にお砂糖を減らすと渋くなるのだ、と経験をひけらかしたり、天井から外した照明器具二つのガラス製カヴァー（直径が六十センチと四十五センチあってとても重く、外すのも、洗う時にもとても神経を使うのだ）の汚れを、この際しかたなく洗ったりしているうちに工事も終り、後半の十五分程試合を見る。

あの退屈なJリーグの試合さえ見に行くというほどのサッカー・ファンというわけではないのだが、ワールドカップはとりあえず見ることになっているので、全試合を中継するスカパーに加入までしはしなかったものの、今回も、ずっとテレビを見ていて、どのチームが嫌いといって、なにしろドイツのサッカーが嫌いだった。

ブラジル型の個人技的サッカーの時代は去って、ヨーロッパ型の組織的プレーがサッカー新時代を築いているのだ、という論調の記事や解説や批評がやけに目についていたものの、見ているぶんには、組織プレーなどというのは面白くない。ドイツのサッカーは、空中戦だかなんだか知らないけれど、背丈だけがやたらと高い選手の黒いハイソックス姿が、アメリカ映画に出て来るヒットラー・ユーゲント（それも、相当にトウの立った役者が扮している）のようで間が抜けているし、ヘディングでゴールを五点だか入れたクローゼもダチョウみたいだし、そもそも試合の運びが、ロバート・アルドリッチの刑務所物とスポーツ物をミックスしたマッチョ映画『ロンゲスト・ヤード』（'74）で、公務執行妨害と車の窃盗で刑務所に入れられた落ちぶれたプロのフットボール選手（バート・レイノルズ）に囚人フットボール・チームを作らせ、所長（エディ・アルバート）が大変肩入れしている看守チーム（看守チーム全国大会で、いつも二位であることがコンプレックスの）が抑圧的圧勝をして自信満々になるための練習台にさせようとする、看守チームのように技術も方法も組織的で、しかも、ゴールキーパーのカーンに頼り切っている一方で、カーンの抑圧を受けてもいる、という感じが、看守というイメージに結びつき、ブラジル・サッカーの熱心な愛好者たちがサッカーの最大の魅惑として語る、それ自体がまるで、すばしっこく生き生きとした動物のようにさえ見えるボールと、敏捷な動物のように美しく見事に戯れる「喜びのサッカー」を惚れぼれと見とれることとは、まったく無縁なのである。

ドイツ＝看守チーム説は、ロバート・アルドリッチを熱烈に支持する青山真治に圧倒的に受けたのは当然だったが、『ロンゲスト・ヤード』を知らない若者にも受けたのだった。決勝戦ブラジル対ドイツの試合の前日テレビを見ていたら、ドイツではカーンの応援歌というのがCDになって大いに売れ、日本語ヴァージョンも出来たということを言っていて、そのジャケットが画面に映し出されたのだったが、大口を開けて歯をむき出して、ジャーマン・シェパードのように吠えるカーンの横顔の写真にタテ書きで「走れ、グズ共」と書かれたデザインには笑ってしまった。

風邪の症状はよくなったものの、なんとなくウツ的気分で、溜っているあれこれの仕事や、整理する必要のあるスクラップに手をつける気がしないし、まとまった本を読む気にもなれないので、夜中にフトンに入って眠る前に読む本も同時代のものは敬遠して、『デイヴィッド・コパフィールド』やマーク・トウェイン、ヘンリー・ミラー、カフカをパラパラと読みかえしたりして、まぶたが重くなって眠くなるのを待つというか、つい読みふけってしまうのだが、子供の頃に読んだコパフィールドの若い妻ドーラが飼っている犬の名がジップだったということなど、すっかり忘れていた。ジップというのはジプシーをつづめた呼び名だという訳者の註がついていたのも、むろん覚えていないで、後年読んだロフティングの『ドリトル先生』に登場する魅力的な雑種犬ジップとも、全然結びつかなかったのだ。

そういえば二、三カ月前の新聞に、井伏鱒二訳『ドリトル先生』のなかにニグロ川という言葉があることをどこかの団体だかに指摘されて、版元の岩波書店が、訳を改めるのだったか本を出版中止にするのだったか、といった記事が載っていたのを思い出し、切り抜いておいたはずなので、スクラップしたものを雑然と箱とか茶封筒にほうり込んでおくだけなものだから、いざ必要があって探しはじめると目的の物が決して見つからない箱と茶封筒の中を探しはじめると、案の定、その記事の切り抜きは見つからない。『ドリトル先生』が、黒人に対する差別的表現のせいで、アメリカの公立図書館の書棚からは追放されている本だということは、岩波少年文庫版の石井桃子氏による解説にも書かれているのだが、アメリカで問題になったのは、アフリカのジョリギンギ王国の王子バンボ（やがて、オックスフォードに留学することになる）が、ヨーロッパのおとぎ話を夢中で読み漁った結果、お姫様も王子様も、全部が白い肌と黄金の髪をしているのに、自分は王子でありながら肌が黒いことに不満を持ち、名医ドリトル先生に、肌を白くしてくれたら、自分の父親の王様の牢屋から逃がしてやる、と持ちかけるエピソードのことなのだろう。確かに、これは悪質なレイシズムと言われても当然なのだが、思い出すのは、マイケル・ジャクソンで、なんで肌を白くしたのか、少年へのレイプ事件がなくても、公立図書館からは追放だろうな。探していた切り抜きは見つからなかったのだが、〈同時多発テロに傷ついた米ニューヨーク（NY）の子どもたちを励まそうと「難民を助ける会」が「愛のポシェット」運動を始めた。手づくりのぬいぐるみをポシェットに入れ「あなたのぬいぐるみで子どもたちを励まして」と市民に協力を呼びかけている〉という新聞の記事の切り抜き（二〇〇一年十一月一日、毎日新聞）が出てきた。〈ぬいぐるみ、ポシェット、手紙、輸送協力金（ぬいぐるみ1個につき500円）の4点セットで募集する。輸送の都合上、ぬいぐるみの大きさは、縦20センチ、横15センチ、奥行き10センチ、重さ120グラム前後にそろえ、ポシェットは縦33センチ、横22センチ、袋に付けるひもは70センチ以上にする。手紙はA4サイズの紙1枚に英語または日本文に英訳を付け、封筒には入れず三つ折りにする。『手紙や募金だけでもいい』という。締め切りは10日。ニューヨークには12月切旬に届ける予定。〉というのである。

なんで、こんなものを切り抜いておいたのかと言うと、もちろん、読んであきれたからなのだが、ニューヨークの子供たちが傷ついたというかショックを受けたのは確かにせよ、ぬいぐるみ入りポシェットと手紙を送るという発想が、よくわからないし、大きさについての細かい規定もおかしい。「難民を助ける会」というからには、むろん、ボスニアやアフガンの子供たちのためには、別のもっと実質的なものを送っているのだろうが。

アメリカと対立するテロ国家を「悪の枢軸」と大統領が呼ぶ国の、テロに傷ついた子供の何人かは、テレビのインタヴューに答えて、アメリカのある種の大人たちがブッシュの発言に共鳴しつつ、無知なアメリカ人を丸出しに言っていたのと同じ言葉で、テロリストたちはアメリカに嫉妬しているのだと思う、と答えていた。「嫉妬」という言葉が、自分たちの正当さを言いたてるために、これほど醜悪かつ鈍重に使用された例というのも珍しい。

ブラジルがドイツに勝って優勝したのは当然のこととは言え、フン、ザマーミロ、グズ共！ である。月末にとどいた「読書人」だったか「図書新聞」に、文芸雑誌八月号の内容予告が載っていて、「文學界」では、「作家・文学者のみたワールドカップ」という特集をやるらしい。エッセイ集の打ちあわせに訪れた若い編集者に、その特集には、なんと、吉本隆明が書いていて、タイトルは「トルコ戦に負けて考えたこと」だってさ、と告げると、ワッハッハッ、と大笑いする。タイトルと筆者名を見ただけで、大笑いしてしまう、という文章がメディアには時々掲載される。特集は読んでみると、吉本隆明は書いているのではなく例によってインタヴューである。

何人かのおなじみのサッカー・ファンの評論家・外国文学者のエッセイは例によって例のごとくで、なんか一歩、興奮についての説得力に欠ける文章であるにしても、「戦争」と「非国民」という言葉をキーワードに、まったく違ったことを書いているつもりで、サッカーとは無関係に、意外とそっくりなことを書いている保坂和志（「天は味方した者にしか試練を与えない」）と坪内祐三（「非国民の見たワールドカップ」）のヘンに気取って拙い文章に比べれば、まだ、というか、ずっと、というか気持が悪くはない。〈昭和十六（一九四一）年十二月八日、真珠湾攻撃が見事な成功をおさめた時、それまで非国民的心情を持っていた作家や知識人の多くが、別に強制されたわけでもないのに、快哉を叫んだ。その時の気持ちの高揚は、たぶん、対ロシア戦勝利（ワールドカップ初勝利）のそれとは比較にならないものだっただろう。そういう高揚の中で日本はその戦争を続けていった。／六月九日の対ロシア戦勝利で戦意高揚の気分に乗った私は、しかし、すぐに「転向」してしまった。つまり、また元の非国民に戻ってしまった〉という原因が「筋金入りの非国民」だった「ナンシー関の死」によるという坪内祐三の、なんとも愛らしく、いじらしい文章も、まあ、おなじ特集に書いている、ほとんど訳のわからないゴタクなだけに野坂昭如や車谷長吉の文章によって圧殺されたも同然か。

七月に入って二度も台風は来るし、台風のニュースのあい間には県会議員から知事不信任案とかを付きつけられた田中康夫の太った顔と体（知事になって太ったのは自分がはじめてだ、と彼は浅田彰との対談で自慢していた。知事への不信任案は田中が二度目）が年中映るので暑苦しさが、いや増す。県会議員の顔も、別種の相当な暑苦しさだが。十五日の知事の失職宣言を語る言葉づかいと発声がなにかを思い出させるのだけど、と、考えつづけていて、夕食を食べながら、ふと、わかった。皇室関係者の話し方だ。「県民の代表者であらせられる県会議員……」と、ソフトにゆっくり言葉を区切って、のたまう。うん、なんで田中康夫が小説家をやめたのかが、改めてわかった。この「あらせられる」は嫌味や皮肉というより、言葉のセンスが鈍と感じさせる。

さて、今回のタイトルの「夏ボケ日記」だが、まあ、ここまで読んだ読者の中には、どこがボケているのだ、と思った人もいるかもしれないが、中には、確かにいちいちの指摘が冴えてないし、ボケている、と思った人もいるかもしれない。

しかし、つくづく「夏ボケ」と感じているのは、六月末に家賃を銀行振り込みに行って、どういうわけかまったく気がつかずに、税務事務を頼んでいる税理事務所へ振り込んでしまい、翌日、事務所から電話があるまで、全然、気がつかなかったこと、それだけなら、まだしも、七月に入って、各種の支払いのために、まとまった金額をATMで引き出しに行き、カードと支払い明細書はサイフに入れたのに、現金を置き忘れて来た、という、厳たる事実である。「ボクも、そういうことやりました」と、「一冊の本」の担当編集者のO氏はなぐさめてくれ、もしかしたら、と思ってとりあえず「遺失物」の届出に行った交番でも、警察官は、「よくやるよね、私もやったことがある、たいした金額じゃなかったけどね、すぐに戻ってお金はあったけど」と言いはするのだが、これを「ボケ」と言わずして、なんと言うべきだろうか、と、本人は思うのである。

ボケたのではなく、一過性の暑さと高い湿度による脳の熱中症、ということにしておくてもあって、なにしろ、界隈の長毛種の顔見知りの犬たち（シーズー、イングリッシュ・シープ・ドッグ、フレンチ・プードル、といった類い）は、みんな犬の美容室か動物病院で頭部を除いて毛を短かく刈り込んでもらって暑さ対策をおこなっているくらいで、ヒートアイランドの東京は暑いのである。犬だって、飼い主を間違えたりもすることがあるくらいだ。暑くて鼻がきかなくなるのだろう。まして、人間は……。

夏バテ日記

二〇〇二年九月

十五、六年前、朝日ホールでルノワール映画祭があった年の冬だったと思うのだが、自分のエッセイ集を本棚から出して調べてみればわかることなのだけれど面倒くさいので、まあ、かれこれそれくらいの昔になるだろうと書いておく。

朝起きて顔を洗い、洗面台から上体をおこしかけたとたん首筋と肩に激痛が走って首がまわらなくなってしまった。それ以前も肩凝りと腰痛には悩まされていて、マッサージやら鍼やら灸やらピップエレキバンやら指圧やら、あれこれ試みてはいたのだけれど、寝床で本を読むことと原稿を書くということがなければ、おきない、というより、さて、そろそろ書きはじめなければならない、ということになって、何をどう書くか、あれやこれや考えはじめると、なんとも重苦しく首筋から肩、背中、腰にべったり固く張りついたような凝りが執拗にまとわりついて、吐き気までする、という状態が続いてはいたのだったが、原因はストレスと運動不足なのだとわかっていても、有効な方法が見つからないまま、

「激痛」が走って首がまわらなくなる、という経験は初めてで、形成外科やら指圧、鍼灸と、かれこれ一ヵ月ほど通って（もちろん、その間は、原稿を書くということはせずに）、やっと治り、それ以来、二度とあの「激痛」を経験するのは御免だ、という決意で、太極拳、ダンベル体操、ラジオ体操、と、どれも長続きしないまま、いろいろと試みた結果、一番、性《しょう》にあったのが、お風呂での肩と首と腰のストレッチ体操で、これを毎晩続けたおかげで、ここ何年か、よほど根をつめて原稿を書いても、それほどしつこい凝りに悩まされるということはなかったのに、先だっての長びいた夏風邪の間、あまりのだるさのせいでストレッチを控えていたためか、久しぶりに肩凝りと腰痛と右手の筋の熱を持ったような痛みがはじまって、すっかり、げっそりしている。このげっそり状態が長く続くと、中高年性ウツ病ということになるというもので、肩凝りと腰痛は気持まで滅入ってくるし、夏バテでもあるのだ。

もっとも、夏バテというのは、暑さのために食欲が落ちてビタミンB_1の不足からおきる疲労感やケンタイ感のことを言うらしく、ケンタイ感や疲労感ならば、ケンタイという度忘れした漢字を辞書でひくのも億劫なくらいなのだが、食欲は落ちてはいないので、そこが、せめてもの救いというものではあるけれど、いつの頃からか天気予報で使用されなくなった「不快指数」の高い、暑くて湿度の高い日には本当に頭も働かなければ身体の具合も悪くなって、頭痛はするし肩は凝るし、腰は重いやら、脚はむくむし、せめて、こういう時期に小説を書かずにすめばいいのだけれど、と、今さら無駄なこと——初夏のうちに、夏の二カ月分の小説の原稿を書いておけば……とか、九月まで書かずに原稿料だけは先にもらう、というのはどうか……といったような——を考えていると、テレビの天気予報では、暦のうえでは、今日は立秋ですが、まだまだきびしい残暑が続くでしょう、と言っていて、これも毎年頭に来ることの一つなのだ。と言っても、もちろん老いを自覚してからの毎年ということだが。暦というのは、月齢で日を数えるいわゆる旧暦の太陰太陽暦のことを言っているのだから、細かい計算は知らないけれど、太陽暦での八月七日あたりが立秋になるというのが、どうも一つ信用できない。

それが証拠に、という程でもないが、「お盆」といえば八月だと思っていたのだが、東京で暮すようになって、七月の十日頃になると、八百屋やスーパーマーケットやお菓子屋の片すみに、お盆用の飾り物や打ち物のお菓子が並び、夏用の法服を着てスクーターでトコトコ走る坊さんの姿をよく見かけるので、なるほど、それで、八月のお盆を「旧盆」というのかと思ったのだったが、「七夕」も同じで、明治以後に採用された太陽暦の七月七日に日付けだけを自動的にあわせたものより、正確な太陰太陽暦上の計算とはずれていても、よりそっちに近いはずの八月七日に「七夕」をやる仙台のほうが、陰暦の季節感には近いはずで、それと同じように「立秋」にも、ずれがあるのではないかと思うのだ。「暦のうえでは」という時の暦が太陰太陽暦を意味している以上、そちらの暦の計算で割り出して決めてくれ、と言いたい。「暑さ寒さも彼岸まで」という言葉があって、祖母や母親がよく口にしていたものだけれど、八月七日あたり、今日は暦のうえでの立秋です、と言われると、子供の頃は、夏休みも前半は終った、とせかされているようで、まして私の生れたところも八月七日に七夕祭りをやっていたから、どうもピンと来なかったし、陰暦では八月十五日にあたる中秋の名月の「お月見」は、どういうわけか太陽暦九月の満月の日になっているのも、どうでもいいようなものの、しゃくにさわったりするのである。

ところで「七夕」といえば、七月に入るとさきおとしまで目白のピーコックストアでは、地下と一階の間の階段の踊り場に笹飾りが飾られて、その下の小さなテーブルにタンザクが置いてあり、あなたの夢や願い事を書いて笹の葉に下げてください、願い事がかないます、という張り紙が張ってあった。まあ、タンザクを吊るすのは、たいていは、小学校低学年までの子供で、夢も願い事も他愛のないものなのだが、中には天神様の絵馬と間違って、志望校に受かりますように、という中高校生やその母親の書いたタンザクもあって、七夕の竹に字を書いたタンザクを結ぶという風習は、もともとは(と、言ってもラフカディオ・ハーンの『日本の面影』か何かで読んだのだが)、そうすると、字が上手になる、という言い伝えによるらしいし、色紙を細長く切って作ったタンザクに、その頃から変らず今でも下手な字で書いたのは、「七夕」とか「星まつり」「おりひめ」「ひこぼし」といった文字で、子供の頃、「願い事がかなう」などということは、ディズニー・アニメのテーマ曲の〽星に祈れば願いがかなう、という歌は知っていたけれど「七夕」については聞いた覚えもないし、字が上手くなる、というのも、私に関していえば、まるで関係なかったわけだ。

それはそれとして、さきおととしのピーコックストアの七夕飾りの前で、テーブルに向って、なにやら熱心にタンザクに書いている眼鏡のダークグレーのスーツで、大きめのナイロン製書類鞄を持った若い男（推定二十四歳から三十二歳、というところか）がいて、職業はというと大学院の学生か大学非常勤講師というタイプで、中背で小ぶとりで、まあ、はっきり言えば中途半端なオタクのモテナイ系というところか。真剣に考え込むかのように宙を見つめては書きすすめる様子が、ちょいと異様だったので、踊り場の壁に張ってある、新聞の折り込み広告の今週のお買得情報を、何気なく見ているふりをして、若い男がタンザクを笹の葉に吊るして立ち去るのを待ち、何を書いたのか、さっそく読んでみたところ、〈美人でスタイルのいい、頭が良くて優しい女の子が、僕の彼女になりますように。〉と、筆ペンで書いてあり、黒いナイロン製書類鞄をガサゴソさせていたのは、筆ペンの出し入れのためだったのかと納得したのだったが、私はその足で二階の文具売り場へ行き、ピンクの太書き蛍光インクのフェルト・ペンを買い、人のいないのを見すましてから、〈……僕の彼女になりますように。〉のタンザクの裏に大きく目立つように、「ムリだっての!!」と書いて、吊るしなおしたのだが、こういった振舞いは、五十のおばさんのやる事ではないし、それに、まあ、いわゆる「文学者」のやる事でもないだろう。

学者系モテナイ男の典型的願い事の、幼稚さと醜悪なコッケイさを、何もピーコックストアの七夕飾りで馬鹿にする必要もないようなものだが、「ユリイカ」に連載していた小谷野敦のエッセイを読むたびに、ピーコックストアの七夕男を、つい連想してしまったせいで、実のところ、そう馬鹿な真似をしたという気持でもないのだ。と、ここまで書いて、記憶をたしかめるべく、姉に例のタンザクのことをきいてみると、〈美人でスタイルのいい、頭が良くて優しい〉だけではなく、あきれかえったことには、〈料理の上手な〉という一句も含まれていた、と憎々しそうに言い、そういう男が一方的に女の子に夢中になって相手にもされないのを、勝手に振られたと思い込むと、せんだって、地下鉄の中で見た「一人二役男」になるのだ、と言う。

「一人二役男」というのは、姉が目撃した、見合いをして、自分は気に入っていたのに、相手の方から断ってきたので誇りが傷つけられた男と、その男をなぐさめながら見合い相手の女の悪口を言う友人を、大声の独り言で喋っていたという若い男のことで、こういうのが、東浩紀の好きな「分身」てやつの中にもいたりして、と鼻先で笑ってから、「友人」が、いいじゃないか、あんな女、頭も無ければ胸も無いインテリぶった女じゃないか、それが生意気に、と怒り、「男」のほうは、でもなあ、ホント、傷ついたよ、とウジウジ答えるのだそうで、昼間の地下鉄はガラガラにすいていて、「一人二役男」の座っている近くには四、五人の女性客がいるだけで、それがどういうわけか全員痩せ型タイプだったので、ドキッ、という顔を見合わせてしまったそうなのだけれど、次の駅で姉は地下鉄をおりて、待ちあわせをしていた若い女性編集者にあって（彼女も超痩せ型）その話をすると、大笑いしたあとで、ドキッ、他人事《ひとごと》じゃないっすよね、と苦笑し、電車内での「ヘンな奴」見聞談を一くさり語ったのだったが、それをここに紹介しはじめると、ロンド形式のコント仕立てになってしまいそうなのでやめておくことにする。

「七夕男」のエピソードを「独身男性」にすると、だって、と、不満もあらわに、「七夕男」のどこが悪い、という顔をして、たいていの男はそう思ってるんじゃないですか、女の人の言う三高（高学歴、高収入、背が高い）と同じで、といった答え方をしたのが、批評家のもてない男で、高校中退（大検は合格）で遊び人の、友人の息子は、オタクって言葉もフルイけど、そういう奴って、ただもてないだけじゃなくて、結婚願望オタクってんじゃないですか、オタクの中のサイテーのオタクですよ、と答えたので、さすが私たち姉妹の友達（女性）の息子だけあって、物の見方が常識的だ、と感心したのだった。

と、書いていて、七月二十七日の夜十時台にNHKのBSで「ザ・クイーンズ・コンサート・エリザベス女王戴冠50周年記念」という番組を、半分眠りかけながら見たのを思い出した。ポール・マッカートニー、ロッド・スチュアート、ブライアン・メイ、エルトン・ジョン、エリック・クラプトン他、が出演し、バッキンガム宮殿の中庭だかなんだかに、二万人とか三万人の観客が集り、世界中に中継され（この日の放送は録画）二十億人が見たのだそうだが、ブリティッシュ・ロックと女王が野合するとそんなに商売になるものか、とあきれたものの、それは、ひとまずどうでもいいことで、こう書いてきた文章の流れから、物覚えのいい読者であれば、「ヘンな奴」の続きとして、私が次に書くのが、皇太子が天皇になって十年目を記念した祝典に、祝いの演奏をしたロック・グループ（？）X JAPANを批判する声明（!!）を発表した東大助教授の小森陽一とその他のメンバー（名前は知らないが、小森が一人で声明を発表したわけではなかったはずだ）の振舞いだろうと思ったのに違いなく、そして、まさにそうに違いないのだが、この、物笑いの種としても、あまりのことに無視されがちだった「声明」は、新聞記事として社会面に載って、どういう内容だったかと言うと、反体制であるはずのロックが、政府主催の国民的行事として天皇の在位十年を祝う祝典に参加していいものかどうか、自分たち、「ロック＝反体制」と思っている者としては、参加ロック・グループの考えを問い質したいといったものだった。「ロック＝反体制」というのも、相当以上に噴飯物だが、「X JAPAN＝ロック」というのも輪をかけて噴飯物で、やんなっちゃうけど、小森たちは「ザ・クイーンズ・コンサート」については、どう振舞ったのだろう、インターネットで声明でも発表しただろうか。あるいは、イギリスのカルチュラル・スタディーズの一派——ダイアナ元妃の死を巡る騒ぎについては分析研究があったようだが——も「声明」を出してたりして。

アレックス・コックスが『シド・アンド・ナンシー』を撮ったセックス・ピストルズも、ミック・ジャガーも、「ザ・クイーンズ・コンサート」には、もちろん出演していないのだが、そういうロックのことを「反体制」と呼ぶにしたところで、「ロック＝反体制」などというものは存在するわけのものではないし、政府主催の祝典行事そのものに反対すればいいものを、X JAPANをロックと称し、ロックを反体制と結びつけるのだから、あきれる。

今では「帰省ラッシュ」と言いならわしているものを、三十年くらい前の新聞の見出しでは「民族大移動」などと書いていたものだったが、お盆休みとも言う休みのせいで、そろそろ目白通りも、車の流れが減って、人通りも少なくなり、商店には何日から何日まで休みになる、というお知らせの張り紙が貼られていて、休みになる前にお酒は一週間分買っておかなければならないし、印刷会社が休みに入ったり、中小の出版社も休みに入り、そうでないところでは、編集者も休みをとったりしはじめるのだけれど、貧乏ヒマなしの私たちのところでは、暑さと座業と家事から解放されないままで、秋に上梓する絵入りのエッセイ集(『待つこと、忘れること?』平凡社)のレイアウトその他に姉は忙殺され、私はゲラ読みと手入れにおわれ、やはり秋に出る『彼女(たち)について私の知っている

二、三の事柄』の文庫版のゲラ読みを、つい四、五日前におえ、印刷会社の休み前に入れてほしい、というエッセイの原稿を書き、短篇小説のメモを作り、エッセイ集の後がきを書き、根がストレスに弱いたちなので、各種の栄養補給サプリメントを飲んで、なんとか夏をやりすごすしかないのである。

本の形になっていない印刷された紙の束をクリップでとめたゲラ刷りを読むのは疲れる作業で、ゲラの段階での書き直しや書き込みを私はあまりしない方で——それだけ完璧に近い原稿を渡すわけで、それで、書くのが遅いのである——その意味での作業量は大したことはないものの、自分の書いた文章を、単行本のゲラで、もう一度気合いを入れて読みかえすのは、神経が疲れる。

その点、文庫の『彼女（たち）について……』は、一度作った本だから、それ程疲れることもなく、というよりも、心おきなく「読者」として楽しみながら読んでしまい、何度も笑ってしまったのだ。しかし……、自分の書いた小説をゲラで読むのが唯一の楽しい読書で、気晴しになったという、仕事ずくめの夏の日々には、つらいものがある。

ノーテンキ日記

二〇〇二年十月

目白通りにあった文房具屋がこの七月に閉店してしまったので、ちょっとした文房具を買うために、かなり遠くまで歩かなくてはならないのが面倒なのだなどと言うのは、いかにも無精者めいているような気がする。

文房具屋が閉店したのはパソコンの普及のせいなのか、百円ショップで売っている文房具類のせいなのか、それとも各種事務用品の安売り兼デリバリー店のせいなのか、その全部のせいなのだろう。閉店した文具店で私が買っていたのは、トンボのモノボールという一本百円のボールペンで、これを長年愛用しているのだが、一本でほぼ、四百字詰め原稿用紙に、行変え無しでびっしり書いて十枚書ける見当だから、よほど推敲を重ねて消したり書いたり、ノートやメモの類いをとっても、実質的に月に五本を消費するだけなのだ。まとめて百二十本買っておけば、二年も持つわけだから、文具店がなくなって不便もなにもないようなものだけれど、商店街の店が閉店になると近所の酒屋の主人から小売り業の大変さのグチも兼ねたお喋りを聞かされるのが、うるさいのである。

文房具屋も百円ショップのせいで商売はアレだったろうけれどさ、と酒屋のオヤジは釣りを渡しながら言う。もっと大変なのは本屋だってね、ウチの親類が本屋なんだけど、いつも売れない、売れない、万引きは増えるし、疲れるし、いっそ、店たたんじゃおうかって言ってるよ、本が売れないと、そっちも（と、ちょっとアゴをしゃくって）大変だよね、高い酒は飲めなくなるんじゃない、と余計なことをいい、さらに、経営しているマンションに某出版社の女性編集者が入居していて、部屋代は会社から直接振り込まれるので滞納の心配は一切ないうえに身元も保証されていて、大家としては最高の入居者なのだが、しばしば、午後、タクシーに乗って会社に行くらしく、店から見てると、よくタクシーに乗り込むところを眼にするよ、本屋の親類は、売れない、売れない、と言っているけれど、大出版社は優雅なんじゃないの？　と言うのだが、何が言いたいのかといえば、不景気のせいで万引きが増加しているということで、商品を「万引き」されて出る損失分も見込んだうえで商品の値段はついているとは言え、それを上回る頻度と金額で増えていて、ウチあたりは見のがしちゃうけど、スーパーは大変だよ、額がちがうから、ということなのだ。

しかし、万引きを決して見のがさない者もいる。

「婦人公論」に「女のニュース　男のニュース」という、〈この連載は作家の橋本治さんと文芸評論家の斎藤美奈子さんが交代で執筆しています〉との注（？）の入っているコラムがあり、その九月七日号で橋本治が〈東京駅の構内にあるコンビニエンスストアで、三十代前半の男がパンやおにぎり五百数十円分を万引きし、これに気づいた店長に追われ、店長をナイフで刺した〉という事件について書いている短文に触れたいのである。橋本治が〈「五百円ばかりのことで人が殺せるのか」と驚く〉のは当然のことで、この事件の犯人が警察に出頭した経緯を伝えるテレビのニュースでは「五百円殺人」という、ショッキングなようでもあり滑稽なようでもあるキャプションを使っていたのと同様の常識人的な感覚なのだろうが、私はこのニュースを見ていて、五百円くらいのパンだかおにぎりを万引きされたくらいで、何百メートルも「万引き犯」を追いかける店長というのがいる、ということに、変ってるよ、と驚いたのだった。

ニュース番組制作者にも、同じように感じた人間がいたらしく、そのコンビニエンスストアでは、以前商品のパンに針を刺した六十代のホームレスの女性が警察に逮捕されたことがあり、ホームレスの女性が店長に万引きの現場を見つかって厳しく叱責されたのを恨んでの犯行だった、という情報を伝えていて、さらに殺された店長の元警察官の父親が、息子は正しいことをしたのだ、と、そういうタイプの人間を知らないので、なんとも説明のしようのない、淡々として誇らし気な、とでも言っておく他にない表情で語る映像も映されていた。

十年ほども前だろうか、新宿の都営アパートの自室をホームレスの人たちに解放し、自分も会社をやめて住む場所はあるから、働かずに、料理屋やパン屋やドーナッツ屋がゴミとして出す売れ残りを集めて生活している男性のテレビ・ドキュメンタリー番組を見たことがあって、ゴミとして出される売れ残り食品は、それこそ、食べきれないほどの量があっという間に集ってしまうのだ、と男性は語っていた。現在はどうだろうか。無駄を出さないように厳しい管理がおこなわれているのだろう。捨てるのはもったいないと考える目白のパン屋などでは、近所の商店のデブの従業員にやったりして翌日には売れない残り物を始末していたし、モツ煮込みを注文すると、煮込みに入っているレバーにくっきりとクシの穴のあとがついていて、食べ残しの焼鳥を入れていることがわかる、という焼鳥屋もあるくらいだし、スーパーマーケットでは、売れ残りそうなものは夕方近くになると半額シールを張って、その日のうちに売りさばこうとしているのは、ゴミの減量と商売上の戦略でもあるのだろうが、五百円のパンを万引きした男を何百メートルも追いかけた店長に驚いた、というより、いわば、むっとしたのは、パンなんて売れ残ったら捨てる以外ないものじゃないか、という気持だったかもしれないし、パンに針を刺すというホームレスの六十代の女性の幼稚な陰険さには好意は持てないものの、そういった逆恨みを誘うほどの、厳しい叱責を、パンの万引きをした者に加える「正義感」というのは、私にはとても理解しがたい、というのが「五百円殺人」についての第一印象で、万引きをして追われると持っていたナイフで刺してしまう、というタイプの殺人事件は、様々なタイプのアメリカ映画の中で、正義の警官側からも貧困と暴力の関係といった構図の犯人側からも、よく撮られるエピソードだな、こういうのは当然日本でも増えるだろう、という、実にノーテンキなものであり、だから、橋本治のコラムを読んで、橋本が代表している世間ではこう考えているのか、と、そのズレに、びっくりしたというわけだ。

捕まればまた刑務所に入れられる、と思って追いかけてきた相手を刺す、という短絡思考はむろん常識的な思考ではないのだが、それを、〈この問題はどうあっても、「五百円の金はないがナイフはある」と考えていた男の、その意識にあるとしか思えない。／まともな社会人なら、「五百円」程度の金で人は殺せないだろう（あたりまえだよ。傍点ともに引用者）。その金がない自分が情けないと思って、五百円の工面をしようと思うだろう。その工面が出来なくて盗みに走ったのなら、それが露見した瞬間に「恥ずかしい」と思うだろう。だから、たとえ逃げたとして、追って来る相手は殺さないだろう。（中略）ナイフというものを、まるで「私製のクレジットカード」のように行使した。

「ナイフがあれば、五百円の金がなくても社会生活が送れる」とでも考えていたかのようだ〉と分析（？）し、さらに続けて、〈その程度の金がないというのは、人の命を奪うにたる「切実さ」にはならず、それは「社会人」にとって「死にたくなるほどの恥ずかしさ」でしかなく、〈どうしてこの程度の人間が、「社会人」として生きて来られたのかを考えて、それを放置して来た日本社会の愚かしさを思〉ってしまうのにいたって、**桃尻娘が**

なんで村上龍にヘンシンするのだ？　と唖然としたのであった。

さて、ここのところ用事があって編集者に電話をすると、やけに焦って大汗をかいているかのように、ど、ど、どもった返事がかえってくるので、経験上、編集者が電話で、汗かいてどもるのは、原稿料・印税の前払いはこれ以上無理と経理にいわれた、という時と、原稿のある部分を緩和した表現に直してくれ、という時の二つだから、二点について思いあたらない編集者までがなぜどもるのかと、不思議に思っていたのだったが、これだったのか、と思いあたったのが、発行日よりかなり遅れて眼にした「噂の眞相」十月号の「三角関係の過去」を伝える記事だったらしい。例によって、「文芸編集者」と「文壇関係者」から出た「噂」として伝えられている記事は、二つの要点にしぼられる。

「週刊朝日」の匿名書評欄「まっとうな本」の書き手「虫」の「歯に衣着せぬ辛ロコラム」が話題になっていて、「虫」の書いた川上弘美氏の『センセイの鞄』の批評が〈そのあまりの酷評ぶりに、〝これを書いたのは金井美恵子なんじゃないか〟と一部で話題になったんです。というのも、あまり知られていませんが、実は金井と川上は犬猿の仲なんです〉という「文壇関係者」の、私には初耳の前説で、なにしろ「週刊朝日」など、読んでもいない。「前出・文壇関係者」は「5年ほど前」の「ある事件」を、伝えるのである。〈なんと金井と川上の間には、一人の男を奪い合う修羅場を演じた過去があったというのだ。しかもその男というのが、やはり芥川賞作家の松浦寿輝。〉その説を補強するために「文芸編集者」が登場し、なれそめを、〈共通の編集者を通じて知り合った〉らしく〈お互いに小説を書き始めたばかりという境遇（こういうの「境遇」と言うかね。引用者）にあったこともあり、急速に親しくなったようです〉と推測し、〈ここに割って入った〉金井については〈というのも金井と松浦は、金井のデビュー当時（デビュー、というのなら、私のそれは、三十五年前。その当時松浦氏は小学生か中学生か）からの詩人仲間であり、数十年（数十年、という言い方は、普通、五、六十年のこと、四より上で七より下の数《かず》を「数《すう》」と言う）来の〝付き合い〟。同じ蓮實人脈でもあり、若い頃からのいわば、〝同志〟的存在といわれている〉のだそうで、「前出・文芸編集者」は、〈そして金井は、川上と松浦の〝関係〟を聞き付け、なんと、川上と松浦が二人でホテルにいるところに、乗り込んだというんです〉（傍点引用者）と、続ける。「いう」であって「言う」にはなっていないものの、この書き方では、まるで私が「前出・文芸編集者」にそう語ったようではないか。こういう場合は、「そういう噂があったんです」とでもしておくべきだろう。記事を書いている「フリーライター」だか、「噂の眞相」文壇関係担当編集者は、そうした職業にぴったり合った想像力で、〈**女流作家どうしのなんとも壮絶な光景**〉を〈思い浮か〉べる一方、〈以来金井にとって川上はタブーの存在になったといわれている〉と伝え、「前出・文芸編集者」は、まるで私の担当編集者か、そうでなくとも知りあいで、しばしば、とまでは言わないまでも、何回かは会ったことがあるという調子で、もっともらしく〈川上の話題にはあまり触れたがらないし、金井の前で川上の作品を褒めようものなら不機嫌になることもある〉（傍点は、もちろん引用者）と、語った体裁になっている。これは前出・フリーライターか「噂の眞相」編集者が「伝聞」を伝え書く時のマニュアル的文体だから、そうこだわる必要もないのだが、用事の電話で、おおあわてにどもった編集者が、記事中の「文芸編集者」を自分のことだと金井さんは疑っているのかもしれない、と思って焦ったのだとしたら、まあ、かわいそうだけれど、本当いえばおかしくなくもない、というところだし、下司《げす》の勘繰り記事にまき込まれた当事者たちに対してたいていの人間は、当事者のいないところで、「文壇関係者」と「文芸編集者」は、一体、誰なのかと、話題にしこそすれ、そんな記事は知りもしないという態度で接するものだから、記事を知らなかったこちらは、ノーテンキ状態におかれてしまう。

「文壇関係者」と「文芸編集者」から出た嘘の噂を書かれる当事者は、何かの理由で前記二者に恨まれているという場合があるらしい。「三角関係」説のうちの、私を除いた二人のことは知らないが、恨まれている、あるいはダカツの如く嫌われている、という状況が私についてはあるだろうという事くらいは自覚しているが、下品な嘘とデタラメを思いつく相当以上に頭の悪い「文壇関係者」と「文芸編集者」は思いあたらない、と、上品に言いたいものだけれど、全然そうではないのだから、現に記事が書かれるわけであり、〈いやはや、驚くべき三角関係だが、何より驚きなのは、松浦が意外にモテるってことの方かもしれない〉という結論部分の感想で、この種の悪意の示し方は、川上氏の『センセイの鞄』を不倫とスクープしたと自慢する「噂の眞相」的反権威主義的正義面（芥川賞作家とか、〈金井といえば、小説だけでなく辛口評論やエッセイでも有名だ〉というのも、前者は事実だが、金井の場合の有名は、まさか、で、知られるか、すくなくない愛読者のいる、としたほうが事実に近い）というべきだろう。

さて、ホテル突入事件は後にするとして、〈そのあまりの酷評ぶり〉で、書き手が私だと〈一部で話題になった〉という書評は、気になるではないか。**私のように文章の上手な書き手**は、二人といないとまでは、むろん言わないが、事実、そう滅多にいるわけではないので、私がその書き手に擬せられるほどの文章ならば、是非、読んでみたいと思って、知人の女性編集者にコピーを送ってもらって読んだ。

「『センセイの鞄』に涙するバカなオヤジたち」というその書評の書き手は、ちょいと古風な言い方をすると、とりあえず、批評家か小説家の「文壇関係者」で、いつまでたっても芽の出ない系、で、加藤典洋を尊敬もし、ライヴァル視もひそかにしてる、といったタイプの男というところだろう。そういう男はいくらでも（という程の数の人間がライターや批評家をやっているわけでは、もとよりないから、これはものの喩え）いるし、特定する必要も、もちろんないのだが、女性編集者の送ってくれたコピーには、「週刊朝日」のもう一つの書評コラムの斎藤美奈子氏の文章がそえられていて、それによると、彼女もまた「虫」と勘ちがいされ、四方八方で「いやーさすが斎藤さん。痛快でした」などと言われた、とある。それは三月八日号で、もう、ずっと古い話なのだけれど、知ったのは二、三日前「噂の眞相」を読んでなのだから、夏ボケの続き的ではあるのだが、これは斎藤美奈子が誤解されて頭に来るのが極く当然の、バカな正義派おやじ系文章であり、〈書いた人間が簡単に特定できるような文章なら、わざわざ匿名にする意味がない。批判なら私は署名入りで書くよ〉という斎藤美奈子に、私も全面的に同意見である。なにしろ下手な文章なの。

問題の匿名コラムを、〈そのあまりの酷評ぶり〉と、嬉しそうに感心してみせる無邪気なひ弱さは、私も日常生活のなかでは時々発揮するのが嫌いでもない下司の勘繰りをすれば、「噂の眞相」の記事の書き手と同一人物なんじゃない？　頭の弱そうな正義派文章の質が似てるよ、よくまあ、斎藤美奈子説や金井説が出て来たもんだ、自分で言いふらしたんじゃない？　ということにもなるのである。というわけで、また、恨みを買うことになりそうだが、いろいろ面白かったことは面白かったのだった。ホテル方面ばなしの噂にしても下手な不備さ、匿名批評のバカさ、その他、万引きと五百円殺人についての分析は、書きはじめたら、おもしろくなってきちゃったので、次号に続く。

ジョーシキ日記

二〇〇二年十一月

前号で「噂の眞相」のゴシップについて書いたおかげで、知人にあうと「解禁された話題」として、ゴシップを流した文壇関係者と文芸編集者は誰なのか、ということが持ち出されることになった。この連載でそれについて書かなかったなら、むろん知人たちは私の前でそれについて触れることはなく、ある編集者の言った言葉を借りるなら〈一刻も早く忘れたい下品な文章で書かれた嘘のゴシップ〉と、書かれた当人である私が思っているはずなのだから、そんなものは存在しなかった、という態度をお互いにとればいいだけなのだ、と思ったのに違いないだろう。それこそが、まさしく正しいだけでなく、むしろ上品かつ冷静な文学者の態度であって、私との三角関係を報じられた二人は、そうしたふさわしい態度をとればよいのだが、それは御自由なので、小説家として、というほどオーヴァーなことではなく、ごく常識的な普通の、論理的というのでさえもない物の考え方で、文芸編集者が語った〈そして金井は、川上と松浦の〝関係〟を聞き付け、なんと、川上と松浦が二人でホテルにいるところに、乗り込んだというんです〉という噂話系文脈について考えてみよう。

文脈の中では、「金井」が二人の〝関係〟を「聞き付ける」ことはあり得るだろう。それも、ここでは語り手の事情通文芸編集者が、こっそり、二人の〝関係〟を噂話として伝えた、と考えられる。しかし、〈ホテルに乗り込んだ〉というのは、いかがなものか。こうした場合、ホテルでの二人の密会をそれも現場に「金井」が「乗り込む」ために必要な要件は、場所と時間をあらかじめ知っていることであり、それは私立探偵でもやとう他に知りようがないだろうし、そこまで深刻な「三角関係」なのであれば、「二人」の妻と夫も「三角関係」をより複雑化すべく登場しないわけにはいくまい。「芥川賞受賞者」という「境遇」だけではなく「二人」は、それぞれ既婚という「境遇」にあることも一致している。

夫なり妻なりがホテルで愛人なり恋人なりと密会したことを知ることになるのは、常に事後的にであり、それはたとえば、愛人問題で離婚した元妻の小説家が書いていたように、これも小説家で離婚歴の何回もある元夫の、仕事で泊ったとは思えないホテルのツインの部屋の領収書を机の引き出しから発見した時であり、小説家が、なぜ不用意な馬鹿さで証拠になるような領収書をとっておくのかというと、税金の申告の時に必要経費として計上できるからという節約心で、所得税の全国民申告制を採用しているアメリカでは、そうした節税志向で愛人の存在が妻にバレるというケースが多い。だから、夫なり妻なりのホテルでの密会を知っても、ホテルの領収書を突きつけることで、夫婦間の第三者をめぐっての「修羅場」はありこそすれ、ゴシップの文脈の、「金井」がホテルに乗り込むというくだりには、私立探偵をやとって「二人」の関係を調べて、しかも、「ホテル」に張り込むという手間ヒマをかけたあげく、という前置きが必要であり、どういう「文芸編集者」なのか知らないが、話の整合性を理解する能力に極度に欠けている、という点を中心に考えれば、思いあたる人物は二、三にとどまりはしないのだが、ただ思考能力に弱点がある、というだけの理由で、人を疑ったりしてはいけないだろうし、そうした弱点を持っているうえに、というか、それ故に、文章が下手だという理由で、たとえば、〈実のところ『センセイの鞄』は恋愛小説ではない。恋愛小説には、生きた人間と現実の軋みが必要だが、この小説には、はなから、それが、ない。〉（傍点は引用者による）といった大仰なアホ文章で「まっとうな本」（このまっとうという言葉つきが、また下品）というコラムを書く「虫」を、いつまでたっても芽の出ない批評家か小説家で、加藤典洋を尊敬しているタイプ、と勝手に憶測したのも、自分で書きながら、いかにも様になりすぎているので笑ってしまったとはいえ、まあ、上品でも優雅でもないやり方だろう。ゴシップに対しては沈黙というより無視が、上品と優雅を保守するための鉄則なのだし、そうした鉄則は、ゴシップの下品さを際立たせる、ということになるのだろう。しかし、そんなことはどうでもいい、私の担当編集者の名前が、狭い「文壇」界隈で、「文芸編集者」として、まさしく彼、などと言われているのを耳にするのはひどく不快で、その場で、絶対に違うというだけではなく、違うことを明記しておきたいと思う。

青森のなみおか映画祭所蔵フィルムのフレデリック・ワイズマンの『肉』を、十一月二十日からのなみおか映画祭上映より一足早く（ただし、日本語字幕のついていない状態で）見ることが出来たのと、正月公開のエリック・ロメールの新作『グレースと公爵』を試写で見て、実のところは「噂の眞相」ゴシップ問題のことなど、どうでもいいように思えていたのだ。

確かゴダールと同じ年のはずの、弁護士兼法学部教授の、世間的には恵まれたエリートの職を投げうって、六〇年代に『クール・ワールド』のプロデューサーをやったことから記録映画作家へと人生を転じてくれたおかげで、私を含めて多くのワイズマン中毒症——上映時間七十五分という短い作品もあるが二時間を超えるのがほとんどで、患者に取り付けられた人工呼吸器を外すかどうかを、病院のスタッフと何人かの患者の家族が話しあう様子を撮った『臨死』は上映時間が六時間を超すのだが、彼の記録映画は、次から次へと見たくなるのだ——の観客を世界中の映画祭で生みだしたフレデリック・ワイズマンの『肉』（'76）は、牧場で飼育されている動物（映画では牛と羊）が食肉工場でどのように、フォード・システム化された工場の流れ作業の工程を通して、清潔で人工的な「肉」になるかを一切の過程を省略せずに見せるもので、食品工場内での究極のフォーディズムとも言うべき、一人の労働者の行なう作業の極度の細分化が、動物を肉化することの現実感を見事に文字通り洗い流し払拭させる様子が、アメリカの労働と肉として映し出されるのを見ていると、ゴダールの食肉加工工場での労働と争議と、メディアの労働と政治をあつかった『万事快調』が、もっぱら、共同監督のトロツキストの名門出身の毛沢東主義者だった左翼文化人、ジャン＝ピエール・ゴランの作品であるにしても『万事快調』は、『肉』や『メイン州ベルファースト』『パブリック・ハウジング』『福祉』『モデル』『ストア』などの、一切のナレーションを排して、ただ撮影され、監督であり録音係でも編集者でもあるワイズマンによって録音された繊細きわまりない「映画」に対して、優に負けている。

しかし、それが言いたかったわけではなく、ここでワイズマンの名前が出て来るのは先月号の「万引き」の話をむし返したいからなのだ。読者からお手紙をいただき、それには、五百円の万引きで追いかけて来た人間を刺し殺すというのは普通に異常で、それを社会化された大人とは思えない行動だと「元桃尻娘」が正義を振りかざして思うのは、いかにもあたりまえだとしても、個人商店を経営し、それが失敗して地方に移り住んだ境遇（間違った言葉づかいではありませんよね）の者の経験から言わせてもらうと、万引きを追いかけた店長も社会人で大人であれば、追いかけている途中で、店のグズな店員（眼を光らせて、万引きの現場を押えられもしなければ、追いかけて捕まえる、などはもってのほかの）が、もっと高い物の万引きを見逃しているのではないかと心配になって、ひっかえすのではないでしょうか。店を失敗してから、五百円のお金に事欠くこともありましたが、情無い境遇だよ、と思いこそすれ、橋本治が書いているように〈その程度の金がないというのは、社会人にとって「死にたくなるほどの恥ずかしさ」でしかないはずなのだ。それを知らなければ、社会人ではない。どうしてこの程度の人間が、「社会人」として生きて来られたのかを考えて、それを放置して来た日本社会の愚かしさを思う。〉などと思ったことはありません、ジョーシキ的にそうでしょう？　と書いてあったので、まったく同感という返事を書いたのだった。

ところで、フレデリック・ワイズマンの『パブリック・ハウジング』は、クリントン政権下に行なわれた、貧困層に代替の住宅を用意する施策なしに進められたシカゴその他の高層公営住宅の取り壊しによって、様々な問題のうえに、さらに事態の悪化の進む、シカゴのアイダ・B・ウエルズ公営住宅団地（住人は約五千人の黒人貧困層）で撮影が行なわれた三時間十五分の映画なのだが、団地内にあるスーパーマーケットのシーンは、幾つものエピソードのなかでも息を呑む異様さでそれまでまったく知ることのなかったアメリカ社会を見せられることによって衝撃を与えずにはおかない。

万引きと強盗の多発から店を守るために店の入口全部を鉄の門扉で覆い、ごく小さな切符売場ほどの大きさで開いている窓口に、団地の住人である買物客が長い行列を作って並び、客の注文の品を店員が歩きまわって店の棚から取り集め、窓口にいる何人かの店員が、金と引き換えに商品を渡すという、後で知ったのだけれど、南米などでもこの「シカゴ方式」と呼ばれているらしい、商品の近くに買い手を近づけない販売方法（それは刑務所や学校や密入国の農業労働者を使用する農場などでも行なわれているが）のとられる豊かな消費社会というのは、いったい何なのかという驚きである。不景気とはいっても、貧困が貧困として問題化などされてはいない日本で、ごくわずかな金額の金を手に入れるために行なわれたいくつかの殺人事件について橋本治は〈人の命は、小遣い銭程度の金で引き換えにされるようなものではない。その程度の金がないというのは、人の命を奪うにたる「切実さ」にはならない〉と書くのだが、「シカゴ方式」はそういう普通の意味での〈切実さ〉とは無関係に殺人が起こったし起こりうるし、物は盗まれ、金は奪われると考えられた場所で（誰がそう考えたのか？）作られたものなのだ。

そういえば、〈人の命を奪うにたる「切実さ」〉という言い方は、〈恋愛小説には、人間と現実の軋みが必要だ〉という言い方にそっくりだし、プライバシーと文学表現が問われた、ということになるらしい柳美里の『石に泳ぐ魚』の最高裁判決での敗訴を受けて、毎日新聞（十月一日）のインタヴューに答え〈裁判官は全人格をかけて『人権やプライバシーとは何か？』を語るべき〉であり〈文学には肉を切らせて骨を断つ面がある。法律や思想、既成のモラルが超えられないものを超えていくのが文学だ〉と大仰に語る加藤典洋も、もちろん、そっくりなのだ。出版差し止めを受けていない修正版を基に「改訂版」を出したいという新潮社は、むろん、これだけ話題になったモデル小説を、なんとしても売らなきゃ損だ、というのが本音だろうし、〈文学表現と司法は、一方が他方を裁くのではなく、互いが相手の根源を問い直す、生きるか死ぬかの関係〉と加藤は言うが、フン、そうだろうさ、少年時代にセックスをしたのだか恋愛をしたのだか年上のナチの女看守が戦犯で刑務所に入っているのに、戦後判事だか検察官だかになったかつての少年が、本を朗読したテープを送りつづける（女看守はナチズムにふさわしく非識字者なのだ）、という『朗読者』のような小説に感動する男の文芸批評家や小説家がいるはずさ、てなものだし、〈10年後、20年後に今回の判決と作品のどちらが生き残るかだ〉も何も、それとわかるモデルにされた女性はまだ若い人なのだから、生きているかぎりは判決が生き残るのであって、〈10年後、20年後〉では確かめることなど出来ない相談だろう。

　同じ毎日新聞のインタヴューで加賀乙彦は〈『表現の自由』をめぐる問題というより、モデル小説におけるモデルの描き方、表現方法に問題があったのではないか〉と、まっとうに答え、『週刊読書人』連載のロング・インタヴューの中で蓮實重彦は、もっと単純化して、小説の書き方にデビュー作として当然持っているべき大胆さが欠けていて、下手だからだ、と答えており、この答え方が『石に泳ぐ魚』というあまりにも無防備な文学的素直さに貫かれたモデル小説についての唯一の文学批評だと思うのだが、私が気に入っている柳美里批判の文章は、毎日新聞読者投稿欄に載った42歳の家事手伝いの女性のもので、〈柳さんは、自分の友人のプライバシーを、本人と分かるような形で勝手に小説に仕立てました。そして、苦しんだ友人の方が訴えたにもかかわらず、平気で文学の自由を主張しました。〉という、クラス会で優等生の同級生の行なったがまんならない不正行為を、意を決して告発する少女を連想してしまう作文風文章である。平気で、という言い方のカジュアルな悪意の無気味さが、不快で気に入っている。

さて、スクラップ記事を挟んでおいたフォルダーの中に、先月だか先々月のはじめに切り抜いた、本の広告が二つ入っていた。後で買うつもりで切り抜いたわけではなく、おかしかったので取っておいたのだ。「競争社会の敗者に恋愛は可能なのか?」という、人間と現実の軋みがギリギリと歯がみしているような宣伝コピーの、発売たちまち大増刷! 本体１４００円の村上龍『恋愛の格差』(多分、エッセイ集)には「本文より」の引用、〈男に依存しなければ生活していけない女は、自分の運命を他人に託すことになる。それは多大なリスクだ。賢明な女は、男を選べるようなポジションを得たいと思うだろう〉という文章も載っている。本誌(「一冊の本」)に「結婚の条件」の新連載のはじまった小倉千加子による、このなんともズレている、不可思議な内容を持つらしいエッセイ集の書評が是非とも読みたいものである。

もう一つは『文藝春秋・特別版　美しい日本語』。〈言葉の力を身につける　全篇書き下ろし116人の「言葉をみがく」ヒント　言葉の力が甦り、明るく元気になる読みやすい大きな文字で大特集〉という広告である。この広告と一緒にゼムクリップで留めてあった切り抜きは、『声に出して読みたい日本語②』を出したばかりの草思社代表取締役社長の書いている「編集の現場から」という毎日新聞読書欄のコラム。〈……などの定番も入れあれやこれやの名文名句をちょっと多すぎるくらいふんだんに採用した〉（傍点は引用者だが、取締役社長の、リサイクルに対する本音かも）という社長は〈前著の刊行後、類似した「日本語」本が続出した〉ことに対して〈それにしても、何でこんなに柳の下のドジョウを狙ったまね本が多いのだ。出版界は本当に生き馬の目を抜く世界なのだと実感した〉と感想を述べるのである。

まね本と生き馬の目を抜くのが、どういう関係にあるのか、ひとつピンとこないのだが、まねでもなんでも売れ筋の本は、水もののキャラ・グッズのようなものだから、売れてるうちにじゃんじゃん粗製乱造して売る、と自分だけではなく出版界の多くの編集者が考えているのだから、油断は禁物だな、という意味だろうか。常識的に考えると。

出版界は生き馬の目を抜く世界、という草思社の社長の実感とはあまり、というか、まったく縁のない人たちと仕事をしているような気がする。売れる努力をおこたって、出版社内の他の売筋本に養ってもらっている状態の文芸雑誌は、経済的自立をはたすべく独立採算制にせよ、と主張する大塚英志の連載評論（？）を載せるという自虐的メディアの開放度を自負しこそすれ、生き馬の目を抜く、などと言われても、そういうところでは、これは、馬の耳に念仏、というべきか、馬耳東風、というべきか、どっちにしても、そういう顔をされそうな気がする。

ところで、店を閉めた文房具の店舗は、巨大な換気装置が屋上から煙を排出するので店内は煙と匂いのしない焼肉屋に改装された。焼肉は、外食の場においてまで、自分で材料を焼いて食べるというのが面倒くさいし、肉も若い頃のようには食べたいとも思わないのだが、少しずつゆるやかな速度で変化している目白通りを歩きながら、ワイズマンの『肉』を見ると、レバーとキドニー以外の内臓がほとんど廃棄されてしまう肉製造のやり方に比べて、牛の内臓も血もあまさず利用する食べ方が正しいのだ、と陳腐に思うのだが、私としてはセンマイやハチの巣の焼肉より、フィレンツェの郷土料理の内臓煮込みの天火焼きの方が好きで、この料理は、今は、いろいろとあってホームレスをやっている絵画修復家が、フィレンツェ留学時代、大家のファシスト党員だったバアさんに教えてもらったレシピを孫びきに受けついだ、調理に長時間を要する料理なのだ。

ヘトヘト日記　二〇〇二年十二月

先月号の最後のところで、フィレンツェ風内臓煮込み《トリッパ・ア・ラ・フロレンティーナ》の天火焼きのことを書いたのは、つい先頃上梓した『待つこと、忘れること?』（平凡社、一六〇〇円）を校了にしたばかりだったせいかもしれない。

これは主に「太陽」に連載していた、姉のさし絵入りの料理エッセイを、カラーの図版入りで一冊にまとめたものなので、書評も紹介記事もメディアに載らないうちから、発売たちまち二刷というものです。『目白雑録』の読者の皆様にもおすすめの、というのは、私が悪口を書くのが（小説はもとより）達者なだけではなく、熟年のつつましい生活人として、料理に、大嫌いな掃除にいかにヴェテランとしての知恵を持っているかについて書かれたエッセイ集だからです。美しい猫（私たちのトラー）の絵も簡単美味な料理のレシピも満載で、信じられないほどのお買得価格の一六〇〇円！

この年になると、ただ馬齢のみ重ねる人間と、年相応の幅広さを身につけた人間との差が、なぜかはっきりしてくる、というと、いかにも自画自讃のように聞こえるかもしれないけれど、実のところは、私にしても姉にしても、子供の頃からやっていたことを今もまだやっているということに、『待つこと、忘れること?』を一冊の本にまとめながら、改めて気がついた、ということなのだ。映画を見る、本を読む、絵を見る、文章を書く、絵を描く、料理を作る、掃除をする、猫をかまう、それから、まあ、人の悪口を言う（母がまとめて残しておいてくれた姉妹二人分の小学生の頃の絵や作文を見かえしたり読みかえしたりしていたら、読書感想文に、作者の文章について、へただからつまらなかった、と書いているのだったが、こういうことを称して——あんたのようなケースを——「雀百まで踊り忘れず」というのだ、と、私の文章を読んだ母は三十年前に言い、その頃は私も元気で、ヘトヘトに疲れてはおらず、気力も充実していたから、フン、「栴檀《せんだん》は双葉より芳《かんば》し」だよ、と言いかえしたのだったが、今は「雀百まで踊り忘れず」の方に、実感を持っている）、ということだけは、五十年間、欠かすことがなかったではないか……、と、やや回顧的気分になったのは、働くのが大嫌いのせいで、滅多にはあるはずもない過密スケジュールであれこれの仕事をこなすことになった十月から十一月にかけて、すっかり忘れていた誕生日を思い出したのが、友人からのプレゼント（サクランボとアレキサンドリアの美しいビン詰めコンフィッチ——ようするに果物の洋酒シロップ漬け——が今年で、去年はなぜか魚の干物、その前の年は竹炭焼き高級海苔……）と、毎年誕生日にとどく眼鏡屋からのカード(リーディング・グラス——老眼鏡のこと——の具合はいかがか、そろそろ〝度〟がすすむ頃だから、検眼に来てみたら？という内容)のおかげで、そうかあ、あと五年で、シニア割引きで映画が千円で見られるんだなあ、と気がつき、そういえばなあ、五十年間、いっときも休まず、変わらずにやってるのは、と、ふと感慨深かったのだった。

体力にはまるで自信はないし、ストレスには弱い性《たち》だし、一ヵ月に五十枚も原稿を書けばヘトヘトに疲れて、よろめくように日常生活を送ることになるタイプの人間にとっては、十月、十一月は地獄の季節だったと言えるのではないかと思うくらいで、十月はこの三年間、泉鏡花文学賞選考会のために、選考委員をやっていなければ、この年になって、こういうものは絶対に一生読むつもりもないというタイプの小説を何冊も何冊も読むはめになり、文学賞の選考などというものは、何を選ぶかに委員間の多少のカケヒキやら情実やら力関係やらの「文壇事情」がからむだろうけれども、それはそれとして、おかしそうだし、基本的に、いろいろな小説を読むだけなのだし、書評を書くのよりは気楽だろう、と考えたのは甘くて、なにより候補作の数々を読むのが辛く、しんどい作業でストレスが溜って食欲がなくなる。そうだ、サプリメントを飲もう。アスリート派青年健康雑誌「ターザン」の「攻めのサプリ!!」という特集号をとっておいたし、ピーコックストアの二階にもサプリ売場がある、というわけで、「セントジョーンズワート——ストレスが多く落ち込みやすいあなたに」と「カテキン――ストレスの多い方へスッキリとさわやかな毎日を」を購入したのだったが、「小説」を読むストレスには、はたしてどちらが効き目があるのか判断に苦しむ。読んでると、ウツ的気分にもなるし、苛々して本をひっちゃぶきたくもなるのだ。

とは言え、選考の結果は喜ぶべきもので、野坂昭如氏に決まる。おかげで二十何年ぶりかに受賞者の野坂氏にお目にかかれたし、鏡花賞三十周年記念文芸講演で、野坂氏の卓抜な鏡花論（トテモ変ナ、奇っ怪さに迫力あり。いつの間にか、自身の女性嫌悪についての実感的分析になるところが小説家らしい魅力）も聞けたとはいえ、金沢までの往復で二泊三日は、ヘトヘトになる。

若い頃はいろいろな細かいことが我慢できたのだけれど、近頃では、朝目覚めに飲むホテルに置いてあるまずい日本茶ティーバッグがいやだし、ルームサーヴィスのミルクティーをちゃんとした熱湯でいれるホテルも滅多にないし、部屋に置いてあるポットのお湯は温度が低すぎるので、ミルクティーを起きぬけに飲むのはあきらめて、小さな急須と茶碗、飲みなれた茶葉を荷物に入れ、出かける時には、新幹線のサンドイッチとお弁当がまずいので、前の晩にサンドイッチ（ハムとキュウリとチーズ）を作り、家を出る寸前にテレモスに熱いミルクティーを入れ（その他にも、各種サプリメント、老眼鏡、パジャマ、洗面・化粧用品、背中洗い用浴用ブラシ、入浴剤、耳かき、胃薬、風邪薬、バンドエイド、安眠用ハーブ・エッセンス、着がえ用の服一式と靴、ハンドバッグ、列車で読む用の本、ベッドで読む用の本、メモ帳とボールペン、アクセサリー、と、年を取るにしたがって旅行の荷物は増える一方）、溜息をつきながら、じゃあ行ってくる、と、トラーと姉に見おくられて出発するのである。

その三日前には、池袋のリブロで『待つこと、忘れること？』のサイン会というのを姉と一緒にやって、これは遠方（福岡）から来てくださった読者の方や、私たちの本のために、自作の広告用ポスター（もちろん、絵入りの）を描いて持ってきてくれた小学生のお嬢さんもいたりして楽しかったのだけれど、サイン会というのは初めてだから疲れ、おまけにリブロの店長（男）が、マイクを持って「只今、金井美恵子、金井久美子著『待つこと、忘れること？』のサイン会をやっております。まだお時間は充分ございます。行列にお並びください」「時間も迫ってまいりましたが、まだお時間はございます、どうぞ、列にお並びのうえ……」と十分ごとに店内放送をするので、だんだん、デパートのワゴン・セールみたいな気分になってくるのだった。「只今より五時まで、婦人カシミア長袖セーター、長袖カーディガン二十着、セーターは六八〇〇円、カーディガンは七八〇〇円での御提供です。これからの季節、ジャケット・インやコート・インに軽くて暖かで大変着やすいカシミア・ニット。大変お安くなっております。大変お安くなっております」（池袋三越のセンスだな、これじゃあ）なんて放送してるやつ。スーパーの「一階、惣菜売場では、天プラ盛り合わせ、通常価格で三八〇円を半額にて、各種煮物、通常では三八〇円を半額にて、の販売でございます」という店内放送を連想してもいいのだけれど、自分たちの美しい本だもの、せいぜいカシミア・セーターのセールを連想しておくことにしたけれど、ふうーっ、疲労困憊。

女性誌と五木寛之と利家とまつの金沢では、風邪をひきかけて疲れるし、北陸銀行（だったと思うけど……）の正面には大きな看板に「利家ゆかりの銀行」と大書きしてあって、どういうゆかりがあるのか知らないけど、メディチ家と銀行なら誰だって知ってるけどね、と無性に腹が立つし、九谷焼きも輪島塗りも、シンタックスめちゃくちゃの文章を書く室生犀星も嫌いだけれど、泉鏡花と、金沢の野菜（五郎島金時、自然薯《じねんじょ》、黒沼蓮根、金時菜）は（あっ、それとコウバコガニのグラタン）好きだし、都会のそれも都心部の大型書店でしか本の売れない都会派作家の私の本が、金沢の書店には置いてなくても（それでも、金沢には私の読者が一人はいるらしいのだ）、それはそれでいいのだ。あちらでは、名古屋と北陸にチェーンのあるナントカという本屋で、「各社担当編集者が自信をもっておすすめする一冊フェア」というのをやっていて、そう言っちゃあ、なんだけど、いかにも田舎っぽい企画である。新潮社は、もちろん柳美里の『石に泳ぐ魚』である。他は忘れた。

そういえば、この十月、日帰りの仕事で京都に行って、はじめて、あの有名な三月書房をついでに覗いて来たという姉は、本の品ぞろえが、先一昨年《さきおととし》につぶれた椎名町の本屋みたい、思想批評コーナーに、吉本、柄谷、ベンヤミンはあっても、蓮實、ジル・ドゥルーズはなく、京都なのに浅田の本もない(とはいえこれは本をもう十年は出してないのだからなくて当然だけれど)、映画の本のコーナーには、蓮實がなくて加藤と川本っていう本屋でさ、と、ある本とない本の著者名をいろいろ列挙したのだったが、これ以上の列挙はここではやめておこう。田舎の本屋と町の本屋だね、という気分になる。ネズミの場合がそうであったように、田舎の方が誠実で地に足がついているのである。

金沢から帰って休む間もなく、五十冊の児童書を選んでコメントするという原稿を書きはじめ(本棚から五十冊以上の本を取り出すだけでヘトヘト)、十一月の十一、十二日は、「早稲田文学」が主催するイベント(文学フリマとか、自作の朗読会とか、現役人気作家の愛蔵品だかなんだかを競売するとかなんとかの、まるで訳のわからない貧乏くさいような企画)の一つとして、よくまあ図々しく急にそういうことを言って来られたものだ、と思いはしたものの、アテネ・フランセ文化センターのスタッフの人たちの全面的協力がなければ(映画などロクに見たこともない「早稲田文学」の連中は、何か適当に映画を上映して、それについて美恵子さんと久美子さんにお話をしていただければ、と、ぶっていやりたくなる程抽象的なことを十月の十日頃に言ってきたのだ)実現不可能だった映画とトークの会があり、プログラムは、美しく多彩にまとめたいので一日目がグリフィスの『スージーの真心』、ルノワールの『ピクニック』、トークをはさんで、マキノ雅弘の『男の花道』（本来なら、成瀬巳喜男の『噂の娘』にしたかったのだが、フィルム入手が困難）、二日目が、ハンカチ三枚は御用意して御覧ください、のインドのグル・ダットの傑作メロドラマにしてメタ・フィルムでもあり、トリュフォーの『アメリカの夜』などはその前で影を失う『紙の花』、姉と私のトークをはさんでロシアの大監督アレクセイ・ゲルマンの、ハンカチ二枚半は必要の戦争恋愛映画にして、一部メタ・フィルムでもある大好きな『戦争のない二十日間』という、短期間の急企画では考えようのないプログラムに丸二日つきあって、いずれも何度目かに見る映画とはいえ、夢中で見こんでしまう映画だけにヘトヘト。

それに二人とも好きな映画を選べることに、つい忙しさを忘れて協力してしまったものの、もちろん、私たちは無報酬で、主催者の青年編集者は、フィルム代会場費と入場料収益でトントンでしょうか、と溜息をつきかねない様子で、むかっ腹が立つし、十一月十二月のアテネの上映ラインナップ（アラノヴィッチ、ポリス・バルネット、ストローブ＝ユイレの特集というハードに見ごたえありの）の中に、時間がないのを突然、組み込んでもらったのだから、平日の午後という時間になってしまい、金曜の夜と土曜だったら行けたのに、と文句も続出なのだったが、イモの煮えたも御存知ないのが「早稲田文学」なのだった。

これまた急に決まってしまった『待つこと、忘れること？』の姉の原画展（青山ブックセンター本店ギャラリスペース、十二月十一日〜一月八日）の額装の件で旧知の額装屋と打ちあわせ――打てば響く、とはこのこと、という調子で見事に絵にあった額装のアイデアを出してくれるので、はたで見ていて気持が良く、疲れてヘトヘトにはならないが――次には来年、「アートスペース美蕾樹」での個展（一月十一日〜二十六日）の打ちあわせ、と、私のところでのいつもの通常の範囲を超えた忙しい日々が続き、通常の範囲を超えた活動も、十六日の青山ブックセンターABCホールのブック・デザイナー鈴木一誌《ひとし》のはじめて上梓された映画評論集『画面の誕生』（みすず書房。これは魅力ある特異な語り口に、動きの原理主義を交えた批評）についての、鈴木さんとのトーク・ショーで今年の分は終了する予定だ。この二カ月で、通常の範囲では二、三年分にあたる数の人たちに会って、働いたような気がする。

と、書いていたら、エリック・ロメールの新作『グレースと公爵』（これについては「ユリイカ」十一月号のロメール特集にエッセイを書いた）の宣伝を担当している女性から電話があって――『グレースと公爵』のプログラムを制作しているプロダクションから原稿依頼があり、これは「依頼状」の書き方が税金の滞納の取り立てみたいな文章で頭に来て断っていた――その件について改めての依頼なのかと思ったら、そうではなく、なぜか映画好きで、なぜか『グレースと公爵』がお気に召してしまったエルメス（あの、）の社長が自社ビル十階のダイニング・ルーム付き（キッチンだったかな？）試写室で、主演女優（イギリスの女優、前歯に少し隙間あり、肺活量、アスリート並みはありそう）を招待し、厳選三十人の客を招待して、ビッフェ付き試写パーティーを開くので、ついては御姉妹を御招待というのですけど、と、前から知りあいの宣伝担当の女性（焼き肉好き、とくにモツ方面がお好み）がクスクス笑うので、こちらは、パーティーに行く時間はもちろんないのだけれど、たとえ時間があったとしてもだよ、エルメス（あの、）日本支社ビルに足を踏み入れるからには、という衣装も靴もバッグも持ってないよ、叶姉妹と間違ったんじゃない？　ワハハハ、と、笑いあう。

　私たちの所有している少し高価な服は、せいぜいが、マックスマーラー、ミッソーニ、agnès b. 程度で、普段着は丈夫で長持ちが身上のパタゴニアかグラミチかL・L・ビーンだもの、今年の冬は、いやだけど、そろそろ買わなくっちゃねえ、と言いあっていた靴とハンドバッグだって、予算としては、コーチ程度でおさめておきたいよねえ、というものである。それだって、ちょっとした大決心がいる。

　ところで、ロメールの新作『グレースと公爵』は、王党派支持のイギリス女性の視点から語られたフランス革命の物語とはいえ、むろん、そういうスノッブな映画ではありません。スノッブな方たちも御覧になるでしょうけれども――そこが映画は大衆のものだ、と言われもするゆえんで――エルメス本社ビルの試写室という空間で『グレースと公爵』を見るというのは、グロテスクなスノッブの戯画としか思えない。戯画といえば、水村美苗の『本格小説』の帯もその一つに数えられる。驚くべき無邪気さで小説を信じているらしく、読むことを相対化させることのない書き手によって書かれた小説なのだから、〈ああ、まだ死にたくない。死んじゃったら、幸せも何もないじゃない。〉というキャッチ・コピーが、原発ジプシーと呼ばれる労働者を扱った森崎東監督の長い長いタイトル『生きてるうちが花なのよ死んでしまえばそれまでよ党宣言』のパロディとはむろん思わないし、帯に引用されている読売新聞記者尾崎真理子の興奮した文章の邪気のなさも、また水村の小説にぴったりあっている。〈生れながらにしてすでに完璧な『古典』。近代文学の王道をゆく本格小説が誕生した〉というのだから、ウィリアム・モリスの壁紙か何かのプリントを使った装幀といい、なんかこう、とてつもない歴史感覚の錯誤の戯画が進行しているらしい。

「学問に王道なし」というけれど、近代文学には「王道」があると思っている「文芸記者」も、今どき、珍獣というわけでもないのだろう。ふうーっ、ヘトヘト。

続・ヘトヘト日記

二〇〇三年一月

「小説トリッパー」に連載している小説『快適生活研究』の三回目の原稿をようやくのことで書きおえて、ほっとしたのも束の間、山根貞男との対談という仕事があったのだ。

十月にアテネ・フランセ文化センターで、鈴木一誌と山根貞男のトークを聞いて、ワイズマンの『肉』を見て話をした後だったから、ワイズマンについて話をしようかとも思ったのだが、「群像」誌上に九年間にわたった映画時評の連載が終了したので、編集部のネライは、いわばそれを記念してというか祝しての対談ということなのだと思う。フレデリック・ワイズマンの特集といった企画が決して成立しないのが文芸雑誌の体質だということは重々承知していても、なんとなく気分がふさがるのが文芸雑誌誌上での対談だ。七年分はすでに『現代映画への旅』（講談社）としてまとめられているので、二年間分の雑誌コピーも含めて、読みかえしはじめるが、そうなると当然、山根氏が同時期に「キネマ旬報」に連載していた時評をまとめた『映画はどこへ行くか』（筑摩書房）と、六七八ページの分厚い『映画の貌』（みすず書房）も読みかえさなければならなくなり、そうすると、関連的に別の映画関係の本も開いてみなければならなくなる道理で、短時間の間に集中して読まなければならないものだから、すっかり眼が充血してしまった。

対談でどういうことを話したのか興味をおもちの方は、「群像」二月号をお読みください。

ところで、映画批評といえば、朝日新聞（十二月五日）朝刊の「文化総合」というページに、黒沢清がスティーヴン・スピルバーグの新作『マイノリティ・リポート』について書いている文章がとても面白かったのだが、この文章に付けられている見出しには、びっくりさせられた。記事の見出しというものは、新聞社においてどういう係りの人間が付けるのか知らないけれど、同じ紙面の「町の図書館は作家を殺す？」という見出しで、「論座」十二・一月号に載った三田誠広と日本図書館協会常務理事前田章夫氏との論争（？）を紹介している記事は、サブの見出しに〈三田さん「著作者への補償金必要」／「共存共栄の道探るべき」前田さん〉とあって、これも「図書館は作家を殺す？」という見出しが、記事内容をオーヴァーに伝えていてヘンだけれども、記事を書いたのも、見出しを付けたのも、新聞記者同士の同じ種類の言語センスの持主ならではのよしみで、まあ、そうやってればいいいさ、と思うだけとはいうものの、それはそれとして、黒沢清の文章について触れる前に、せっかく見出しを引用したのだから、三田誠広の図書館に対する意見についても、私の感想を書いておくことにしよう。

　図書館には貸出し希望の多いベストセラーの同じ本が数冊から十冊以上も並んでいることがあり、それを「複本問題」と言うらしい。それは利用者を何カ月も待たせないためなのだそうだが、町の公立図書館というものを、まったく利用しない私には、実情はわからないものの、十年かそこいら以前、少発行部数の文学作品などでも、ある一定の部数を図書館が買うので、それが心強い、ということを言っていたのを何人もの編集者から聞いたことがあって、だから、ベストセラーの「複本問題」は、少発行部数の本の購入にシワ寄せが生じるだろう、ということはわかるのだ。

　私の本は、売れない、というわけでもないのだけれど、少発行部数というのがどのくらいのことを言うのか出版社の規模によっても違うわけで、ベストセラー本を何冊も作ったことのある編集者が担当して本を出すことになると、こちらもつい気がひけて、というか、半分（というよりそれ以上の）嫌味も含めて、わるいわねえ、あんまり売れない本を出させちゃってさあ、などと言うと、戻って来る返事が、そんなことないわよ、**あたしだって売れない本は出してるんだから**、と、ゴチック体にもってきて、「あたしだって」という部分に傍点もつけたい自信たっぷりの無神経発言に加えて、それに全国の図書館で、二、三千部は買うし、赤字にはならないから、といったものだったから、ベストセラー作家ではない私としては、図書館というのは少発行部数の作者には、ありがたいものなのだと、まあ、思わされてきたわけなのだった。

しかし、〈日本文芸家協会の知的所有権委員会委員長で、文化庁の著作権分科会委員でもある三田さんは各国の実情などを調べ、「公共図書館の無償貸与が、著作者（映画を除く）の『権利の剝奪』によって成立していることは、まぎれもない事実」〉として、そういう事態が続いていたのは〈「著作者の『無自覚』と、ある種の『善意』によって、著作権の主張がなされなかったからだ」と考え〉て、〈これまで著作者は、著作権の中の「複製権」（原稿の文字情報を書籍に複製する権利）だけを「印税」という形で収入源としていた。だが、今後は「貸与権」も主張すべきで、国家や地方自治体が基金を設立して、貸し出し実態に応じて著作者に補償金を支払う「公共貸与権」（公貸権）を、北欧諸国やドイツ、英国などと同様、導入すべきだと主張〉しているのだそうだ。これに対して前田氏の意見を要約した、日本の「公共図書館のおかれている厳しい現状」は、図書館にかぎらず、国立のフィルム・センターについても言えることで、山根氏の『現代映画の旅』にも、日本では、あのマノエラ・デ・オリヴェイラでさえそう知られているとは思えないポルトガル映画ではあるけれど、国立のフィルム・センターには学芸員が六十人、日本のそれは四人だったか五人、という数字が出て来る。人口十万あたりの図書館数が、日本2・11、ドイツ17・48、イギリス8・83館で、02年度の資料費はピークの93年度の80％に減ったのだそうだが、フィルム・センターを含めて、何かを言う気も失せてしまう数字というべきだろう。〈「複本問題」については、98年度にベストセラーになった本20点の図書館の購入費が、比率が高い図書館でも全体の約1%、巨大な出版販売総額の中のわずかな金額で**「揺らいでしまうような出版のシステムであるとすると、それこそ大きな問題」**〉（ゴチック体は引用者による）と前田氏は述べ、さらに図書館員の立場から〈**利用者の多くは、図書館で借りられなければその本は読まないし、ましてやその本の購入に回ることはない**〉（同前）と言っている。

説明を加えるまでもないと思うのだが、何がポイントと言って、ゴチック体を使って引用した前田氏の発言である。〈何千人もがタダでその本を読めば、売れるはずの本も売れないというのが作家・出版社側の不満〉と、記者によって要約される三田誠広日本文芸家協会知的所有権委員会委員長の意見は、私に言わせれば、「タダ」だからこそ、それでも読んでいただいてもらえることを有難いと思ったほうがいいんじゃあないの？　ということにつきる。

で、記事見出しの「町の図書館は作家を殺す？」だが、これはどう見ても、三田委員長の発言に対する、いわゆるおちょくりというものではなかろうか？　そうであっても一向にかまわないのだけれど、〈出版不況を背景に作家や出版社側から提起されている問題〉が、「貸与権」とあっては、かつて出版社の編集者が少発行部数本について「それに、図書館でも買ってくれるし」発言はどういうつもりだったのだ、とか、「タダ」でなければ読まれもしない、本を書いたり出したりしておきながら、というか、だからこそと言うべきなのだろうけれど、よくまあ、みみっちいことを言うものだ、としか言いようがない。

さて、出版界よりも以前に、いちはやく「不況」を経験して、その状況を一時期は、山根貞男が〈底が抜けた〉と書いていたこともあった日本映画界だが、とりあえずのところ、映画会社出身ではない作家たちによって作られた日本映画は国際的には評価もされている。映画会社の、いちいち例をあげたらきりのないケチぶりと「貸与権」は似ていなくもない。出版界と作家も、いよいよそこまで来たか、というものだ。

ところで、その日本映画界にあって着実に独特な映画を撮りつづけている黒沢清の魅力というか実力を確実に保証しているのが、彼の映画に対する批評性であり、簡単に言ってしまえば、それはいかに映画を数多く見てきたかによって保証されているのである。

「娯楽の王様が作った映画だからたいそう面白いに違いなく、劇場に多くの人が詰めかける」ハリウッドの大作映画の観客動員数の圧倒的シェアについては、映画作家なら誰でもが何かを思うはずで、ついこないだナントカの宮が名誉会長だかなんだかのナントカ賞授賞式のために来日して、幾つかのインタヴューを受けたゴダールは、ちょっとした時間があって、気晴しに映画でも見ようかという人たちは駄目な北欧映画、駄目な日本映画を見るのではなく、駄目なハリウッド映画を見る。自分もそうするが、それが何故なのかわからない、と言っていたし、何年か前の東京国際映画祭に来日したロシアのアレクセイ・ゲルマンは、講演のなかで、ロシアでもお客が集るのは圧倒的にハリウッドの大作映画ばかりだと言い、その年、アカデミー賞を独占し、ロシアでも観客が大入りだった『タイタニック』について、ロシアの映画界でこういうジョークが流行った、と言うのだった。

〈船体が沈みかけたタイタニックの船上で、船長が乗客たちを集めて、お知らせが二つあります、と言う。悪いのと良いお知らせなのですが、一つは、まことに残念ながら、この船は巨大な氷山と衝突して沈みかかっているということです。良いほうのお知らせは、この船と皆様の物語が、アカデミー賞を独占いたしました。〉

はっきり言って、あまり上出来のジョークとも思えないので、客席から笑い声は沸かず、ゲルマン・ファンの姉と私も、大声で笑うほどのジョークとは思えなかったものの、客席で気をもんだものだったが、『タイタニック』が駄目なハリウッド映画であることは、面倒臭いので説明は省略するけれども確かなことで、そう言えば、目白の以前住んでいたマンションの向い側に女子従業員の社員寮があって、寮にいる時とホテルで従業している時の様子のあまりの隔絶ぶりがおかしかったので、つい用もないのに何度かお茶を飲みにいったことのある某ホテルのレストランでは、当時『タイタニック』上映を記念して、タイタニック号のメイン・ダイニングのメニューを再現した夢のディナー・コース、お二人様セットでいくらいくら、という商売をやっていたのを思い出したが、ゴダールは、まさしく、この映画の、CGに製作費の大半以上を使ったダイニング・ルームのセットの信じ難い安っぽさについて以前書いていたのだった。女子従業員の寮とホテルでの変身ぶりについては、寮での、あの野郎がよお（どうやら、職場の部長のことらしい）、またウルセエ文句いいやがって、テメエの態度はどうだってんだよ、と一人が言うと、あいつ、またケツ触りやがったのかよお、と応じるという類いのものだったが、彼女等にはセクハラに対して自覚がなさすぎるのではないか、といったような、それはそれとして、黒沢清の『マイノリティ・リポート』評に、戻らなければなるまい。〈意図的なSFの否定ではなく、いかにも投げやりに〉作られたかのようであり、あまつさえ、〈少なくとも前半の重要なテーマは「目」だといっていい〉はずの主題が〈眼球の移植シーンや、彼（主人公のトム・クルーズ）が片目となった経緯がくどいほど描写される〉にもかかわらず、〈「目」にまつわる事柄は、何がどうというきっかけもなく、気づいてみるとどうでもよくなっている〉と、黒沢清は指摘するのだが、むろん、その程度の指摘であれば、〈「これは何かの間違いではないか」と誰もが素直に思うはず〉のものなのだが、しかし、〈「だって、あのスピルバーグがそんなマヌケな失敗を犯すはずがない」〉し、それはその通りで、〈入念な脚本と大金をつぎ込んで精密に撮影された商品〉であり、有能な弁護士団がシナリオの何十倍もある分厚い契約書を用意する映画ビジネスの企業的集団の中で〈たとえスピルバーグ本人が何かの妄想にかられたとしても、周りのスタッフや、だいいちトム・クルーズが納

得しない。「監督、それはちょっと変じゃないですか」と意見ぐらい言う。私は、そうい
ったことは実際に何度かあったと推測する〉と、黒沢清は書きつぐ。ここまでならば、相
当以上の馬鹿でないかぎり、誰にでも書けることなのだ。
　この後にどういう事を書くかで、映画作家の批評性が歴然とするのであり、彼が現在、
映画作家であるのと同時に、稀《ま》れにみる映画批評家でもあることがはっきりする。
　スピルバーグの〈近作全《すべ》てにまつわりつくこの投げやりで変な感じは、ミスではない。
明らかに彼の狙いなのだ。／どういう狙いか？　正直いってわからない。世界中の誰もが
わからないままでいる。〉しかし、今年もスピルバーグ作品に人々は詰めかける。〈これは
直感だが、映画をあくまで商品として流通させつつ、少なくとも娯楽ではない何かに変質
させてやろうとする意図があるように思う。もちろんそれは芸術ではない。悪夢に似た何
か、常人の思考をその前ではたと立ち止まらせてしまう何か、世界に対して、そう簡単に
納得されてたまるか、辻褄《つじつま》が合ってたまるかと牙をむくためだけに創造された何か、富と
名声を十分に得た世界一有名な男が今年もまた湯水のように資本を投じて作り出そうとし
ているのは、そういったものなのだろうか。異常である。漠《ばく》とした危険も感じる。しかし、
そんなこと一生かかったってできっこない私は、どこかで胸を打たれるのだ。〉
　と、黒沢の文章は結ばれるのだが、それに付けられた見出しは、〈つじつまなんて気に
するか〉というのが、ほぼ80級、〈見えない「王様の意図」に胸打たれ〉というのだから、

文意から外れている、というより、黒沢の書いていることを理解できずにいると言うべきだろう。「つじつまなんて気にするか」と言っているのは、文中の「誰」なのだろう。「王様の意図」にではなく、ほぼ無意味に「牙をむくためだけに創造された何か」に黒沢清はどこかで胸を打たれているのだ。

たとえば、蓮實重彥のティム・バートンの『猿の惑星』擁護がアメリカ批判として意図して書かれたということは五人の聞き手たちによるインタヴュー集『「知」的放蕩論序説』(河出書房新社)を読めば、自身の説明によってあきらかになるのだが、黒沢清のスピルバーグ擁護(?)には、「わからない」という曖昧さがあって、むろん、その「わからなさ」は、本格的な批評家というわけではない黒沢清の「直感」によって説明される。

正直いって、実のところ私はスピルバーグに、積極的興味を持ったことは初期三作品以後、一度もありはしないのだが、それとは別に、スピルバーグ論は書かれなくてはならないはずで、それもそれが誰でもが書く中途半端で退屈なアメリカ批判としてではなく書かれるのを読みたい、という気持になった、という意味で黒沢清の文章は刺激的だった。

ところで、この原稿を書いている最中、おまけに十二月の初旬だというのに雪が降っている最中、エアコンと給湯機が同時に故障し、作動している方のエアコンは、すこぶるつきの旧式物で部屋はあたたまらず、寒さにブルブル震えながら、せめてお風呂であたたまろうにもあたたまれず、ヘトヘトのところにもってきて、修理屋が約束した日の三日遅れで、ようやくやって来て、また、ヘトヘトなのだった。メンテナンスがしっかりしていない賃貸マンションに住んでいると、ほんとに疲れる。

文学は無邪気さで時代を生きのびよう　1

二〇〇三年二月

　小説家という職業（というか存在）についている人物の書いた作品（というか「小説」）は、かつて、歴史や時代や人生を映し出す「鏡」という比喩で語られたものである。その当否はさておくとして、小説を鏡に喩えた十九世紀の小説家は、それがまた〈若い伯爵夫人が徹夜して読むようなおもしろさをもたねばならない〉とも言っているのだが、むろん、私たちは「若い伯爵夫人」といった存在を小説のなかでしか知りはしないのだし、スタンダールがそう書いた時代でさえ、彼自身は小説好きの若い伯爵夫人を知っていたとしても、たいていの小説の読者は、若い伯爵夫人でもなければ、若い伯爵夫人の属する階級にいたわけでもなく、そうした存在を小説の中でのみ知っている者たちであったろう。

　若い伯爵夫人はともかくとして、小説を「徹夜して読む」経験を持つことは比較的ありふれたことで、誰にでも持つことが出来るわけなのだが、それが持続的に何日も何日も続いた結果、ドン・キホーテが出現することになり、ドン・キホーテほどの小説への参照能力には欠けているものの、エンマ・ボヴァリーこそは、小説について〈若い伯爵夫人が徹夜して読むようなおもしろさをもたねばならない〉と信じていた人物かもしれない。『ボヴァリー夫人』の第二部、「神経のやまい」には転地が必要だという夫シャルルの判断でヨンヴィルに越したその日、エンマが村の旅館兼料理屋金獅子亭で、田舎医者の夫と村の薬屋オメーとの退屈で実用的な会話と並行するように書かれる、公証人の書記のロマンティックな傾向を持つレオンとエンマのとんちんかんなやりとりは、「若い伯爵夫人が徹夜して読むおもしろさをもたねばならない」ものとして小説がどのように読まれたのかを伝えている。

　大海原や山や散歩や音楽ばかりか、本を読むのが好きだということで益々話の弾む二人は、

「まのあたりに見るような気になって、方々の国々をいながらさまよい歩くのです。思想が架空の物語とからみあって、こまかい部分とたわむれたり、事件の筋を追ったりするのです。思想が作中の人物と一つになって、まるで、自分がその人物の着物を着て胸おどらせているように思えるのです」

「本当ですわ！　本当ですわ！」とエンマは言った。

「奥さんは、ときどき本のなかで、なんとなくそう考えていたことや、遠い昔から帰って

きたようなかすかな影に出会ったり、ご自分の心にある本当に微妙な感情がそっくりそのまま表現されているのにお出会いになったことはありませんか」

「実感しましたわ」

「だから私はとりわけ詩人が好きなのです。詩には散文よりも情緒があると思います。もっと涙をさそってくれると思います」

「でも詩はけっきょく飽きがきますわ。ですからいまは反対に、私、一気に読ませるような話、読んでハラハラするような話が大好きですの。本当の人生にあるような、平凡な人物やなまぬるい気持は大嫌いです」

「本当は」と書記は説いた、「そういう作は心にふれる所がないので、『芸術』の本義をはずれているように思います。人生のいろいろな幻滅のなかにいて、崇高な性格だとか、純粋な感情だとか、幸福の情景を心に思いうるのは実に楽しいことです。世を離れてこんな所に住んでいる私などには、それが唯一の慰めです。実際ヨンヴィル村には楽しみがないんですからね！」

「トストと同じなんですわ」とエンマが答えた。「ですから私、しじゅう貸本屋から本をとっていましたの」

「もし奥さんがご利用下さるなら」と、いまの言葉を聞きかじった薬屋がいった。「私の方にはヴォルテール、ルソー、ドリル、ウォルター・スコット、『新聞学芸欄集』など、一流どころを集めた蔵書がありますから、いつでもご用立て致しましょう。その上、新聞雑誌は各種とっておりますが、なかでも『ルアンの灯』は毎日参ります。私がビュシー、フォルジュ、ヌウシャテル、ヨンヴィル、またその附近の通信員を勤めています関係でな」
（伊吹武彦訳）

といった会話をかわし、海を見ていると、大海原の上を心が自由にさまよい、魂が高められ、無限とか理想という思いが浮かんでくる、と語るエンマは一度だって実際には海など見たことがないのだし、それに答えて、山の壮大な魅惑について語るレオンは、〈あの有名な音楽家が空想を刺戟するために、しじゅうどこか壮大な景色の前でピアノをひいたという話を別に不思議とは思わないのです〉と馬鹿なことを言うのである。

とは言え、私たちは何も十九世紀に書かれた小説の中の、後に『ブヴァールとペキュシェ』及び『紋切型辞典』を書くことになるフローベールの書いた会話をたどるまでもなく、小説の良き読者でも当然あるはずの、それ故に秀れた小説家でも当然あるはずの小説家たち（河野多恵子、山田詠美）の次のような会話を読むことも出来るのだから、けだし、文学は不滅と言うべきだろう。

山田　（前略）もし良い作品に結びつけられないとしたらそれはその作家の責任なのに、

純文学は死んだみたいなことを、しかも純文学の雑誌で書く人がいるのは信じられない。

河野 古典を引き合いにして、文学は十九世紀で終わったとか、もっともらしく言ってみたりね。それなら、文芸誌に書かなければいい。ものを手作りする職人が、こういうものを買う人は減る一方だし、もう後継ぎがないから自分の代で終わる、でも自分はやる、というのなら分かる。でも「小説は終わった」と言いながら文芸評論家をやめないというのはどういうことなんでしょうね。

河野 ただ、エンターテインメントの人たちの方がより努力をしているということはあると思いますね。それはもう徹底的に努力している。純文学にも努力している人はある反面、純文学まがいで、エンターテインメントの出来損ないにも及ばない作品を書く人もいる。（中略）しかも、純文学の気味がある作家は皆、自分が書いたものから文学が新しくなったと思いこむ癖があるの。自分の小説こそが新しいと。それは悪いことばかりではないけれど、新しいかどうかは本来問題じゃない。そして妙にファッショナブルな小説を目指すようになる。

山田 （前略）私は、文学が新しい必要は全くないと思っています。文学はトラッドであれば、そして、そのトラッドがかっこよければみんな絶対についてくるという確信があるから。だから、文芸誌でわざと新しい感じにしようとしてサブカルに傾斜する雑誌が嫌いなんです。貧乏くさく思えちゃう。

河野　小説は昔一つで、純文学と大衆文芸の区別はなかったと言う人がいますが、それは小説が未発達だったから一つだったんです。道路だって、昔は人が勝手に歩いてできた道が一本だけあったのがそのうち舗装されて車道、歩道が出来ていくでしょう。

山田　進化すると分かれますよね。だから、進化すればするほど意識して書くことができるんじゃないか。

河野　だいたい、文学史を調べれば、区別しだしたのは大衆文芸の側です。読者の数が広がり始めたときに、「お前らと一緒にやってられるか」と縁切りしてきたのは向こうの方ですよ。

（「文學界」二〇〇二年十一月）

また、たとえば、高橋源一郎の小説を〈小説の構造を問い直すために方法論を手探りしているのですね〉と、要約してみせる建築家磯崎新に、黒井千次はこう答える。（黒井千次連続対談「二〇〇三年　幸せのカタチ」毎日新聞二〇〇三年一月六日）

黒井氏　（前略）例えば芸術というものが一つの枠組みとしてあったとして、そこに手を突っ込めば何かを探り当てられるといった状況ではない。その困難さが、文学とか歴史とはそもそも何だったのかと、確かめざるを得ないところに追い込まれている。

磯崎氏　私の読書というのは非常に偏っています。例えばチェコの作家、ミラン・クンデラの作品。先ほど、おっしゃった文学の持っている構造をパロディー化したり批評する。そのような仕組みを持った作品ですね。（中略）日本の小説家でも、小説の構造や方法論に意識的な大江健三郎氏の作品や、昨年出た水村美苗氏の『本格小説』にもそのことを強く感じます。僕は作品から実験的な方法を読み取ろうとしているのかもしれない。だから、いい読み手とはいえないのです（笑い）。

黒井氏　いえ、意識的な鋭い読み方です（笑い）。（略）

磯崎氏　「建築」がアーキテクチャーなら住まいなどの「建造物」はビルディング。漠然とですが前者は文化的・芸術的なもの。後者は実用性の高いものです。建築が文学なら、建造物は文章に似ているかもしれません。

と、世紀を貫いて会話は弾む。十九世紀の「古典」と称すべき小説のなかの、もちろん、今日でも文学史上ではよく名の知れ渡った登場人物たち、しかし無名の村医者の夫人のエンマと、やがて彼女の恋人となるレオン、宗教も詩も信じていないヴォルテリアンで科学的精神の持ち主であるだけに、当時もそして今日でもなお最も「現代的」な存在である薬剤師のオメーとの間で交わされつつすれ違う会話が、そう古びているように見えないのは、それこそが「小説の力」だからだろうか。

なるほど、二十一世紀の今日、秀れた現代的小説の書き手でもある三人の小説家と、世界的に著名な建築家は、現代的な「難問」を抱えてはいて、女流の二人の世代の違う小説家の抱えている問題は、自分たちは常に秀れた作品を書きつづけて純文学と文壇に寄与してはいるけれど、エンターテインメントより純文学のほうが何といったところで高級でほぼ不滅に近いものであり、それを形成し保護育成するのが「文壇」のはずだということが、ともすれば忘れられがちなのはどうしたことか、というだけのことにすぎないことが会話から読みとれ、それも重大な問題であることは間違いないところだが、しかし、同じ小説家として、磯崎新と対談し、おそらくは文壇だって、文学だって、「デコン」（脱構築《デコンストラクション》の略語として通用している言葉らしい）の90年代以後を生きなければならないと感じている黒井千次は〈今までの歴史の中で生き続けたものが、どうやら終わりになるらしい、とはみんな感じ始めている〉と、冷静に認識する。文学は十九世紀で終わったというのなら文芸誌に書くな、とか、文学は新しい必要は全くない、といった、「反動」と呼ぶのもはばかられる小説家の「本音」にさえ、「自信」というよりは、本人たちにとって半ば以上無意識なのかもしれない「怯え」や「不安」が色濃くにじむ時、〈一つの枠組みとしてあった芸術〉というものが、〈そこに手を突っ込めば何かを探り当てられるといった状況〉

にはもうない、と認識し、〈何もかもが袋小路に入って根底から揺すられているような気も〉していて、〈結末がわかってしまう小説ほど書いていても読んでいてもおもしろくないものはない〉という黒井千次を、小説の読者である私たちは、まだしも支持すべきだろうか。

ところで「小説を書くこと」については、とりあえずのところおくとして、「結末」がわかるのと知っているのは別の問題であるにしても、小説を読むうえで「結末」は大して重要なことではないだろう。

「結末」がわかってしまう小説というのは、推理小説の場合にはおもしろくないかもしれないが、それが、まあ、「文学」とも呼ばれる分野のものであるならば、小説と呼ばれている以上「結末」は常に誰にでもわかっているはずのものだ。それを回避する唯一の方法は、古来、途中で書くことを作者が、その作品を放棄することなしにやめることである。だから、これは凡庸な作者には出来ないし、凡庸な作者は、先行する「未完」の作品の続きを予測して「続編」を書いたりもするだろう。そして、私たちは「結末」を知っているし、わかっている小説を、それにもかかわらず（おもしろくないものはない、という小説家がいるにもかかわらず）何度でも喜びをもって読みかえすのだ。

『ボヴァリー夫人』の結末だって、知っているのみならず、わかってしまうものだろうし、正編には続編があることが小説中で予告されるのだから、正編には正式の「結末」はないということになるだろうし、『ドン・キホーテ』の続編は、それは初めて読んだ読者にも、それが騎士物語のパロディである以上、ドン・キホーテが死ぬだろうという結末が理解される。読んでいておもしろくない小説は、結末とは関係なく、はなっからおもしろくないのであって、その中には、しばしば、〈結末がわかってしまう小説ほど書いていても読んでいてもおもしろくないものはない〉といった類いの紋切型の警句が、一切の相対化を経ずに、登場人物の台詞なりなんなりに書かれているものではないだろうか、と書きながら、それは批評の場合には、もっとはなはだしいことになると思いあたったのだがそれにしても、小説は結末がわかることによって、これほど〈おもしろくないものはない〉と言われるものではないし、もし、結末のわかっているという構造に対して、「小説」には結末の未知という構造があるのだと言い張ったとしても、それは「作品」が「未完」であること、魅惑的な誘惑の不可能性を前にして、あまりにも幼稚な反論としか言えないだろう。

そして、磯崎が、〈小説の構造や方法論に意識的な作品〉として大江健三郎と並べている『本格小説』の作者は、同じ紙面の下の方に載っている文芸記者によるインタヴューの中で、〈優れた小説だけが歴史に取って代わる事ができます〉と答えている。どのように歴史に取って代わるのか。つづけて、水村は〈18世紀のフランスを知りたい時はルソーを、ナポレオン後についてはスタンダールを読めばいい。戦後の日本を知るには『本格小説』、そうなればうれしいです〉と心底無邪気に言っているのだが、〈そうなればうれしい〉というのは、まあ、そうなれば、この人は満足しきって嬉しいのかもしれないとしか言いようがないから、あえて反論は出来ないが、18世紀のフランスを知りたい時はルソー、ナポレオン後についてはスタンダールを読めばいい、というのは、いかがなものであろうか。自分の自信作である『本格小説』を、ルソーやスタンダールに比べるということは、自惚《うぬぼ》れているわけではなく、作者として当然だとしても、ルソーを読んでフランスの18世紀をはたして知ることが出来るだろうか。それにヴォルテールを加えても、ラクロを加えても、サドを加えてもいいのだろうが（多分……）、スタンダールを読んだからといって、ナポレオン後のフランスの何が小説の読者に「知られる」というのだろう。小説は時代の「鏡」ではないのだ。『本格小説』について言えば、現在のところ、よほど弱年の読者でないかぎり「戦後」については、それなりに鮮明な記憶もあるし、上流階級についてだって、いろいろ小説も読んでるし、自分のほうがよほど知っていると思うのではあるまいか。

文学は無邪気さで時代を生きのびよう　2　二〇〇三年三月

　さて、小説家は、というよりも小説を取り囲む環境は、無意識とでも呼びたい無邪気さによって装われていることを、いくつかの発言を引用して示したかったのだが、河野多恵子・山田詠美対談、黒井千次・磯崎新対談、水村美苗インタヴューのどれをとっても、小説というか文学が、かつて（というのは、十九世紀であろう）持っていることが疑われずにすんだ有用性をそのまま保持してはいないのだということを、程度の差こそあれ、意識していることはしているのだと考えたい。

〈小説の構造や方法論に意識的〉で〈実験的〉であることを磯崎新に〈強く感じ〉させる『本格小説』の作者が、〈優れた小説だけが歴史に取って代わる事ができます〉という時、歴史と呼ばれるフィクションに対して、それが同じにフィクションなのだとすれば、「小説」という実のところ来歴不明に成立してしまったフィクションの方を信じるのだ、と、『本格小説』の作者は本当は言いたかったのだと推察すべきなのだし、〈古典を引き合いにして、文学は十九世紀で終わった〉などともっともらしく言う書き手について、〈それなら、文芸誌に書かなければいい〉という女流作家の発言の真意も、十九世紀で文学が終わった、という人物が、二十世紀、それも第一次世界大戦を経験した後に登場する『ユリシーズ』、『フィネガンズ・ウェイク』、『失われた時を求めて』、『城』、『審判』といった小説を認めないのならともかく、あるいは、小説がメディアとして、鉄道やら鉄の建造物やら石炭によるエネルギーやらと同じように時代の最先端のものだった時代は十九世紀で終わったというのならともかく、〈文学は十九世紀で終わった〉などと、知ったかぶりのアホみたいに歴史を無視して書く馬鹿に、文芸雑誌は、いってみればもっと抑圧的であってしかるべきだろう、馬鹿な書き手は排除して一向に構わないではないか、ということなのだ、と、私はせめて考えたいのだし、黒井千次が90年代以降感じているという〈今までの歴史の中で生き続けたものが、どうやら終わりになるらしい、とはみんな感じ始めている〉という思いも、実は常に語られつづけていたことでしかないのだが、という前提に立ったうえでの発言なのだ、と考えたいではないか。

ところで、たとえば、『21世紀文学の創造』全九巻シリーズ中の九巻目『ことばのたくらみ――実作集』(岩波書店)の帯に書かれた〈言葉の新たな可能性と限界を問う、全作品書き下ろし!〉というコピーは、このての本のものとしては、なかなか気が利いている、と言うべきではあるまいか。九巻目の編集である池澤夏樹は序文に〈この叢書が全体として批評である以上、編集委員の一人として（他には、今福龍太、斎藤美奈子、高橋康也、筒井康隆が編集委員で、なんとなくぱっとしない——引用者——）ぼくはどこかで批評家に対する作者たちの姿勢を表明したいと考えた。いわば批評の長歌に対する反歌、バラードに対するエンヴォイとして、実作集一巻を加える〉と書いているのだが、十七人の執筆者の「実作」は、「佳作」や「名作」のアンソロジーではないのだから、普通には玉石混淆と呼ばれる類いのもの——もっとも「名作」や「佳品」のアンソロジーであっても、玉石混淆にさしたる違いがあるわけではない——でなんの不思議もないわけだが、それにしても、『ことばのたくらみ』というタイトルの下に集められた実作集という本の帯のコピーの書き手は、まあ普通だったら平凡に「言葉の新たな可能性を問う」と、するのではないだろうか。

編者の池澤は序文「実作者の逆襲」のなかで〈執筆依頼の手紙に書いたのは、『ことば』を普段以上に意識していただきたいということだった。文学が言葉に依るのは当然で、料理が素材に依るというのと同断の陳腐なことだ。それでも、どこかで言葉を扱って、言葉の機能と限界を気にしながら、あるいは言葉というものをそのままテーマとして、作品を生んでいただきたい〉と書いているのだから、帯のコピーに「限界を問う」と書かれていても当然と言えば当然と言える。「現代の文学を巡るさまざまな評論を一定のテーマに沿って集めた」この叢書のなかで〈文学は多くの論者によって囲まれ、棒で突っつかれ、気のない激励を受け、罵声を浴びせられ、死を宣告され、生きたまま解剖されている〉と書く池澤は、むろん、そうした批評に対して、〈それなら、文芸誌に書かなければいい〉という穏やかな提案をするのではなく、それぞれに説得力のあるどこがダメかという議論を認めたうえで〈本当に、文学はこれから少しずつ衰退してゆくのかもしれない〉と、まだ完全には衰退していないかのように呟《つぶや》く。

急速に、とは言いたくないのだから、少しずつ衰退してゆくのかもしれない……少しずつ……。そう呟いたあとで、池澤は続ける。

〈この状況に対して直接の責任を負うのはもちろん批評する者ではなく、小説や詩や芝居を書く側である。彼らは今、言われることの一つ一つにごもっともと小さな声でつぶやくしかない。なぜ『源氏物語』が書けないか、なぜ『奥の細道』や『雨月物語』を越えられないか、『それから』と『高野聖』が、『赤光』と『春の修羅』が書けないか。『細雪』を書き継ぐ者はいないのか。もっと今に引きつけても二十年前に『枯木灘』を生んだ力量はどこにいったのか。／これらの声に対して、作家や詩人は反論しない。いつの時代にも実作者は批評家に対して反論しない。黙って聞いて、あるいは聞いたふりをして、とりあえずはそれを忘れた上で、次の作を書く。どういう評価が飛来するかなどと考えず、ただその時の己の力を尽くして書く。世に出す。それ以外に何ができるか。〉（傍点は引用者によ

る）

言い方の巧みさに差こそ歴然としていても、池澤の文章が語っていることは、先に引用した四人の真摯な小説の実作者たちの語ることと同じだろう。この状況に対して直接の責任を負い、批難の声などには反論せず、どういう評価が飛来するかなどとは考えず、ただその時の己の力を尽くして書き、それ以外に何ができるか。強い自負と責任感と無私とさえいえそうな書く行為。なんとなく悲壮である。

ただその時の己の力を尽くして書く、それ以外に何ができるか、と言われると、力を尽くしてなど書くほどでもないことを書いて――現に今のように――いる者としては、グッと詰まると言いたいところなのだが、それ以外に何ができるか、という言葉づかいで思い浮かべてしまうのは、なんの関係もないことなのだが、男の客が来ている時の二つの場面だ。

それは、ワインの栓を抜く、たまたまファクスがとどいているのに、インクフィルムが切れていて交換しなければならない、という二つのケースなのだけれど、ほとんどの男の客はそうした場合、ぼくがやりましょうか、と申し出、インクフィルム六本入りの注文をとどけに来るデンキ屋の顔見知りのアンチャンも、交換をしていきましょうか、と声をかけるのである。どういうわけか、そう言われるとむかついて、嫌味ったらしく、他のことは何一つ出来ないいんだけど、これだけは出来るの、と答えるのだが、批評家に対して反論せず、ごもっともと小さな声でつぶやいて、どういう評価が飛来するかなどとは考えず、ただその時の己の力を尽くして書き、それ以外に何ができるか、というのが実作者なのだ、という池澤流の嫌味のように筋が通っているわけではない。そして、文学が少しずつ衰えているのだとしたら、その責任を実作者として負うつもりもないのだ。

ところで、『ことばのたくらみ』には実作者の一人として私も小説を書いているのだったが、依頼書に書かれていた編者の要請については、まことにいい加減なことに、すっかり忘れていたので、「ことば」を普段以上に意識していただきたい、という要請を受けて、それに応えてきちんと無邪気な生真面目さで書いたのだろうと推察される平野啓一郎の行変え現代詩もどきの野心的作品には、詩の同人誌を読んでいるのかとドギモを抜かれそうになったが、むろん、それは早計であり、「ことば」を普段以上には意識したりはせず、いつものように自分の小説のなかに書かれた文章に含まれてしまう物語を語る言葉を相対化しようとする試みは、「それ以外にできない」ものではなく「これだけは出来る」といった類いのものなのである。一冊のなかで、「ことば」はそれを書いた者たちの「ことば」の「限界」への「問い」となっているだろうか。あるいは、問いならざる「限界」は示しているかもしれない。むろん、十七作の「実作」のなかには魅力的な小品も含まれていないことはないにしても。

ところで、批評家から悪評をこうむった自作について、作者が反論を試みると、自身が自分の作品は優れているのだと主張していることになって滑稽さをまぬがれないものです、と言ったうえで、批評家である中村光夫は初めて書いた長篇小説『「わが性の白書」』にむけられた林房雄の「文壇」を内面化した下卑た批評に反論を書いたのだったが、いわば「文学」とは最初から無関係で、審美家であることを気取りはするのだが、思想的には鈍感なナショナリストで『大東亜戦争肯定論』によって昭和三十年代末に復活した林の醜悪な小説批評に対する中村光夫の反論は、小説のみならず批評の「実作者」から書かれたものであり、〈いつの時代にも実作者は批評家に対して反論しない〉わけではなく、自分の作品は優れていると主張しているかのような滑稽さから繊細な身振りによってまぬがれていれば、それは可能なのだが、まあ、たいていの場合は、読むこともろくに出来ないとしか思えない批評家に、いちいち真面目に「反論」なんかしてられないというところで、それに、『21世紀文学の創造』という叢書に収められた評論に限りはしないが、文学に「気のない激励」というよりも、弛緩しきって気の抜けた叱咤激励をおくる批評家はことの外に多いし、「棒で突っつく」ような、およそ繊細さに欠けた批評も同断なのだが、「罵声を浴びせられ、死を宣告され、生きたまま解剖」する、現代の文学の「どこがどうダメか」という批評は、言っちゃあ悪いけど（と、ここでふいに、酔っ払った後藤明生が批評家の悪口を言いはじめる時の前ぶれ的口癖を思い出した〉、ほとんどダメなものばかりなのであり、だから、それにまた批評も書くことのある「実作者」として苛立ちもしているはずの池澤は〈この状況に対して直接の責任を負うのはもちろん批評する者ではなく、小説や詩や芝居を書く側である〉と、批評家を文学から排除するかのような身振りを示したくもなるわけだろう。

ところで、何の関係もないのだが、この原稿を書いている途中、一休みして、NHKのBSでヴィム・ヴェンダースの『さすらい』を放映しているのを見ていたら、トラックで放浪《さすらい》生活を続けている主人公の映画映写機整備士の青年が雪の積った川原で大便をするシーンに「もや」がかかるのにあきれてしまった。遠景のショットで、オーヴァオールをずり下げて尻を出してしゃがみ込み、青年の尻から黒い便が（モノクロ映画である）脱糞され、やがて雪の上に大便が落ち、手に持っているティッシュ・ペーパーで尻をふき、その紙を便の上にのせる、というロング・ショットのシーンで、青年はやや横を向きしゃがんだ姿で撮られているから、それが映し出されると、おおあわてで、ぼやぼやした「もや」の被せられる性器や陰毛が見えていた記憶はスクリーンで見た時にはないので、この「もや」は、肛門のところで人体とつながっている大便――繰りかえすようだが、ロング・ショットなのだ――を隠すために使用されたのだと解釈する他にないのだから、NHKにおいて、肛門のところで人体とつながっている大便は、生殖器と同じなのである。生殖器で思い出したが、ヴェンダースたちのニュー・ジャーマン・シネマが七〇年代に登場するまで、戦後も六〇年代の西ドイツ映画といえば「出産シーン」が売り物といった類いの医学的装いのポルノだったのだ、という事実が、映画百年記念の時に各国のテレビで作られた、自国の映画史のドイツ映画版には全然無視されていたものだった。

　さて、またところで、今月は「週刊読書人」（1月24日号）に載っていた、詩人の林浩平による、私の『待つこと、忘れること？』の書評が、いかにバカか、ということを書くつもりだったのだ。かりに「実作者」は「批評」に「反論」はしないものだとしても、批評ではない書評には一こと、まるで読めてませんよ、と言っておいてやりたい。たいていの短い書評（むろん、自分の本について書かれたものに限ったわけではなく）は、かつて蓮實重彦が書いていたように〈本の万引き〉である。現在の本の万引きはそうも言ってられない状態らしいが、以前は〈本の万引き〉は、盗みとしてではなく、けなげな知識欲のあらわれとして大目に見られる傾向があったからこその比喩であるにしても、ようするに、それは「批評」ではないのである。私に比べれば、ほぼ無名と言って間違ってはいない詩人（と、今時、ズレた流行語を使えばタカビーに出て）が精一杯悪戦して書いた書評をやり玉にあげて、読者も多いとされているこの連載のページ上でバカ呼ばわりするのは、けなされたというのであればともかく、詩人は精一杯ほめているのだから、大人気ないし、弱い者いじめのようで、むしろ、あなたの方がみっともないですよ、という「声」がないこともないだろうが、「エッセイ」として、充分に計算したうえで、楽しく書いた文章について、〈読後感として残るのは、ひとりの女性職業作家の日常を主題とした『私小説』という印象〉だの、〈シンプルこのうえない日々の生活を送っている〉〈そんな『私のところ』の家事を中心とした日常が具体的な細部の叙述として再構成される時、そこにはミニマル・アートならぬミニマルな『文学空間』（ブランショ）が出現するのではないだろうか。いやまさにそうして書かれた本書は、リアルな今を生きる『私』の小説的時間を紡ぎ出している〉（傍点引用者）と、アホっぽく書かれては、いくらなんでも鼻白む。〈本の万引き〉にはかつて、良心的でガンコであったりもする本好きの古本屋のおやじの、なにかを内面化してしまった願望によって、けなげな知識欲が想定されていたものだったが、「書評」には知識をひけらかさなければ、という書き手の批評とは無関係の見栄があらわれると言うべきなのだから、どんな読後感を持とうと、どうぞ御勝手に、というものだが、エッセイに〈私小説〉という印象を持たれたのでは、〈女性職業作家〉の誇りが許せないし、〈小説的時間〉なんかをエッセイのなかで〈紡ぎ出し〉たりするもんかっての。なーにが〈ミニマルな『文学空間』〉だっての。〈職業作家〉という、「職業婦人」同様に近頃では眼にすることのあまりない、しかしあえて使われる場合には一種軽蔑のこめられている場合の多い言葉を使うからには、詩人としてせめて、「エッセイ」と「私小説」の区別くらいつけられる文学的感性を養ってみれば？

むずむず日記

二〇〇三年四月

ストレスが溜ったり、季節の変り目の時期になると悩まされるのが持病の湿疹で、医者に投薬してもらうステロイドの塗り薬ではかゆみがなかなかおさまらない状態に、しばしばなることがある。

クリーム状のいささかベタつく薬を顔に塗ると、本棚の上で眠っていた猫がゴソゴソと動きまわって寝がえりをうち、そうすると、そもそもそういった場所は、それでなくとも掃除の行きとどいていない部屋の中でも、ことに行きとどいていない場所だからホコリが舞って顔にはりつくし、高いところからおりて来た猫が体を思いっきり伸ばしてアクビをした後で、後肢で首の後ろをひっかいては抜け毛をあたりにふりまき、その細い毛がクリームでベタベタしている顔にはりついて、苛立しいかゆみが倍加される、というわけで実にいやなのだが、しかし、まあ、税金の申告も終ったし、去年の十月から十二月にかけて続いていた通信販売を利用したイヤガラセもあきたとみえて終息したらしいので、日常生活のうえではそうストレスの溜るような事態は、しばらくはないだろう。

　とは言え、忙しさがいつになく続いたせいで溜っている家事上のアレコレ（粗大ゴミに出さなければならないものがトランク・ルームを占領していること、暮の内にやれなかったカーテンの洗濯と窓ガラスみがき、そろそろ換気扇の分解掃除もしなければならない）もあるし、エッセイ集をまとめるために、切り抜いて箱に入っているエッセイの類いを読みかえして目次を作らなければならないのも、今の気分としては、どうも気が滅入るのだ。

　ところで、通販を利用したイヤガラセというのは、十月半ばから十二月の末にかけて、ほぼ十日に一回ほどの頻度で、こちらがまったく注文をしたことのない品物が料金引きかえで次々に配達されたという出来事で、一万何千円かのストレッチ・ウール・パンツにはじまり、しだいに金額の高い品物になっていって、黒蝶貝パール・プラチナ・ブローチなどという、生れ変ったとしても絶対に身につけたりするはずのないものもあったのだが、むろん荷物は開けないで受け取り拒否で送り元の通販会社に返送する処理を宅配会社に頼んだのだった。そうこうしているうちに、『待つこと、忘れること？』の出版元の平凡社気付けで、「通販生活」（通販のカタログ雑誌）から、二十何万円かの黒のカシミア・コート二着がとどき、私たちと編集者のKさんとしては、イヤガラセの犯人像をあれこれと推理してみることになった。平凡社に送ってくるということは、むろん『待つこと、忘れること？』の読者であり、しかも、黒のカシミア・コート二着というのは、金井姉妹の「ファン」ということかもしれず、それならばイヤガラセとは言えないかもしれなくて、自分のほしいと思った物を私たちにプレゼントしているつもりの、もちろん、神経症をはるかに越えた症状の病人なのかもしれない、まあ、犯人は品物の趣味からいって中年以上の女性だろう、経済上の実害はないにしても気持の悪いことだ、何か手をうたなければ、と言っているうちに料金引きかえで配達されたのが、北海道産特大タラバガニ、二匹で、確か三万何千円。これも受け取り拒否の手続きをとったものの、玄関先で長さが一メートルはありそうに見える発泡スチロールの箱が二つ重なっているのを見た時は、好物のタコの柔らか煮を台所で煮ている最中だったが、気分が悪くなって食欲がなくなった。生きているタラバガニが入っているわけではないのだろうが、言ってみれば陳腐にも、特大タラバガニが発泡スチロールの白い箱の一つ一つの中で、長い脚をガサゴソさせて口から泡を吹いているところを連想して、無性に腹が立ったのだった。私はカニは食べるのが面倒臭いので嫌いなのだ。志ん生の川柳に「ビフテキで酒を飲むのは忙しい」というのがあるけれど、それはまあ、ナイフとフォークで両手を使って肉を切ったり、さらにグラスを持って、ああ、忙しい、と、志ん生ほどには思わないものの、感じはよくわかるというもので、カニにもそうした局面がある。しかし、これがカニではなく、清酒の八海山とか久保田が二本だったら――毎日の晩酌には、とてもそんな高いお酒は飲めないので――それを玄関先で眼にしてしまえば、いいかあ、この際、こういうことでもなければねえ、と、ついお金を払ってしまったかもしれない、という気持は今でも拭いきれない。

その頃、姉の個展で絵を何点か買ってくれた精神科医の女性（美人）と軽い食事をしながら、通販事件のことを話すと、彼女は、その人は熱心なファンであるのと同時に、まあ、異常でもあって、姉妹に自分を自己同一視しているってことなんだと思う、と言うのだったが、それはそう言われてみればそうに違いないくらいに陳腐な専門家的解釈ではあるものの、私としては、自己同一視してしまう程の熱心で異常なファンならば、だよ、と思うのだ。私の小説でもエッセイでもいいけど、それを読んでいてだね、黒蝶貝真珠のプラチナのブローチとか、「通販生活」の黒のカシミア・コートなんか、生れ変ったって身につけないってことくらい、理解できないわけ？　と、ピント外れの書評を読んだ時のように腹が立つ。仮りに私なり姉なりが黒いカシミアのコートが趣味だとしても、猫を飼ってるのだから、猫のぬけ毛が目立つに違いない黒のコートは着ないのだ。それに、これがハリウッドの心理スリラーだったら犯人は、近頃知りあった美人の精神科医（実は患者である）ということになる、と笑いあう。

ところで、先月号に書いたヴェンダースの『さすらい』のテレビ放映で、野糞のシーンの肛門のところで人体とつながっている大便に「もや」がかかったことに触れ、NHKにおいて、それは生殖器と同じなのだと書いたのだったが、生殖器以外にも「もや」のかかる物がテレビにはあって、それは特定されることを望まない「顔」なのだから、大便は「顔」と同じものでもあったのだ。

顔といえば、湿疹（脂漏性湿疹）は、太陽光線にあたると覿面《てきめん》に発疹するのだが、ストレスが溜っていると電気スタンドの光線が顔にあたっても出ることがあるので、原稿を書くという動作は症状を悪化させる傾向があって、むずむずしたかゆみがチクチクした痛みに移行しはじめて困るのだが、かゆみどめの内服薬を飲むと眠くなるのが、さらに困ったことで、季節の変り目にはいつも困惑させられるし、心なしか怒りっぽくなって苛々するのである。それも、言うまでもないことだが大所高所的問題に対してではなく、片々とした、取るに足りないことに終始しているわけなのだから、考えてみればそれが常に変らずの状態で、季節とも湿疹とも関係ないということになるのかもしれないという気もするのだ。

生殖器と肛門につながっている大便と隠しておかなければならない顔に、いわゆるぼかしが入るのは、それがぼかしによって隠されていることで、すくなくともメディアが何を見せようとしないかということは見えているし、スーパーインポーズで放映される外国映画の、「ジプシー」や「インディアン」を自動的に「ロマ」や「先住民」と訳し、「ニガー」とか「ニグロ」は言われなかったかのように訳さない、というのも、音としては、はっきり聞えているのだから、いわば、ぼかしの持つ隠そうとしているというメディアの意思を伝える機能を持っているだろうし、たとえば『座頭市』シリーズの放映にあたって、台詞の音声が消える時は、それがどんな言葉であるのかは映画のタイトルから知ることが出来るわけなのだから、これも、音を消すというより、ただ自動的に、差別語といわれる言葉を隠そうとしていることを伝えていると見るべきなのかもしれない。

テレビや新聞といったメディアにとって、何かを「隠す」ということが、大した知恵も必要としないでそのように簡単に自動化されているからこそ、と思うのが、犯罪なり事故なりの被害関係者の表情を伝えるテレビと新聞の記者たちの報道用語である。家族を犯罪や事故で亡くした遺族について、悲しみを隠しきれずにいます、というのがそれであり、突然の大事故やら事件やらテロやらの知らせを聞いた大臣やら政府関係者は、ショックや驚きを、隠しきれない表情で、あってはならないこと、とコメントすることになっていて、このように、隠す必要があるとは思えない（ことに前者。大臣や政治家については、無能ぶりを隠しきれずに、と言うのなら理解できる）ことにまで、それは及ぶらしいのだ。芥川龍之介の『手巾』や小泉八雲の『日本の面影』で語られる、息子や夫の死を他人に伝える時、まるでそれが取るに足りないちょっとしたことであるかのようにニコニコと笑顔で語る母や妻に怒りを覚える人物について、作中の話者は語り、しかし、それは個人的な悲しみを他人の前で隠す日本的美徳としての行動なのだ、と解説するのだったが（両方、読みかえしていないので、まあそういった感じ。今は作品論をやってるわけではないから、細部は無視）、悲しみを隠しきれずに、と、遺族について報道する記者たちは、あるいは、潜在意識にそうした日本的美徳の価値観があることを隠しきれないというわけなのだろうか。

隠すというより、伏せられているのが〈芸術の値段〉だ、と南伸坊は言う（二月十五日朝日新聞「私の視点」）。落札予想価格が1万円だった作者不詳の絵が、実はゴッホの初期作品「農婦」だとわかって、6600万円で落札された「ニュース」について書いている南は、〈値段がおおやけになることで、芸術に縁がないと自分で思っている人も、その時チラッと、その芸術を見〉そして〈どう考えたってこんなものに、何億もの価値があるとは思えない〉と考え〈なんで、昨日まで1万円だと思われていた絵が、ゴッホだと決まった途端に6600万円なんだろう／この絵自体の値段は1万円で、ゴッホ代が6599万円ということなのか？〉と思うだろうし、〈こうした芸術に無縁だと、自ら思っているような人の、チラリと見た視線が、実は本質をとらえていたんじゃないか？〉と思う南伸坊は、オリジナルの絵の口元のあたりに修復と加筆が加えられていたせいで、ゴッホの作品とは見えなくなっていた絵が、誰が見ても下手としかいいようのない加筆・修復はそのままで元々はゴッホ本人の描いた絵だというので6600万円になったことを、いぶかしむ。〈つまり、芸術に無縁な人がひっかかった視線は、実はこの口元のあたりだったかもしれないではないか〉と言うのだ。8日付新聞記事には修復前の絵の写真（ゴッホ美術館制作のカタログによるものだろう〉が並べて載っているので見比べることが出来るのに、テレビのニュースではカタログ写真を映しながら、二つを見比べられるように見せていないのだが〈1万円が6600万円になるのも芸術のニュース、この顔面整形の術前、術後のような写真も芸術のニュースなのだと私は思う〉一方、〈テレビの美術番組や、美術雑誌では、芸術の値段はたいがい伏せられている。芸術を金銭で判断するなど下品だと言わんばかりだ〉と書く南は、「私の視点」という、いわばニュースや新聞記事の報道に対する時評的意味あいもあるコラム欄だからなのか、結論として〈8日の記事はそういう意味で、バランスのとれた『芸術報道』になっていたと私は思う〉と、もっともらしくジャーナリズム批評的感想を記してしまうのだが、もちろん、この文章のメインとなるのは、値段がニュースの中心となる芸術についての、〈ゴッホ代〉という南伸坊的発想によるいかにも意表をついた言葉であり、〈芸術の値段はたいがい伏せられている〉上品系メディアがある、ということだろう。上品系メディア（テレビの美術番組、美術雑誌）で値段が伏せられているのは、明示することが下品だと考えていることも確かかもしれないが、実は芸術の値段というものが美術市場での時価として、はなはだしい流動性を持っているからだ、と言えなくもあるまい。〈ゴッホ代〉とは、まさしく市場における美術作品取りひきの時価のことなのだ。

さてところで、書評＝本の万引きという蓮實重彦の名言を思い出すならば、万引き常習者とも称されるべき高橋源一郎は朝日新聞書評欄（二月十六日）に、カルヴィン・トムキンズの読み物的評伝『マルセル・デュシャン』をとりあげ、〈あの、『芸術』って、わかりますか？　わたしはね、はっきりいいますが、よくわかりません！　なので『芸術』ではなく『ゲージュツ』と表記することにします〉と、自ら想定して限定した読者に向って媚びもあらわに書きはじめる。ピカソと「ビジュツ」大学の学生の絵を並べられても「ふつう」なかなか区別がつかない、と、極く陳腐で空想的とさえいえる「ふつう」のレベルを示すことで、さらに高橋は読者を想定しつつ限定し、〈なのに、ピカソさんの絵は何億円もの値段がつき、学生の絵は無料でも貰《もら》い手がない。それはピカソさんの絵が『ゲージュツ』で、学生の絵が『ゲージュツ』一歩手前だから、なんですって〉と、わざとらしさにむずむずするような調子で驚いてみせる、プロっぽい万引き常習者の手口を使い、〈この二枚の『ゲージュツ』度の差はどうやって測ればいいのでしょうか？／おそらく何百年（何千年？）にもわたって、『ゲージュツ』関係者ではない大多数の人たちの胸にわだかまっていたこの問題をはじめて徹底的に考えたのが、この本の主人公マルセル・デュシャンでした〉と、無邪気を装って（？）説明する。イラストレーターである南伸坊は、〈芸術に無縁だと、自ら思っているような人の、チラリと見た視線〉が、修復・加筆後の「農婦」の口元のあたり（誰が見ても、とんでもなく下手なのだ）と〈ゴッホ代〉という〈本質をとらえていたんじゃないか〉と考えるのだが、万引き常習者は、無邪気を装いつつも

（?）本質的には抽象的思考や芸術や文学や批評に充分以上に知識を有している小説家という自分に対する世評《イメージ》をも、おそらく半ばは信じているらしく、〈そこに置いてあるそのなにか。それだけでは『ゲージュツ』でもなんでもない。ただ、我々がそれに触れ、そのことでなにかを考えることができた時だけ、『ゲージュツ』は活《い》きたなにか、になる。つまり、『ゲージュツ』とは、実は我々の内側で起こる目に見えない微細な変化のことなのだ、とデュシャンはいいます。だったら、そんなもの、値段つくわけないですよね〉と、なりふりかまわない無邪気さで書く。

仲坊と源一郎を並べて引用するのは、たまたま、二人が「芸術の値段」について書いた文章が、十五日と十六日の新聞に続けて載っていたというだけのことで、なんの必然性もありはしないのだが、「小説」とか「文学」というものが今日馬鹿にされるのは（と言うか、多くの小説家が馬鹿にされていると信じているわけだが）、事実、小説家が本当に馬鹿だからなのではないかという結論に私を導く。

池澤夏樹がシリーズ『21世紀文学の創造』の九巻目『ことばのたくらみ――実作集』の前がきで、〈この状況に対して直接の責任を負うのはもちろん批評する者ではなく、小説や詩や芝居を書く側である〉と書いているのは、やっぱりあてはまっているという気がして来て、すくなくとも、高橋源一郎は責任をとれ、と言いたくなったのだった。ところで、源ちゃんの万引き現場を押える前に、たまたま読んでいた『マルセル・デュシャン』の著者トムキンズによれば、晩年のデュシャンは、どんな馬鹿で無知なインタヴュアーにも、彼等自身の無知を意地悪く指摘したりせず愛想良く辛抱強くふる舞ったので、誰も彼のことを悪く言う者はなく、高い評価を持続することが出来たのだそうだ。いささか、シンカンとなった。

これは、私は、年も年なんだし、そろそろ良く吟味検討すべき教訓かな、と、思ったしだい。

語り得ぬもの？

二〇〇三年五月

ようやく暖かくなったかと思うと、強風が吹いたり冬に戻ったような寒い日があったりして、今年の春は天候が不順という気がするのだが、といって、では去年の春はどういう天候だったのか、と思い出そうとしても全然覚えていないのだから、不順と感じるのはこちらの体調の問題なのかもしれない。更年期を過ぎたらケロリと体調が良くなって、今は元気ハツラツでいろいろやりたい事もあるし人生はこれからだ、といったふうの発言を、新聞家庭面の投書欄の類いで眼にしたり、実際にそういったことを口にする女の人たちを知ってもいるのだが、いろいろ考えてみても、私にはどうやら〈やりたい事〉というのがないらしい。その場その場で、やりたい事しかやって来なかったせいで、やらなければいけない事（今のところ、エッセイ集の入稿とか、冬物と春物の衣類の入れかえ、まだすませていないカーテンの洗濯、本棚の整理、その他いろいろ）は溜る一方であるのに、やりたいと思ってやる事は、あっという間に過ぎてしまう。たとえば、もっと眠っていたいと思うのに眼が覚めてしまう。
中村光夫はエッセイ集『老いの微笑』の中で、早朝のジョギングを始めるようになった理由を、老年になって早朝に眼が覚めると若い時のように簡単にもう一度一眠りするのが困難になり、そのせいで寝床の中の半覚醒状態でアレコレと嫌な事ばかり思い出したり考えたりしてしまう、それならば、いっそ起きてしまって、ほとんど馬鹿気ているくらいに健康的なジョギングというもので身体を動かした方が心身に良いのではないかと思ったからだ、と書いていて、その文章を読んだ時、私はまだ三十代の前半だったから、やがて訪れる「老年」というものに対して、なんかこう、いやーな気持と、その頃から流行りはじめていた健康志向というか、自己の健康な体を維持するためというより保守することについての自己責任という考え方から喧伝されて、アメリカの大統領もやっているという「ジョギング」というものに、「フン!」とでもいった調子とはまるで異なるのだが、微妙な冷水を浴びせる中村光夫の文章に心ひかれる気持を持ったものだったが、私としては今もジョギングはやりたくないし、もっと眠っていたいのにもかかわらず、眼が覚める時刻も早朝というわけではなく、十一時か十二時なのだ。

ところで、これはいささか旧聞ということになってしまうかもしれないのだが、フランスに本部があって日本にも何百人だか何千人だかの信者がいるという宗教団体がクローン人間の誕生に成功したと発表して話題になった時、国民の大半以上が宗教を最も大事なことと考えているアメリカ（イギリス、ドイツ、フランスでは、そう考えている人間は一〇%から二〇%台）の、アルコール中毒から立ち直って大成功したのは福音派の宗教のおかげだと言ってはばからない大統領のブッシュが、人間のクローンだけには強く反対するのは、当面は当然のモラルというところだろうが、それが経済に結びつく「技術」である以上、アメリカ社会に歯止めがあるとは思えない、といったようなことはさておき、新聞の伝える記事では、必ずクローンの生殖技術はまだまだ完全なものではない、といったことをコメントする科学者（医者だったり、生物学者だったり）が紹介されていて、それが証拠に、あの世界初のクローン羊ドリーの寿命は六年半という短かさだった、と発言したりすることの不思議さについて私は言いたいのである。羊とか豚とか牛といった類いのペットではない哺乳類の家畜の寿命がどのくらいの長さなのか知りはしないが、いずれにせよ「肉《ミート》」化される彼等は普通寿命とやらをまっとう出来るわけがないのだから、ことがいかに生命科学の「技術」上の問題であるとはいえ、ドリーが通常よりも早く老化が進み六年半しか生きられなかった、と言われても、なんとなく首をかしげざるを得ない。ドリーが食肉用品種なのか、羊毛用品種なのか知らないけれど、どっちにせよ羊は、ムツゴロウの動物王国とかマザー牧場といった特別な環境で飼われている以外、ドリーでなければ六年半も生きられないのではないだろうか。

三月号のこの連載エッセイに、私の『待つこと、忘れること？』の書評に、モーリス・ブランショの『文学空間』を引きあいに出していた評者のことを書いたのだったが、丁度その頃、九十三だか四歳でブランショが死んだということもあって、私としては、以前から変だと思っていた、ブランショがヘンリー・ジェイムズの『ねじの回転』について書いた短い批評文（時評的な短い批評しかブランショは書いてはいないのだが）に触れて書くつもりだったのに、四月号の原稿を書いている時にはその事をすっかり忘れていたのだった。〈語り得ぬもの〉あるいは〈書くことの不可能性〉という独特の批評用語でよく知られた（？）ブランショは、ジェイムズの皮肉な悲喜劇的怪談の語り手で女主人公の家庭教師《ガヴァネス》が、目撃したと信じている悪の象徴（というか性的誘惑）の亡霊を〈語り得ぬもの〉と、まあ、分析する。加藤典洋得意の言い方をまねれば、それがブランショの読みということになるのだろうが、どうもこのいやらしい言葉づかいには、とてもなじめない。読みというのならば、加藤流の書きでは、という言い方も成立させなければなるまい。それはともかく、入念な繊細さで張りめぐらされた微妙に揺らめくニュアンスに富んだ巧妙な書き方によって、多義的な読み方を許容するジェイムズの『ねじの回転』なのだから、たいていの、まあ、小説好きの読者は、オツにすました独身家庭教師の性的妄想を、妄想の持つ独断的繊細そのものとして書いたのが手柄の怪談小説で、同じタイプの主題を若い男に変えた死者への妄執についての皮肉な悲喜劇的短篇（タイトルは忘れた。でも、本棚を調べるのが今は面倒……）を思い出したりもするという類いのものである。デボラ・カーがヒロインを演じた映画『回転』（'61、原題は"The Innocents" ジャック・クレイトン監督）では、彼女に見えていて観客にも見え、荒野に孤立して建つ館に住む二人の幼い兄妹にも見えているのだが、実直そのものの家政婦には見えていないという作り方で、デボラ・カーは、それを見ていない家政婦に説明する困難に苛立ちもどかしい思いをするのだが、死んだ召使と家庭教師の幽霊は存在しているという設定だったから、ブランショの『ねじの回転』論は、どうも、ジャック・クレイトンの映画の方に近い気がする。「語り得ないもの」どころか、『ねじの回転』の語り手は極度に雄弁なのだ。

イラク戦争がはじまり、バグダッド市内への大規模な空爆作戦が「衝撃と恐怖」と命名されたのだが、恐怖と訳されている"Awe"は「威圧」と訳した方がぴったりするのではないか。毎日新聞は「畏怖」と訳していたのだが、それよりも「威圧」の方がふさわしいように思える。ジャーナリストが「射すくめるような目付き」と書いたりするラムズフェルド国防長官の態度を見ていると、「畏怖」されるというタイプの権力者の顔ではなく、とりあえず、その場にいる者たちを「威圧」せねば、と信じている顔である。サイードの『イスラエル、イラク、アメリカ――戦争とプロパガンダ3――』によれば、ラムズフェルドは〈人格的に問題がある〉人物らしいが、それは〈金に汚い〉とサイードの言うブッシュ政権の顔触れ全員にも顔を見ただけでもわかると言いたいようなものではあるけれど、ラムズフェルドの顔は、スティーヴン・キング（本屋で彼の本を買うのは、ポルノを買うのと同じように恥しい、とアメリカ人の友人は言うのだが……）原作のテレビ映画の悪魔といったふうの安っぽさで、CG操作のヒゲメとシッポはいつ出て来るのだ？　と子供たちが思いそうである。戦争報道のテレビ番組を見ながら、なんとなくチャンネルを回していると、ジーン・ハックマンが国防長官をやっている冷戦時代のスパイ映画をやっていて、どうせ、主役がケビン・コスナーなのだから、どうでもいいようなものだが、ハックマンの国防長官はこれはミス・キャストである。ハックマン国防長官は、なんと嫉妬から愛人を殺してしまう（！）のだが、愛人を殺す権力者が国防長官では、映画としてちょいと中途半端で衝撃度に欠けやしないか、と考えたのに違いないクリント・イーストウッドは『目撃』で、ハックマンを大統領に配し、陰の権力者である財界大物夫人と夫の留守中の館で情交中の彼女を絞め殺してしまう。泥棒として侵入したクリントに現場を目撃させる。フン、映画作家としての実力の差というものなのだが、ハリウッドではさっそくイラク戦争物映画がランボーを復活させて企画されているらしい状況で、クリントの新作の企画は、『スペース・カウボーイ』の続篇として、アポロで月に一番乗りして帰って以後、人前にもあらわれず沈黙しつづけたアームストロングを主役にした映画らしい。イーストウッド的知性というものだろう。

　いろいろな事が報道され、いろいろな事が語られはするのだが、まだ月刊雑誌も出ていない時期だし（それもそう期待はしていないのだが）、同じことの繰りかえしばかりで、誰もがメディアの報道のあり方とアメリカ一国主義、大義なき戦争、ネオ・コンサヴァティヴ、戦後の中東情勢、戦争で傷ついた幼い子供の痛々しい姿（重傷をおったり、死んだ老人の姿はテレビでは報じられない。子供には未来がありそれが奪われるのだが、老人には、まあ、そういうものがないとでもいうようだ）、戦争による株価の変動、日本政府の腰抜けな（あるいは日米関係上当然な）反応、9・11以後決定的に変った世界、等々である。

　新聞を切り抜くのも面倒なので、くわしい事は覚えていないのだが、小学館だかどこかの行なった小学校高学年のアンケート（インターネット上のアンケートだったか？）によると、九〇％の子供がイラク戦争に反対で、それは同じ年頃のイラクの子供たち（戦争前にイラクを訪れた池澤夏樹によれば、むろん、子供たちは人なつこく愛らしく、大人たちは普通の人々なのであるが）が殺されたり悲惨な目にあわされることに同情するからなのだけれど、こうしたアンケートを記事にする場合、残り一〇％の子供たちが、反対ではないどういう理由の項目に丸じるしをつけたのかも書くべきではないのか。確か中学生の少年の犯した殺人事件で全メディアが大騒ぎしていた時、「どうして人を殺してはいけないのか」という中学生の問いに、ああでもないこうでもない、とギャーギャー騒いでいたのもメディアなのだから、まあ、安心したということでもあるにしても、「わからない」という項目に丸をつけた子供はともかく、「賛成」に丸をつけた(これは、どうせ「イラクの人たちが解放されて自由になれるから」という答えが用意されていたのだろうが)パーセンテージも知りたいところだ。

美容院で、カットだけではなく白髪も染めてもらうので、時間がかかり、その間、店に置いてある女性誌をまとめて読むのだが、「暮しの手帖」の「すてきなあなたに」という、ちょっとォ、時代感覚がずれてるんじゃない、これじゃあ、まるで五〇年代だよ、という連載コラム欄(なぜか筆者の名前が載っていない)はあまりの変さについ愛読しているのだが、十年ぶりにソウルに行ったという書き手の文章には、ちょいと驚いた。去年のサッカー・ワールド・カップの報道でも、金大中の北朝鮮訪問でもいいのだが、まあ普通に新聞、テレビのニュースは見ている(いないか……)つもりの私は知らなかったのだが、書き手によると、〈ソウルの中心部の道路は四車線くらいに大きく広げられ、横断歩道も陸橋式の歩道(なんという呼び方をするのか忘れてしまった)もなく、深く掘られた地下道で結ばれているものだから、道の向うに見えているホテルに行くのにも、折れ曲った階段とエスカレーターを降りているうちに方向感覚が狂ってしまって大変で、老人の姿をほとんど見ない、老人ばかりか、ソウルに住む中年の友人も地下で迷いそうになるので、中心部に出る時はいつもタクシーを利用しています、と言っていた、それに比べれば、まだまだ横断歩道も歩道橋（思い出した、というのだった）もある東京に住んでいるのは幸せと思ったことでした。〉というのだが、そういえば、先だってのソウルの地下鉄火災のニュースで、ソウルには大量破壊兵器が使用された場合、全市民を収容できるように地下鉄が深く掘られているのだと聞いた記憶があり、横断歩道と歩道橋のない道路も、いざという時にジェット戦闘機の離発着が可能という軍備なのか、と納得したのだが、まさか、こういう情報を「すてきなあなたに」で知るなんて、とても意外な出来事に驚いたことでした。東京都知事選に出馬した樋口恵子のキャッチ・フレーズじゃあないが、まさしく「平和ボケばあさん」である。

それで思い出したのだが、昔のハリウッド映画（というのは公民権運動以前の）に登場したアフリカの悪い女呪術師とかブードゥー教の悪い女呪術師というのが、こういう悪女然とした顔をメークで作っていたものだ、と思い出させるライス大統領補佐官や、イラクで何がおころうとそれは全部フセインのせいだ、とか、アルジャジーラの支局や報道関係者の宿泊するホテルに爆撃を加えて、だから戦場は危険なんだと言っている、とブリーフィングで答える、しかめっ面のクラーク国防総省報道官といったエリート女性たちが戦争に深くかかわっている時代に、ことさら「女たち」と冠して反戦をアピールするのは有効なのだろうか。そういうタイプの反戦アピールが今もあったけれど。

ところで、笑ってしまったのが松崎菊也の毎日新聞都内面連載のコラム「松崎菊也流かんちがってま専科？」の四月三日付で、なにしろ毎日新聞（おまけに都内面！）など読んでいる人は少ないだろうから、ここに引用しておきたい。

「出てるね相変わらず、えばっちゃん！」

「変わらんね十二年前から」

「えばっちゃん、泊まり込みらしいよ、NHKに」

そういう想像。「えばっちゃん」とは軍事評論家の江畑謙介氏のことである。湾岸戦争以来十二年ぶりの連日ぶっ続け出演ではないか。あれじゃ泊まり込みだぜ。

放送局という場所は、疑心暗鬼の吹き溜《だ》まりのくせして、名前をニックネームで呼ぶ気安さが大手を振るところ。知りもしないくせに「えばっちゃん」なんぞと呼び交わすアホなプロデューサーがいそうでかなわん。「バタさん」でもよいが、「バタさん」はまだディレクター連中で、番組を裏から牛耳っていると思い込んでいる上層部は「えばっちゃん」と呼ぶであろう。いいやきっと呼ぶ。アホめ！

で、以下は江畑氏のことではない。世の中にこれほどいるんか？　と思うぐらい軍事評論家は多かったのだ。番組の終わりに、

「これっきりかと思ったけど、長引きそうなので、また呼んでくださいよ」

と言ったやつがいた。売り込まずとも軍事情報源としてきさまが必要ならば呼ぶわい。

この松崎の書く「やつ」と同一人物だかどうだかは知らないが、バグダッド陥落が伝えられ、戦後はどうなるかという予想を喋りながら、小川和久という軍事評論家が、多大な困難が予想されますねえ、米軍にアドヴァイスしたい、と言っていたのには、あきれた。松崎菊也流に言えば、きさまのアドヴァイスが必要ならラムズが呼ぶわい、である。

老いの微笑

二〇〇三年六月

毎日新聞家庭欄に週一回載る好評連載コラム「オバさんの逆襲」というのがあって——と、つい、毎日新聞のことを書くと、読まれていない、ということを前提にしてしまいがちだ——これも愛読しているのだが、先日のコラムは若者にある種の言葉が通じなくなったという、まあ、生れてこの方ずっとメディアで眼にしなかった日がない高齢者特有のグチといえば言えるものの、同じ言葉についてまったく同じ経験を私もしたことがあるので、若者たちに妙に感心してしまったのだった。

「オバさん」は今風のおしゃれな居酒屋で、管理職の男性が新入社員数人のグループに、若い樹木がスクスクと伸びて花が咲き実を結ぶためには「剪定《せんてい》」が必要で、自分があなた方に小言や注意をするのは、いわばそうした必要な「手入れ」と考えてほしい、と語っているのを小耳にはさんで、なかなかいいことを言う上司だと感心する（「オバさん」は若い頃、庭木が剪定されて、あたかも丸裸状態というか、三分刈の坊主頭状態になるのを見ては、なあにもここまで切らなくても、と思ったのだったが、今ではその植木職人の仕事の必要性を承知している）。

私としては、「剪定」などというまどろっこしい比喩ではなく、大人になるためには「去勢」が必要なのだとはっきり言いたいところだがそれはともかく、「オバさん」はトイレで、新入社員たちが、「センテイ」というのは先帝のことだから昭和天皇のことだろう？　戦前の軍国主義でビシビシ鍛えるってことなのかなあ、「手入れ」っていうのはガサ入れだろ？　抜き打ちで持ち物検査やるのかなあ、と不得要領に語りあっているのを耳にする。

さて、「現代詩手帖」という現代詩の専門雑誌があって、かれこれ四十年以上の歴史を持った雑誌で、これに作品を発表する若い詩人は二十年くらい前から誌名を省略して「シテチョウ」とチョウの部分を尻上りに言うので、私は「シテセン」という、全然知らない株方面（なのかな？）のいかがわしい隠語と間違えそうになったことがあるけれども、それはさておき、「全詩集」を上梓した稲川方人の特集を編むというので、十何年かぶりに「シテチョウ」に原稿を書いたのだった。ゴダールの『ヌーヴェルヴァーグ』に登場するブルジョワの家の変な庭師が言う台詞、〈庭と散文は似ている。いつでも細かな手入れを必要としているから〉というのを引用したのは、この詩人にはまるで「散文」は不向きだ、ということも言いたかったのだけれども、それもこの際は関係のないことで、デブでケツのデカいアクション男優ブルース・ウイリスは〈庭〉と〈結婚生活〉が〈いつでも細かい手入れが必要〉な点で似ている、とテレビのインタヴューで答えていた（というか、そう訳されていた）ことを付け加えておきたいのは、「手入れ」という言葉が、それほど特殊な言葉ではなく、ごく日常的なものだとばかり思っていたからで、ふと気になってずっとブームの続いているガーデニングの園芸専門誌方面では「庭の手入れ」という言い方をしているだろうか、と、原稿を書くのを「とばかり思っていたからで、」のところで中止して、近所の本屋に立ち読みに出かけ戻って来たのだが、これは見事にこちらの思いちがいで、「※月の主な管理・作業」という、なんだか工務店の黒板に書かれているような用語が庭仕事にも使われているのだった。

　だから、「シテチョウ」の若い編集者（今は、「シテチョウ」などとは言わないのかもしれない……）が、ゲラ刷りの出たところで疑問点が一つある、と言い、「手入れ」という言葉の使い方がよくわからない、散文と庭にガサ入れが必要だっていうのは、詩的に聞えますけれど、ゴダールの真意はどういうことなのでしょう、と、質問されたからと言って、ギョッとしてしまうのは、やはり「老い」なのだろう。とは言え、なにがガサ入れだ。テレビの刑事物ドラマを見て育ったというのか。昔は、パックだのマッサージだののことを「お肌のお手入れ」と言ったものだが、今は何というのか、これは、本屋に走ってひっ返し、何十種類もある女性誌を立ち読みして調べてみる気力がない。肌の自己管理？　それとも、自己エステ？

先月号に書くつもりだったのは、石原慎太郎が三百万を超える得票で知事に再選された時の新聞に載った識者のコメントだった。また毎日新聞（朝日新聞も読んではいるのだけれど）の記事である。ネオ・コンと揶揄するむきもあるけれど、ブッシュと共通する洗練された民主主義の姿勢を石原に感じていると語る評論家の上坂冬子さん（という女がいるらしいのだ。以下の引用で推定年齢は七十すぎということがわかる）は、〈石原都政になって「シルバーパス」が廃止された時、私が冗談まじりにアテにしていたのにとなじったら、知事は大まじめに「私も該当者だ」と答えたのを思い出す〉のであり、〈時として千万人といえども我ゆかんというリーダーシップを感じさせる石原都政は、雑音に足をすくわれることなく時代の要請に応えるだろう。〉（4月14日、傍点引用者）と大衆《三百万人》の紋切り型コメントを語っていた。

「空疎な小皇帝」のリーダーシップはどうでもいいのだが、笑っちゃうというか、そのよくわからない「意味」に首をかしげてしまったのが、「シルバーパス」に関する上坂＝石原のギャグである。バアさんの方は、都営交通網の無料パスをアテにする、という発言を「冗談」と言っているのだから、無料パスなど全然必要ではない階層のバアさんだということは理解できる。しかし、〈知事は大まじめに「私も該当者だ」と答えた〉というのは、意味不明である。ジイさんの答えも意味がわからないし、それをコメントの中で引用するバアさんの真意も不明である。これを読むかぎり、まるで知事が都営バスの無料パスを利用して都庁に通っているように読めるではないか。この記者が記事をまとめたコメントの文脈の中では、私も該当者だ、というのはそういう意味になるが、まさかそうは考えられないから、私も該当者だ、というのは、自分も七十過ぎの世に言うジイさん（生殖能力はもしかしたらあるかもしれないので、子供は、まあ産めないバアさんより有用な存在）だ、と単に言ってみただけのことなのだろうか。

石原慎太郎に投票した都民は三百万を超すわけだが、私の知人や友人の都民に石原に投票した人間というのはどう考えても一人もいないので、どういう大衆《三百万人》が投票したのか、つい考えてしまうのだった。昔、国会議員の全国区の選挙の時には、資生堂の組織票が言われたものだったが、そうした組織票は別としても、たとえば、椎名町の駅前で、ショッキング・ピンクの上下のトレーナーに青いウエスト・ポーチを着け、自転車の前のカゴと後の荷台のカゴに一匹ずつ毛の長い小型犬を入れ、えーと、石原軍団とやらのタレントの一人で刑事物なんかに出ているらしいナントカという男と結婚していた、うーん、ナントカ聖子という歌手が甘ったれた高い声でずっと昔に歌っていた、なんとかでかんとかの南の青いサンゴショー、という曲を大音響のカセットで流しながら自転車をこぐ、年の頃、聖子と同年輩と思えるおばさんは一票を投じたのではないか、某出版社の、だって男の眼から見てもカッコイイですもン、ケオされてアコガレますよ、慎ちゃん（ユウちゃんであって、兄貴の方は、昔から「慎太郎」と呼ばれていたのだ）と言っていたアンチャンおやじもそうではないか、近所のスーパーマーケットの魚売場（〽サカナ、サカナ、サカナ、サカナァを食べーると、アタマ、アタマ、アタマ、アタマがよくなるぅー、という訳のわからないソングをカセットで大音響で流している）で、さあ、ゴリョー、ゴリョー、御利用、ゴリョー、と叫んでいる店員も一票、目白通りの歩道で信号を待っていたら、信号の手前で停車していた車（ファミリータイプのワゴン型。ポカンとした顔付きの子供と女房と大型犬が、乗っている）を運転している奴が、チョットオ、邪魔だからどいてくんない、と歩道に立っている私を含めた五人の通行人に無作法に怒鳴るので、いったい何事だ、と思ったら、目白通りの歩道に面した二軒の商店の間の狭い私道に車で入るために、邪魔だからどけ、と言っていたのだが、そいつ等夫婦も（犬に投票権があったら犬も）慎太郎に票を投じたろうし、ずっと昔、目白ピーコックストアに買物に行った母が、レジの行列に割り込んで来た主婦に注意したところ、お父さんに言いつけてやるから、と言われて睨みつけられた、とショックを受けていたが、彼女とお父さんもやはり一票ずつ投じたかもしれないし、テレビ東京の激安グルメ店紹介番組で、この店はね、なんて言うか、しゅんを先取りした物を食べさせてくれるんですよ、しゃれてますよ、と言っていた五十がらみのサラリーマン（バカ、はしりという言葉があるんだよ。はしり物を食べると寿命が一年延びるって、昔から言うの）も一票のクチだろう、と、いろいろな連想が湧いてしまう。

石原が一期目の知事に当選した頃、「GQ」（という売れない男性誌が中央公論新社から出ていたのだ）で連載対談をしていた浅田彰と田中康夫は、まぶたを必要以上と思われる頻度でしばしばパチパチと目ばたきする新知事をチック石原と言っていて、あきれたものだった。むろんその当時の大阪府知事はまだセクハラが表面化されてはいなかった横山ノックで、チックとノックで語呂はとてもよかったのだったが、都知事をチック呼ばわりしていた田中康夫も知事になってしまったのだから世の中はこわい。

基本的には、大嫌いだから、という理由でのばしのばしにしていたカーテンの洗濯や、いろいろ溜っていた未整理のあれこれ、冬用のと春用の服の入れ換えを連休中に、ついに行なう。

スチームバギーという高温蒸気の噴出する掃除機でキッチンやらバス・ルームも徹底的（ほぼ）に掃除したせいで疲れて風邪をひいてしまう。風邪をひくと湿疹が出るので気分が暗くなる。ぼんやりテレビのニュースを見ているとイラク戦争後、日本は未曽有の経済危機であるらしい。バブル期というのがあった時、土地を売ったりして得をした、という話を近所では二、三耳にしたけれど、出版業界は私がデビュー（ヘンな言葉だ）した頃から、編集者というものは、売れない、売れない、売れない、売れない、売れない（本が）

と二言目には口にする存在で、もちろんそれを他人《ひと》のせいにして、自分の企画力や判断力やの有無とは関係づけないのだが、不景気感とは三十六年間、極めて身近なものとして過してきたのだ、と、改めて思うのだが、それでも三十年前には、知りあいの編集者（新潮社のではない）が、新潮社がつぶれる時は日本がつぶれる時だ、と言っていて、それは、そういうことはあり得ない、というニュアンスだったのだけれど、それからずうっと経って、かれこれ七、八年、いや十年くらい以前だろうか、ユーミンが週刊誌のインタヴューで、自分の人気が無くなる時は日本も変る、と発言していたのを読んだ時には、これはこう馬鹿じゃあ日本は駄目だな、とつくづく思ったものだった。ユーミンファンの何割かは石原票だろうけれども。「噂の眞相」によると、新潮社身売り説というのが流れているそうで、私の経験から言うと、雑誌を送って来る封筒をホッチキスでとめる編集者のいる会社は危ない。ところで、確か朝日新聞社で出ていた本だったと記憶しているのだが、村上春樹がホーム・ページで読者の質問に答えるとかいった内容で広告を見て覚えているのは、質問の一つに、中央公論社はなんで駄目になったのですか？　というのがあって、それに村上春樹がどう答えているのか興味があったものの、読まずじまいになっている。封筒をホッチキスでとめる編集者がいたからだ、と私は思っている。

経済ニュースを見ていたら、新製品コーナーで、金沢の造酒屋が売り出したという日本酒の化粧水というのを紹介していた。度数はやや低く十三度で、ようするに日本酒だから飲めもする、というのだけれど、一八〇ミリリットルで千円という価格。どうも得心がいかない。一升ビンに換算すれば一万円である。化粧水としては安いけれど、お酒としては日常飲むのには、あまりにも高すぎる、ということは、しかしようするに酒なのだから、飲み残しの日本酒を化粧水として使えばいいのである。お酒だけではつまらないので、ティー用としてありあわせのローズマリー、ラヴェンダー、ローズペタル（バラの花弁）を漬け込み、仕上げにローズとラヴェンダーのエッセンシャル・オイルを二、三滴落せば、すっごく安くつく、と思いついて作ってみる。お酒の一八〇ccは飲めばあっという間だが、お肌のガサ入れ、じゃなかったお手入れに使うと一カ月は優にもつ。販売する側としては、やはり酒は飲むものとして売るべきなのではないか、これではサギに近い、などと余計なことを考える。

編集長が替ったことによる変化は「群像」の場合は相対的なものではあるが、バカ度が、やや増したという形態を示しているが、「文學界」「新潮」ではまだ変化はそう見えてはいない。十年かそこいらの昔、ぼく等の世代が編集長になれば絶対変わりますよ、と若者後期だった彼等は言っていたが、雑誌というのは一冊に一つでも読むものがあれば、買ってもそんなに損をしたという気分にはならないものなのだから、その程度に変えるのはそんなに困難なことでもないだろう。二つ、三つならお買得気分で知人たちに読むことをすすめるし、四つもあったら一年は捨てずに保存する、といったようなものだ。

新編集長以前からの「新潮」の連載時評ページ「クロスロード」欄の六月号は丹生谷《にぶや》貴志の「ファルス」で、これはSF短篇ともいうべき内容。

米国が超モンロー主義（「断固モンロー主義」！）というか、自国内に完全にひきこもり、をしてしまう、というSFである。グローバリズムの経済活動はもとより、軍事外交方面も、大使館の廃止、国連軍からの離脱、日米安保条約の解消だけではなく、極東・東南アジア、グアム、中東、ヨーロッパのみならずハワイからも駐留基地を撤収し、本国では移民はもとより外国人の入国まで複雑な三年間もかかる申請なしには許されなくなり、〈ポップな流行〉の発信地の米国が〈見えなく〉なり、少年少女の流行はばらばらになり、〈東南アジアの少年少女たちはしばらく、日本の流行を追ったが、本家を失った日本はぼんやりと奇をてらった退屈な反復を繰り返すだけ〉の、まあ、言ってみれば〈プチ・ナショナリズム〉が加速し……世界の状況も変わって行く……。

貨幣・市場システムはもとより、ハリウッドもオーストラリアと南アフリカに拠点を移し、米国外での名声を望む俳優たちは国を出てスペイン南部に〈ネオ・カンヌ〉というコロニーを作る、といった調子で変化は進行するのだが、この〈ネオ・カンヌ〉という命名に、もう少し工夫がほしかったと思う。レニングラードがサンクト・ペテルブルクに戻った時の世界の命名に関する芸の無さの印象を出してはいるが……。

続きはまた次号。

梅雨入り日記　二〇〇三年七月

梅雨に入った。

近所のスーパーマーケットに買物に行く途中の家々の庭ではアジサイがもう色づいていて、私はどうもこの花が嫌いなのだけれど、子供の頃「アジサイ娘」というフォルクローレのメロディを取り入れたシャンソンが流行ったような記憶があって、イベット・ジローが歌い、日本では中原美紗緒が歌ったのではなかったか、などと、じめじめとうっとうしい梅雨空の下、湿ったガソリンの臭気をかぎながら、じっとりと汗ばんでうんざりしながら考える。買物のメモを書いたのに持つのを忘れてきてしまったから、何を買物リストに書いたのか思い出しながら、中原は「ぼくの伯父さん」と「モンマルトルの丘」も歌っていて、六月だから芙蓉の花は咲いてないけれど、芙蓉の咲く九月頃というのも、こういう同じような蒸し暑い日が続いていやなんだよなあ、うっとうしくて、汗で毛穴が塞がるような、髪の毛の間に熱気がこもって、美容院で白髪のヘア・ダイの浸透を待っている間に読む「家庭画報」（凄い誌名、十九世紀みたい……）に、石原慎太郎と瀬戸内寂聴の往復書簡のお互いをほめっこしつつ自己愛を発揮する連載があって、この季節、相当短く髪をカットしているにもかかわらず髪の毛の重なりあった間に汗と熱気がこもる頃になると、寂聴のヘアじゃなかった、スキン・ヘッドに私はあこがれてしまう――頭の中身にはあこがれない――そうそう、何を買ってくるんだったっけ？　ネコのカンヅメとお酒とタバコは忘れないけれど――アル中じゃないけど、ニコチン中毒なのは確かだから――ほんとにアジサイって嫌いだな、それにこの家のアジサイは、色がよくない、土に石灰を混ぜこまなきゃ駄目じゃない、こういう色のあせたような、薄汚れたような色の手入れの悪いアジサイは蒸し暑さを増加させる、芙蓉というのはさし絵画家の娘の名前で、だから、美紗緒のイトコにあたるわけだけど、もう定年退職した女性編集者が、かれこれ二十五年から三十年前、芯がボタン色の芙蓉が咲き乱れて（咲き誇る、というと、バラかボタンの感じ……）石塀の上から枝を張り出している家の前を通りながら、あら、芙蓉の季節なんですねえ、昔、「ジュニアそれいゆ」に娘が愛らしいドレス着て、モデル然としていつも載ってましたけど、あたし、ああいう肉厚のぼってり顔に芙蓉っていう名前が付いてるの許せませんわっ、と言っていたのを思い出したりもし、美紗緒の歌っていた「モンマルトルの丘」は、もともとは『フレンチ・カンカン』の挿入歌で、監督のジャン・ルノワールが作詞した娼婦の歌なので、ぜんぜんぴったりしないし、「ぼくの伯父さん」はジャック・タチの映画の主題歌で、シロフォンのリズムが愛らしい曲なので、これは日本で詞を付けたのかもしれない、ジャック・タチ映画祭を六本木ヒルズの映画館で上映するのに先だって、五月いっぱいで廃館になる渋谷パンテオンで『プレイタイム』のオリジナル修復版七〇ミリ上映、サントリーで新発売するカルーアのカクテルと、なんとかというバンドの演奏付き、というのがあり、六本木ヒルズの映画館には七〇ミリの上映装置は当然ないだろうから見に行き、そこでも「ぼくの伯父さん」を若い女性歌手が歌っていたけれど、この手の映画のおまけでやる演奏というのは興味がないので、ロビーで知人とお喋りしながら無料カルーア・カクテルを飲むが、カルーアにライム・ジュースとソーダを混ぜた新発売カクテルは、まずい、と言っていい味で、ガラスと鉄骨の巨大なビルの建つ都市のセットを作り、しかも興行的にあたらずタチに経済的な破滅状態をあたえた『プレイタイム』は、そもそもが七〇ミリとして構想された映画なのだから、やはり七〇ミリの映写装置とスクリーンで見たいと思っていたのだが、大画面のほんの片隅で微妙に動く細部のギャグは、三五ミリ・シネマ・スコープの画面でも良く見えないかもしれないという印象、『二〇〇一年宇宙の旅』とか『ベン・ハー』はビデオで見れば充分の七〇ミリ映画なのだけれど（人にもよるだろうが）、『プレイタイム』は、ジャック・タチの映画に対する狂気のためにも、七〇ミリで見るべきものだと思うけれど、なにをメモして来たのか、日本酒とネコカンと、タバコは、むろん、忘れない、そうそう、自分で自分の新居を設計したという建築家のエッセイにあった、〈かけがえのないガラクタ〉という言いまわしを、今書いてる小説に登場する建築家の用語として利用しよう、メモしとかないと忘れちゃいそう、これは書き手も相当気取った言い方だと思ってるのだろうから、いただきではなく引用として使うつもりだけど、「かけがえのない」に類似した言い方は、何があるだろう、漢字を使うと、掛け替え、になるのだろうけど、代替物のない、じゃあチョイ違うし、バカ女だとこれを宝物なんていうんだよね、引っ越しのたびに捨てられずに三十六歳になった今でも持っている「りぼん」の付録、なんていうケースね、大塚なんとかが『「彼女」たちの連合赤軍』で書いてたエピソードね、やれやれ、ああ、蒸し暑い、「シロクマ」も買おう、夾竹桃も咲いてる、花が白い種類だから許せるけど、桃色のが咲きはじめるとなあ、暑苦しくてさあ、柳田國男によれば、日本の田舎の風景を明治以後変えてしまった植物ということになるけど、私の好きな桃色の夾竹桃のイメージは『ジャマイカの烈風』で、ジャマイカの熱い夏の午後、夾竹桃の木に囲まれた池で、下着一枚になってゆでエビみたいに肌が赤くなったイギリス人の子供たちと一緒に、巨大なオレンジ色の猫（マーマレード色の猫、というのは大江健三郎の用語だったけど……）が水をいやがりもしないで一緒に泳ぐところ、猫が（大きなオレンジ色のシマ猫が）泳ぐところが可愛いのだけど、読みかえしてみるとどうだか……『海賊大将』というタイトルで日本では映画が公開されたけれど、映画では猫は泳がなかった、他に食べる物はいくらでもあるのに、イギリスから船でとどくカン詰めのキッパーヘリングとかいう、ニシンのクンセイを朝食に食べるイギリス人たちが出てきたのも、この小説だったと思うけど、オリヴェイラの『家宝』で、ルイス・ミゲル・シントラの演じる登場人物はトマス・モアの子孫という設定になっていたけれど『ユートピア』はすごく退屈……、ポール・スコフィールドがモアの役をやった退屈な映画があって、七〇年代のハリウッドとイギリスでは、史劇というかコスチューム・プレイの〝大作〟が撮られて、チャールトン・ヘストンがミケランジェロの役をやった映画があったな、ボルヘスの『異端審問』に、オスカー・ワイルドが伝えている『衣装哲学』のカーライルの言った冗談——ミケランジェロの伝記を、肝腎の作品には一言も触れないで書いてみるのはどうだろうか——というのがあったけど、ヴィクトリア朝の文化人の気取った皮肉たっぷりのつもりの冗談は、〝映画〟の世界の「伝記」では常識というもので、どうだろうもこうだろうも、ワイルドのそうした「伝記」映画（もっぱら男色関係に焦点をあわせた）だってあったし、ヘストンは〝衣装〟を脱ぎ去って、赤裸のミケランジェロを演じてる……えーと、オリヴェイラ……ポルトガル……、そうだった、ポルトガル風豚肉とアサリのトマト煮にすることになってたんだから、豚肉五〇〇グラム、アサリ一パック、それに日本酒じゃなくて白ワイン、トマト……ふうーっ、家に戻ったら、本棚からエドワード・ヒックスの画集——The Kingdoms of Edward Hicks——を出しておかないとなあ、アメリカの十九世紀前半のフォーク・アートの画家、イザヤ書の、およそ狼は子羊と共に暮し、レオパードは子供のそばに横たわり、仔牛と若いライオンは共に肥えふとり、幼い子供が彼等を導くだろう、という言葉を主題にして、ほぼ同じ構図の絵を百枚描きつづけたペンシルヴェニアの馬車製作と看板作りの職人出身の画家《ペインター》でクウェーカーの説教師《プリーチャー》の絵について書かなけりゃなんないからねえ、アメリカン・フォーク・アートの画集を見ていると所蔵者として、アビー・アルドリッチ・ロックフェラー・フォーク・アート・センターというのがよく出て来るけれど、アビー・アルドリッチというのは、ロバート・アルドリッチの親類なんだろうね、ロバートは財界の名門出身だって読んだことがあるから……。

　オリヴェイラの『家宝』を上映しているシャンテ・シネはほとんどが女性客で、映画が終った後でトイレットに行った姉は、三十代とおぼしき女性客二人が、あたし、途中で眠っちゃったあ、やだ、あたしもだよお、と言いあっているのを耳にしたというか目撃したそうで、日本で劇場初公開した『アブラハム渓谷』の時には、知人が、『ピアノ・レッスン』のほうがずっと感情移入できたよお、と不満そうに言いあっている三十代とおぼしき女性客のことを、口惜しそうに罵っていたし、ある文芸評論家――大江健三郎が『憂い顔の童子』のなかで、加藤典洋の名を実名で登場させて、クソ共と書いていたけれど、複数だから、どもの一人に入るのであろう――は、ナレーションの使い方がNHK朝のドラマの音声多重放送みたいだ、と言っていたものだったが、まあ、九十五歳のマノエル・ド・オリヴェイラの映画が、若い日本の女性の映画観客《ファン》に簡単に理解されてしまうとしたら、そっちのほうが異常というものだろう。ペドロ・アルモドバル（『オール・アバウト・マイ・マザー』の）の新作『トーク・トゥ・ハー』でも見て、愛するとはどういうことか、愛の二面性の怖さ、などと考えたりして涙してるのがふさわしい。映画の後、ひさしぶりに銀座で買物をして、フランス料理（ごくまれに食べると技巧的高級料理は、美しくておいしい）。原稿を書きはじめる前に、田壮壮《ティエンチュアンチュアン》が十年ぶりに撮った『春の惑い』（知人が試写室が満員で見られなかったと言っていた）を渋谷で見て、アテネ・フランセで、フレデリック・ワイズマンの三本上映のうち『肉』は見ているから、未見の『霊長類』と『シナイ半島監視団』（二本とも短くて、一〇二分と一〇六分）を見ておこう、と予定をたてる。予定などというのもオーヴァーだけれど、なにしろ出無精なので、気軽にヒョイと出かけて町をブラブラして本屋をのぞいたりなんなりし映画を見て、軽い食事をして帰ってくる、という都会生活者的文化、というのが身につかないのである。六本木ヒルズのテレビ朝日の設計者槇文彦は東京文化の発信地として、夜でも光あふれるガラスのビルを設計したのだそうだが、ケッ、テレビ朝日が何を発信しているのだ？

『春の惑い』は素晴しい映画だが、プログラムに載っている「採録シナリオ」というのは、やめてほしい習慣の一つである。シナリオではなく「採録」なのであって、読んでいると、げっそりして苛々する。それにスチール写真を含めて、「画《え》」の選び方が、たいていのプログラムが、とてつもなく無精ったらしいのも特徴で（『家宝』プログラムの写真の選び方と使い方は、まあまあ）、まあ、貧しい財政状態で、公開してくれるだけでも有難いと思うべきなのだろうが……、だからこそ、とも言いたいのだ。

なにしろ町を歩いていると蒸暑いので、袖無しを着て、映画館の中でじっとしていると寒くなるから、ジャケットか夏用のストールを持つことになるのだが、袖無しの服を着るためには、第二次性徴である脇毛が生えた頃からの習慣で、それを処理しなければならないのである。ところで、五月二十八日の朝日新聞の「ゼロサン時評」というコラムに、口の周囲にヒゲを生やした呉智英が「わき毛を剃るな、女たち」という文章を書いている。平均的な日本の女性の大部分は、このタイトルを眼にして、カミソリを使うと、後から生えてくる毛がかえって濃くなる、という迷信（それが本当ならば、薄頭髪を気に病む男は思いきって試みてみる価値あり、ということになりはしないか）のことを言う、脱毛エステのまわし者かな、と思ったはずなのだが、呉智英は、今日、誰も怪しまない〈女がわき毛を剃る習慣は、戦後アメリカから持ち込まれた〉と言い、〈日本の女が占領軍であるアメリカの習慣に迎合したことは明らかで〉あるのに、〈左翼的フェミニズムの人たち〉も目をつぶり、〈右翼的伝統主義の人たちも大和撫子よわき毛をのばせとは言わない〉〈情けない奴ばかり〉であり、〈しかたがないので私が言おう〉と、ハリキル。〈女たちよ、アメ

リカ白人のモノマネはやめよ。わき毛を剃るな！〉

呉——と書くと、なんとなく収まりが悪いので、呉智英と三文字で書きなおして——によると、一九六〇年代中頃までの日本では誰もが普通にわき毛をのばしていたのだそうで（うーん、そうかなあ、絶対そうは思えない）、同じ白人でもヨーロッパ人にこの習慣はなく〈ドイツでもスペインでも東欧でも、わき毛はごく自然にのばしている〉のだというし〈イギリスでは剃ることもあるからアングロサクソンの習慣かも知れない〉というのだが、どんなものであろうか。

泉京子という松竹の女優が、ほど良い脇毛を残したまま（というのは、むろん、見た眼にいいようにほど良くカット修正されていたからだが）、「脇毛女優」という評判で売り出したのは六〇年代のはじめであり、脇毛を剃る女性もいたけれど、脱毛ワックスや脱毛用クリームも使用されていたのだし、第一、そうでなければ、泉京子が、なんで「脇毛女優」って、騒がれる？　何年か前の黒木瞳いや、香（といったっけ？　舌たらずにゴザイマス調で喋るワキゲAV女優）の比じゃあなかったんだから。

さて、誰もがしなければならない無駄毛処理の絶対性がひろまったのは、まあ、ハリウッド映画の影響が大だとは言えるにしても、肩と腕を出すローヴ・デコルテの歴史や、バレエ・ダンサーの脇の下のことも考えてみる。裸体画の歴史も一応考慮してみる必要がありそうな気がする。重くていやなのだけれど、画集を何冊か本棚から出してきて、とりあえず誰でもが知っているゴヤの「裸のマハ」とアングルの「泉」（なぜかと言うと、脇の下がよく見える裸体画といって、すぐに思いついたのがこの二枚なので）を見てみることにする。「マハ」の脇は微妙な陰影に隠されていて、陰毛はもとよりなく、「泉」のそれは、むろん、両方ともツルツルである。で、思い出したのだがヴィクトリア朝の美術批評家ジョン・ラスキンには、女性の肉体の普段眼にすることのない二つの場所に毛が生えていることを知らなかった、という伝説がある。ある少女と結婚したけれど、毛に腰を抜かして性交が出来なかったという伝説なのだが、妻と性交渉を持たなかったために結婚の無効を法的に宣告されたのは事実だ。

それはそれとして、呉智英が、剃るな！　というのは、大きなお世話というより、アホらしい。なあにが、アメリカ白人の習慣だ。お前にそんなこと指図される筋合はないし、だァれも実行しやあしないということくらいは、さすがの呉智英もわかってはいるのだろうが、それでも言ってみるところが片腹痛い。

夏風邪は馬鹿がひく

二〇〇三年八月

夏風邪は馬鹿がひく、という俚言があったと思うのだが、意味はよくわからない。

夏にかぎらず風邪はよくひく性質《たち》で、夏でも、暑い外から冷房のきいている空間に入ったり、その反対の場合でも、すぐにクシャミと鼻水が出て油断すると風邪をひいてしまう。というわけで、今も風邪をひいているのだが、とにかく「夏風邪は馬鹿がひく」という言葉をきいたことがあって、それは本当だろうか、というのは、そういう俚言が本当にあるのだろうか、という意味と、そこで言われていることは本当なのだろうか、ということなのである。

風邪のウイルスの生息に適した季節にひく分には、馬鹿も利口もないけれど、ウイルスではなく、むしろ細菌性の食中毒に注意しなければならない時期に風邪をひくのは馬鹿だ、という意味ではないのだろうが、いずれにしても、梅雨から夏のはじめの不安定な天候の時期に一度は風邪をひくことになっていて（いや、季節のかわり目ごとに、かもしれない)、うっとうしいのだ。昔、原爆被爆者の患者の入院している病院を訪れた中曽根首相(当時)が、病は気からといいますから、と患者たちに向って演説し、自民党政治家の臆面のなさぶりを示したことがあったけれど、病は気から、という言い方は、たとえ軽い風邪程度の患者でさえ頭に来る言いぐささである。だいたい、風邪程度の病気でもそのせいで気分がおちこむのであって、気分から風邪をひくわけではないのだ。

それにしても、夏風邪というのはいやなもので、やはり風邪は寒い時にひくべきものだろう。冬だったら、とりあえず風邪には様々な対応が用意されていて、そのなかでも基本的なのは、ひきはじめの時に、各種の体を温める飲み物のメニューから好みの物を選んで、それを飲み、かつ各種サプリメントも多目に飲んでフトンにもぐり、ぬくぬく休息しながら、肩の凝らない本を読む、というのが一番いいのだが、それでもこじらせてしまうことのあるのが風邪というもので、咳が二週間くらいおさまらず腹部の筋肉が痛くなっても、まあ、あきらめもするし、温かい飲み物のメニューの豊富さを楽しむ余裕も、ないわけではない。シンプルなくず湯もいいし、さらしネギをたっぷり入れたチキン・スープ(白くにごっている博多の水たきのスープ風がよろし)も、何種類かのスパイスとレモン果汁を入れたホット・ワインもおいしいし、どれにしようかてなもので、ラムやブランデーにレモン果汁と砂糖を入れて熱湯で割り、それにバターを落す場合もある「グロッグ」というものもあるけれど、これはフローベールの『紋切型辞典』によれば「下品な飲み物」ということになっていたな、などと思い出すゆとりさえあるのだ（まあ、今も思い出しはしているわけだが）。なぜ、グロッグが下品な飲み物なのかは知らないが、『紋切型辞典』についてフローベールはルイーズ・コレあての手紙の中で、〈およそありうるすべての題目について、礼儀をわきまえた慇懃な人物となるために世間で口にしなければならぬすべての言葉をアルファベット順に網羅する〉ものであって〈端から端まで僕が勝手に創作した言葉は一語といえどもあってはならず、いったんこれを読んだら、人はそのなかの文句がおのずと口に出るのを恐れるあまり、話をすることもできなくなる体《てい》のものにしなければなりません〉（山田𣝣《じゃく》訳）と書いているとおりで、『紋切型辞典』（と『ブヴァールとペキシェ』）を読んで以来、「グロッグ」と言えば「下品な飲み物」というのが、怖るべし、つい口にのぼってしまうのである。「ラム」というお酒は、もちろん上品なイメージがあるわけではないし、値段の安い駄菓子系洋菓子にマーガリンと一緒に使われていると、実に下品で粗野な感じのするものだけれども、目白の洋酒屋にはボトル一本二万円のジャマイカ産ラム酒が売っていて、これを飲めば、今までのラム酒観が一変することが確かなのでは？　と思うけれど二万円でラムを買う気には、なれない、し、何年に撮られた映画だったのか調べるのが面倒なのだが、かれこれ四十年は前の『シベールの日曜日』（もちろん、フランス映画。ちょっとしたヒット作）で、みなし子の十二歳くらいの女の子と記憶喪失のパイロットだかの純粋な恋愛が周囲の下卑た大人たちに邪魔される悲劇で、その中に

「グロッグ」を飲むシーンがあって、この映画のことを考えると「下品な飲み物」というのは確かにふさわしい、と思える、などと考えながら、冬だったら、ジョン・フォードの『太陽は光り輝く』をヴィデオで見ることを思いついたりもするだろうに、夏風邪の場合は、そもそも体を温める飲み物のことなどは考えたくもないし、エドワード・ヒックスにつづいて、一九五〇年代から今日にいたるまで、大胆なインスタレーションとエンヴァイラメント作品を作りつづけているアメリカのアーティスト、エドワード・キンホルツのことを書かなければならないのだ。

日本語の資料がないので、これも英語で読まなければならず、眼が痛くなる。たいていの建築家が興味を示すクリストや荒川修作と異り、キンホルツの作品は、いわばWTCビルの崩壊現場を（ちゃちな美術批評家ふうに言えば）先取りしていたかのような世界とも言えるだろう。ずっと昔、といっても『気狂いピエロ』が公開された頃だから、65年頃、ティンゲリー（何か物を作るためのものではない、無意味に動くだけの機械を作っていた美術家）とカップルだったニキ・ド・サンフォルが二人でやった、ライフル銃（だったと思うけど、空気銃かも……）に絵具をつめてキャンバスに向って撃つというパフォーマンスについて、美術批評家の東野芳明が、二人を『気狂いピエロ』のジャン＝ポール・ベルモンドとアンナ・カリーナのようだ、と、ロマンチックな前衛ぶりを発揮していた頃、そういうのならば、エドワード・キンホルツは妻のナンシーと共に『バック・シート・ドッジ』や『豆料理店』といった、ジェリー・ルイスとゴダールとワイズマンにハリウッドの伝統的恐怖映画をミックスしたようなグロテスクで巨大な作品を作っていたというべきだろう。

夏風邪で不快なのは、自分の体が暑いのだか寒いのだかよくわからなくなることで、熱があるのか、それとも気温のせいで汗をかくのかなんだか判断がつかず、眼の奥と頭が痛いのも寝ながら持ち重りのする画集を開いて辞書をひいたりしたせいかもしれないし、咳が出るのは、人と会って話していて退屈のせいで煙草を吸いすぎたせいかもしれない、風邪ではないはずだ、と、つい思いたいところがあって、ついグズグズと休息しそびれてしまうからかもしれない。そもそも、疲れやすく風邪をひきやすい体質だし、煙草はたくさん吸うから、姉も私も普段から健康用サプリメントを何種も飲んではいるのだが効果のほどは、「飲んでいなかったら、もっとひどいことになっていたかもしれない、と考えるべきなのだろう」という程度のもので、それのおかげで体の調子が好調になったという実感は一切ないのである。

夏風邪は馬鹿がひく、とくれば、なんとなく思い出すのが、馬鹿に付ける薬はない、というコトワザで、どうしてそれを思い出すかといえば、風邪薬というものはきかないからなのだけれど、しかし、近頃こういう陳腐なコトワザを口にする人間というのは、あまりいないだろう。とはいっても、最近、「馬鹿の三杯汁」という、これはおそらく大喰いをいさめるためのコトワザなのだろうが、滅多に眼にもしなければ耳にもしない言葉を思い出したことがあって、それは一体なんだったろうか、と考える。あの、エド・ハリスがエイズの詩人の役をアクターズ・スタジオ（最低）的演技でなんとも気恥しく演じる『めぐりあう時間たち』（なんという馬鹿っぽいタイトルだろう）でもないし、題名はあえて書かないが、あれとあれの長篇小説でもないし、加藤典洋の「現代小説論講義25　金井美恵子『噂の娘』（後編）」を読んだ時だったか、しかし、これも「三杯汁」には関係はなさそうで、どう批評家が小説を読んで解釈しようと、それはとりあえず批評家の「読み」を示しているだけなのだから、「読み」をこちらは読めばいいだけなのだけれど、生存している小説家の作品に対して、批評家が「僕」の「読み」を示す場合、一番困るのは、生存している作家がその「読み」の間違いを指摘することが出来るということだ。

それが「批評」であれば、当然のことながら（？）作者である者の考えもしなかったかもしれない「世界」が「批評」という「作品」を通して開示される可能性があるはずだろうし、そうした「批評」を通して「作品」を再発見しつつ、再び読むことの喜びを与えられる経験があるからこそ、私としては小説を読みつづけ、書きつづけるのだが、「現代小説論講義」の書き手というか語り手の「僕」が『噂の娘』の「読み」で示すのは（それにかぎらず、というべきだろう）、いわば、作者が、決して付けたくなかった書くことの整合性を、どうしても付けようというのが「僕」の「読み」だというべきでしょうし（と、講義口調になってしまって）、『噂の娘』の表紙に使われている若い少女を描いた絵は、加藤典洋が考えるように「母親」ではないし（それを描いた時小学生だった姉の証言もあります）、作者の無意識のなかでさえ、そういうことは成立しないのですし、小説の最後で〈これまでの話というのは、全体が、姉である「私」が弟に向け、このひと夏の話を「追想」し、語ってきかせた話であることが読者の前に明らかになります〉というのも、そう、はっきりと言ってしまうのは大変心苦しいのですが、まったく間違った「読み」であることは確かです。そんな馬鹿らしいことを最後に明らかにするために、私は小説を書きはしませんが、加藤の考える小説の「読み」はあくまで時間の整合性に従っておこなわれるのが限界というべきでしょう。なにかをわかりやすく納得するための「読み」を、私は批評とは考えません。「馬鹿の三杯汁」に戻らなければなりませんし、それに、大江健三郎の『取り替え子《チェンジリング》』に登場する「アレ」と書かれる体験（郷里の政治団体に属している青年たちの悪意によって、語り手とその親友が牛の生皮を被せられること）を、まったく別のものとして加藤の示した陳腐な「読み」のことを考えれば、「読み」が間違っているというのも虚しいことかもしれません。

　そういえば、動物の生皮を被せる、という一種の懲罰的形式を持つイニシエーション的行為を、何かで読んで、ああ、「アレ」はこれを基にしているんだな、と思ったのだったが、そのこれを何で読んだのか思い出せないのが去年からの気がかりで、あれこれ見当をつけて本をひっくりかえしているのに、まだ見つかっていないのだった。

最近の経験から忘れて行くのが、老いというかボケの特徴だというが、まさしくそのとおりで、えーと、「馬鹿の三杯汁」は、あれは、ある編集者と仕事をするきっかけになった、あれだったかもしれない。ある雑誌で久しぶりに仕事をすることになり、初対面の編集者と会ったので、名前は忘れちゃったけど、（おたくの編集部に）凄い馬鹿がいたけど、あれ、まだいるの？　と訊くと、初対面の若い編集者は、ああ、と、平然とうなずき、※※ですね、いますよお、今彼は編集長なんですから、と答えが返ってきたので、これだったら、話しが通じるようだから仕事をしてもいいなと思った時だったか、いや、それも違うような気がする……

なにしろ、「馬鹿」よりも「三杯汁」のほうに重点のおかれた記憶のはずで、と考えているうちに思い出し、ちゃんと新聞を切り抜いておいたのも思い出した。「ユビキタスってなに？」（朝日新聞五月九日、オピニオン面）という坂村健（東京大学大学院情報学環教授）と村井純（慶応大学環境情報学部教授）という対面なのだが、その前に、「慶応」という文字を書き写しながら思い出したことがあって、それは「三田文学」（という慶応の三田文学会で出している季刊の文芸雑誌）で読んだような気がするのだが（そうではないかもしれない気もする）、最近の若者は漢字を知らない、とほざく（嘆く？）慶応の教授が、あきれかえってしまった例として示すのに疑いもなく端的だといった調子で、大学近くの食堂だか喫茶店で、レジ係りが領収書に「慶応」という漢字を書けなかった、と書いているのだった。慶応の学生が書けなかったら嘆けっての。むろん、私は活字を見なければ、応はともかく慶なんて字は書けない。慶のつく字なんて生活上も小説のなかでも縁がないのだ。

それはさておき、「携帯電話や携帯情報端末のようにどこでもネットにつながるモバイル環境を身の回りの品々にも拡張、社会生活に役立てようとする次世代の賢い情報環境を指す」という「ユビキタス」は、この際、実はどうでもいいのであり、ユビキタス社会への批判は書くべく人材が書いたものを読めばいいのである。

〈これからは、身の回りのものにセンサー付きの超小型コンピューターのチップを付け、現実の状況を知覚させることができるようになる〉という坂村の説明を受けて、村井はきわめて具体的に〈生活のあらゆるものがネットにつながると、いままで使えなかった情報を取り出して利用できます。たとえばおわんの中の食べ物の量や汁の温度などの情報を呼び出して、熱すぎないか、お代わりが必要かなどを知ることができる。様々なものから情報を受け取り、それをもてなしなどに結び付ける新しい利用法が可能になるわけです〉と解説するのだが、なぜここにいきなり「おわん」が登場するのかといえば、おそらく「おわん」の出て来る料亭で対談が行なわれたからなのだろうが、この説明〈大喰いへのいさめとは関係なく）が、「馬鹿の三杯汁」という言葉を思い出させたのだった。

椀こそばを食べてるわけじゃないのだから、普通、「おわん」のお代わりはしないし、客に出された〈おわん〉の〈情報を呼び出して〉知りたいのは板場だろうから、冷めやしないかは気になっても、〈熱すぎないか〉は知りたい情報に含まれないし、仮りにお代わりがほしかったら、客はもてなし係りのたいてい和服を着ている接待係りの女性（昔は仲居といった）に言えばいいのだし、知りたい「情報」は客が料理を値段も含めて気に入ったかどうか、ということだろう。たとえばなしにしても「おわん」にユビキタスは不要だろう。では、老人ホームや病院といった場所でそうしたチップ入り「おわん」は活用できるだろうか。チップ入りの「おわん」を使用して「おわん」の中身の「情報を呼び出す」以前に、解決すべき問題は山積してるだろう。

こういう、ピントのずれたたとえばなし（言ってる本人は、素人にもわかりやすいように、身近な例を出したつもりなのだろうが）を眼にすると、パソコンが話題になりはじめた当時、どこかのパソコン会社で、パーソナルな利用法のコンテストがあったのを思い出してしまう。現在は主婦兼評論家で元雑誌編集者の女性が、部屋の見取図を入力して、掃除すべき場所ごとにその必要回数や、いつ掃除をしたのかが画面上で一目でわかるようなシステムを作って入賞したのだったが、私に言わせれば、どんな広いお屋敷にお住みか知りませんけれど、掃除すべきかどうかなんてことはその場で部屋の現実を見ればわかりますよ、やりたかあないけどね、である。まあ、彼女は今でもパソコンの画面で掃除すべき場所を確かめているのかもしれないし、お客でも呼んだら、「もてなしに結びつけて」、ユビキタス「おわん」を採用するかもしれない。

映画雑録

二〇〇三年九月

「丹前」という衣類は、もう日本から姿を消してしまったのだろうか。

概念としては、少し違うような気もするが、イギリスの「スモーキング・ジャケット」に似ていなくもない、夜間のくつろぎ着である「丹前」を思い出したのは、かれこれ十五歳になる家の猫（人間の年齢に換算すると八十歳に近いらしい）が、ザブトンの上で寝そべってウツラウツラしている様子を見ていて、その黒トラの毛皮の柄の色あいが、絹地の茶系統の細かい縦縞の丹前を着て、あれやこれやで疲れた体を見栄も外聞もなく休息させている中年以後のオヤジを連想させられたせいなのだ。たとえば、成瀬巳喜男の『めし』（'51）の上原謙。あるいは、小津安二郎の『彼岸花』（'58）の温泉宿でのクラス会のシーンで男たちの着ている丹前。辞書でひいてみると「どてら」と同義語になっているのだが、私見では「どてら」は「掻巻《かいまき》」に近いのである。

「丹前」はその音の響きが「端正」に似ているせいか、同じ物であっても着る人間によって、「丹前」と「どてら」とに厳然とわけられるのかもしれなくて、そうしたことを踏まえた上で、私の家の猫は老いたりといえども「丹前猫」であって「どてら猫」ではないのだ。

もとより、同義語であるという綿入れの広袖の着物である「丹前」と「どてら」の区別は、一九四七年生れの私には正確にはわからない。「綿」といっても、私の記憶している「丹前」は真綿が入っていて、モコモコしたものではなく、「どてら」という言葉のいぎたない感じとは別物だと思う一方、呼び名が違うだけで、やはり同一の物を指しているのかもしれないという気がしなくもない。

たとえば、ダグラス・サーク。あるいは、一九五〇年代、そして、メロドラマ。

S・ソダーバーグの製作で、トッド・ヘインズの監督による『エデンより彼方に』は、そもそもダグラス・サークの『天はすべてを許し給う』('55)を下敷きにして撮られた映画で、61年生れのヘインズの他の作品を見ているわけではないのだが、この五〇年代を舞台にした映画には言ってみれば「丹前」を「どてら」と言われているような違和感を持ったのだった。

現在の日本ではダグラス・サークの『悲しみは空の彼方に』('59)さえヴィデオで見る

ことも出来ないし、ダニエル・シュミットの撮ったサークに対するインタヴュー映画『人生の幻影』をシネ・クラブで見ることも不可能なのだから、五〇年代にサークの映画をサークの名を意識などせずに見ていた世代を除けば、専ら、シュミットの『人生の幻影』を見てその存在を知った世代（それも、八〇年代の一時期にアテネ・フランセで映画を見た世代に限られるだろう）ということになるはずで、日本では一番ヒットしたのかもしれない『悲しみは空の彼方に』は、『青春物語』で子持の未亡人を演じたラナ・ターナーのはまり役に、現実のスキャンダル（ターナーのティーンエイジャーの娘が、母親の愛人をナイフで刺すという事件）も巧妙に利用しながらも、失敗作にはならないことが確実なストーリーの選び方（一九三四年にクローデット・コルベール主演で撮られた『イミテーション・オブ・ライフ』のリメイク）の基本は守られているし、デビュー二作目の青春スター、サンドラ・ディーと端役の金髪の人種差別主義者《レイシスト》の暴力青年役のトロイ・ドナヒューは、あくる年、同じユニヴァーサルでデルマー・デイヴィスの撮ったマックス・スタイナー作曲の主題曲が夏になれば今でもスーパーマーケットのBGMなどで流れる『避暑地の出来事』で人気コンビ・スターになったのだから、サークは達者な職人監督として評価されてはいたのだ。

　むろん、いくらか不幸な感じがつきまといはする。ジューン・アリスンとロッサノ・ブラッツィの、ヨーロッパの妻帯男とアメリカ娘の恋愛物である『間奏曲』が、他のいろいろな同種の映画の焼き直しに見えようとも、『風と共に散る』のローレン・バコールがミス・キャストであろうとも、ほとんどのサークの映画が、ドイツのウーファ時代から変らずにメロドラマであり、ところどころに忘れ難く鮮烈で甘美な悪夢のようなシーンがあろうとも、もちろんサークは「大作家」などではなかったし、シュミットの『人生の幻影』の中で、盲目になったサークは、モラルとしてのつつましさとでも言うべき穏やかな厳格さで、人生と映画について語るのである。一九〇〇年にデンマークで生れたサークが、ナチス下のウーファで撮っていたのは、ヒロインに重点のおかれた女性映画＝メロドラマで、LDで見たかぎりの三本とも、ドイツではなく外国（ニューヨーク、メキシコ、オーストラリア）が舞台になっており、サークは、ドイツにいながらハリウッド映画を撮っていたのだとも言えるだろうし、ナチス政権下のウーファ撮影所内にまで浸透したナチス式挙手が美学的に我慢が出来なかったことと、やがて妻となる愛人がユダヤ人だったこともあってフランスへ脱出し、そこで映画を一本撮って（この悲劇的な艶笑コメディには、嫉妬深い夫の滑稽さとグロテスクな純愛の入り混った悪夢のようなシーン――鳥刺しの扮装をして背中に大きな四角い小鳥が何羽も入って囀《さえず》っている鳥籠を背負った夫が、屋敷の階段をしのび足で上り、妻の不倫の現場をおさえようとする、ラングやブニュエルにも匹敵する――がある）、アメリカへ渡り、映画はやめるつもりで、養鶏というか卵農家を経営した後、ハリウッドでまた映画作家に復帰する。

女性映画が中心とはいっても、ユニヴァーサルで様々なジャンルの、決して大作というのではないプログラム・ピクチュアを一九五九年まで撮りつづけたサークと、『エデンより彼方に』の一九六一年生れのトッド・ヘインズを比較してみるのは、むろん無意味なのだし、『エデンより彼方に』について、〈流麗な映像、凝った美術〉とか〈絢爛たる装飾と色彩の影に激情を覆い隠し、よどみなく語りを進行させていこうとするこのスタイル〉などと語る若い書き手たちは、ハリウッドのメロドラマをそう見ているはずもないのだから無理からぬこととはいえ、新聞広告に初日の入場先客何名様に、どこのブランドだったかの新色口紅プレゼント、と載っていたこの映画が、たとえ『天はすべて許し給う』のリメイクであるにしても、ダグラス・サークの名前と共に語るべきものではあるまい。

もちろん女性客の圧倒的に多い映画館で、私の後の席に座っていた、五〇年代の映画を十代の頃に見ていたと思われる年齢の女性二人が、これは、いかになんでも、というシーンで失笑しているのにほっとし、ほら御覧、映画を半世紀にわたって見てきた観客の反応はこうなんだよ、と心強い経験をしたせいもあって、苛立たしさは少し軽減はしたものの、しかし、なにより、『エデンより彼方に』が駄目な映画である理由は、ヒロインのジュリアン・ムーアが出演当時妊娠五カ月だったという肉体的条件が、スタッフ一同に完全に見えていないことだろう、とは言っておきたい。

『めまい』('58)のヒロイン役が、最高のキャスティングとして考えていたヴェラ・マイルズではなくキム・ノヴァクに変更されたのは、当時ヴェラ・マイルズが妊娠中だったからだ、とヒチコックは語っていて、妊娠を秘密にしてフォードの『わが谷は緑なりき』に出演したアンナ・リーのように、吹き替えなしで行なわれた転倒シーンで流産してしまう、という危険がつきまとうにしても、ヒチコックの考えていたのは、ヒロインが身につけ、決定的に重要な役割を果すことになるグレーのウエストが細くしまって女性的身体の特徴を暗に強調するタイトなデザインのテーラード・スーツ（女性性と男性性の二面性を持つデザイン）のことだったに違いないだろう。身体の女性的な曲線を強調しつつ、男の最も平凡でありふれたビジネス着であるグレー・フラノで作られたテーラード・スーツを、腹より腰が先にそれをあかす妊娠した体の女優に着せるなどということは考えられなかったのだ。

五〇年代の女優は、ジューン・アリスンを例外的存在として、ほとんどがタイト・スカートを穿くのだが、当然、妊娠五カ月の女優にそれは無理で、だからジュリアン・ムーアは、ジューン・アリスンばりの野暮ったいプリンセス・ライン風フレアーのドレスやスーツを着て登場するものの、それでさえ妊娠五カ月は、隠しおおせぬ岩田帯なのであって、後向きのドレス姿は、まるで厚手のコートを着ているようなヴォリュームなのだ。

「一かかえあれど柳は柳かな」というのは俳句のなかでのみ通用する、腰の太い女性の反撃的言辞であり、メロドラマ（しかも、五〇年代が設定されている）の中では通用しないし、メロドラマに限定されるというわけではないけれども、美しいヒロインを際立せると同時に、運命的な出会いや別れを用意して映画の中で吹くはずの風——髪やベールやスカーフをなびかせる風は偶然に吹くわけではないだろう——も、ガサツなのである。エンジ系のピンクのコートに配したモーヴのスカーフが、秋の突風に吹かれて、まるでつり糸かピアノ線で操作されているかのような動きで、ピューッと舞いあがり、そのスカーフを、教養のある黒人庭師がひろい、それをヒロインに手渡すことで二人の親密な会話がはじまるという重要なシーンにもかかわらず、風に官能と悲劇をひそめた甘美な暗さと透明感はなく（厚手シルク地のコートと見えたのはアフタヌーン・ドレスだし）、ジュリアン・ムーアの金髪のカツラは、見るからにカツラ然としてバランスを崩すほどでかすぎるし、ある女性評者が「ハンサムでインテリで非の打ちどころのない人格者」と書いている黒人庭師役のデニス・ヘイスバートは、クリント・イーストウッドの『目撃』で、イーストウッドの娘を殺そうとして、彼に殺されるCIAのデクの坊のエージェントあたりがぴったりの鈍重そうな俳優なのだし、コネチカットの小さな町の高級住宅地に住む家電メーカーの典型的なやり手の重役の夫が、実は同性愛者であったという設定も、いかがなものだろうか。

費穆《フェイ・ムー》の『小城之春』（'48）をリメイクした『春の惑い』で田壮壮《ティエンチュアンチュアン》は、『小城之春』でのヒロインの夫が肺病であるという設定を時代的な不安を抱えた神経症とでもいったものに変更した理由を、夫の病気を身体的なものにしてしまうと、ヒロインとヒロインの昔の恋人だった夫の友人との再会と愛情が〈非常に不道徳に見えてしまうから〉と語っているが、それは確かにそのとおりなのだし、退屈で死んだような時のたゆたう田舎町での無聊をなぐさめつつ、記憶を細かな針目で一針ずつ縫いこめるようにヒロインが刺繍をしている小さな絹のハンカチは、やがてそうしたハンカチの一枚が風にとばされて小高い丘の上の城壁跡の斜面の木の枝にひっかかることで、ヒロインの元の恋人への押えこまれ複雑に屈折した愛の言葉が語られることを用意する。枝にひっかかったハンカチは、あなたがここにやって来た日に風にとばされた、と、彼女はやりきれない微笑を浮かべて言うのだ。ここに座って、居眠りしていたからよ。退屈なの。いつもここで暇つぶしを……。

しかし、二人の子供はいるものの夫との性生活が長いこと絶えているらしいことが、知人の奥様連中とのお茶会の会話で暗示され、やがて夫が同性愛者であることを知るジュリアン・ムーアと黒人庭師ヘイスバートの場合は、どう見ても中途半端で、二人が周囲の白人社会で噂の種になるきっかけと、夫が同性愛者だということを知って以後、夫以外の同性愛者を見るきっかけを用意しているはずの町の公民館でのモダン・アート展（企画した女性の伯父の美術批評家がデブの女性的なホモなのだ）の設定も、ムーアの家の若い黒人メイドの役割の設定も、あきらかに間違っているとしかいいようがないし、夫婦で出かけたマイアミのヴァカンス旅行で夫が恋におちてしまうゲイの青年も、端役とはいえ、離婚を決意させ、社会的地位も捨てさせる程の恋の誘惑者なのだから、ああではなく、観客をある程度納得させるくらいの美青年（『悲しみは空の彼方に』のトロイ・ドナヒューを思いおこさずにいられないところだ）でなくてはなるまい。

製作者たちが、五〇年代の華麗なファッションを、女性観客への一つの売りとして用意したつもりなのだとしたら、妊婦はまず避けるべき対象ではあるものの、妊婦女優を使ってしまった以上、せめて、スカーフの扱いを映画的に扱えないものだろうか、と言うのも虚しい。

見そこねていたヴィスコンティの『熊座の淡き星影』を、私のマンションから歩いて行ける距離にある唯一の映画館池袋シネ・リーヴルで見たのだが、三島由紀夫の恋愛小説ばりに退屈なこの映画にも、幾つかの見どころはさすがにあって、その一つが、ジャン・ソレルに比べて、決して美しく撮られているとは言いがたいクラウディア・カルディナーレが、白いデシンのスカーフを、日本ではアリアーヌ巻きと呼ばれた（オードリィー・ヘップバーンが『昼下りの情事』で頭を包んだスカーフの巻き方が、そう呼ばれたのだが）巻き方で結ぶシーンのデシン地がこすれあう時の鋭く軽い、しかし不吉なSの音がRをともなって走るきぬずれである。

ダグラス・サークへのオマージュとして『人生の幻影』を撮ったシュミットの『ラ・パロマ』にせよ『ヘカテ』にせよ、聡明さは、サークのメロドラマの手法に学びつつ、サークのメロドラマのストーリーは採用しなかったところにあるだろう。

さて、「丹前」と「どてら」の前ふりをしたのは、家のトラーの新しい仇名「丹前ちゃん」のことを書きたかったということも、あるにはあるのだが、『エデンより彼方に』について、「丹前」を作るつもりで仕上ったのは「どてら」だった、と言いたかったのだったが、しかし、「丹前」を男が家庭でのくつろぎ着として着用したり、冬場の温泉旅館では性別に区別なく、用意されている「丹前」に着がえる習慣は見かけなくなったし、旅館で丹前が出てきても、かなり昔からすでにウールの「どてら」風になってしまっていたのだから、『エデンより彼方に』を見るのに「ハンカチを用意してください」と、「丹前」も「どてら」もおそらくは知らない若い表象文化論の研究者の感性に苛立っても、しかたのないことなのだろうし、ジュリアン・ムーアの妊婦腰とコスチュームを許せないのも、こちらの年のせいなのかもしれない。

それはそれとして、最近、映画館は客の入りがいいのではないだろうか。このところ見に行った映画館は、どこも空席が少なくて、まあ、ヒットして上映期間が延長されるタイプの映画でもあったのだが、とはいえ、オリヴェイラの『家宝』とストローブ＝ユイレの『労働者たち、農民たち』は、やっぱり空席が目立つのである。

「禁煙空間」のひろがり　二〇〇三年十月

　また風邪をひいて、咳が止まらないところへもってきてタバコを吸うものだから風邪は治っても咳だけはまだ治まらない、という状態で知人のバンド（素人の）のライブを渋谷のライブ・ハウスに聞きに行った日、猛烈などしゃ降りの夕立にあって、傘は持っていたのに、そういうものの役にたたない降りかただったから、ずぶ濡れ、冷房の冷たい風で、いつの間にか濡れた衣服は乾いたものの、おそらく、健康に気を付けている人間ならば、すぐに家に帰って休む、という場合である。

　それがついズルズルと朝の三時まで飲みつづけ、お酒を飲んでいただけではなく、新宿のバーで会った知人とお喋りをし、知人が何かに腹を立てて、誰かを強く批判する言辞を盛んに語っていたような気がするのだが、それ以外の細部の記憶はないまま二十四時間はうとうとしながら眠りつづけ、かつて、レイ・ミランドがアル中の新聞記者だか劇作家の役で出演した反アルコール映画のタイトルの『失われた週末』というのは確かだな、と起きて思いながら、お風呂に入ったり豆乳を飲んだりしてグダグダしつづけ、そう見たいわけでもない日本テレビの広島・巨人戦にリモコンのボタンを押すと、「顔を描きそこねた犬張子に口のあたりがそっくり」と姉の言う、国語審議会の委員もやっている女性歌人がいつものニタニタ笑いを浮べて、いきなり映し出され、画面がカットされて、女性歌人を訪ねて来たという思い入れで、目尻が下っているのでこれまたニタニタ笑いに見えるベストセラー不倫小説と性差別的文章で知られる小説家が和服姿で映り、なんなんだこりゃあ、と、消音にしたまま見ていると、次は、「口のあたりが福田官房長官と、なぜかそっくり」と姉の言う大江健三郎の（これはニコニコ、という感じ）クローズ・アップになってカットされ、作家は自転車で住宅街をゆっくりと走っている。

この珍妙な三人の組みあわせはなんとも薄気味悪く、まだ三日酔いのせいで頭がぼんやりしているから、「幻覚」とまでは言わないし「悪夢」とも言わない、単なる「いやな夢」の一部かな、と唖然としていると、これがなんと読売新聞のCMなのだった。

ふと、リップ・ヴァン・ウィンクルのような気分になる。ほんの一晩、キャッツキル山で妙な人たちと飲みあかしたはずなのに、眼が覚めると何十年もが過ぎていて、木の根株に打ち込んでおいたマサカリは刃が錆びて柄はボロボロ、故郷の村へ帰ってみれば、見知らぬ星とストライプの旗がいたるところにはためいている……二年前の九・一一の事件の後の星条旗のハンランにも、リップ・ヴァン・ウィンクルを思い出したのだったが、三日酔いで丸一日中眠っていたというのは私の錯覚で、本当は何年かが過ぎていて、それがどういうものなのか知らないが何年か前、読売新聞が発表したという新憲法案とやらが、今の憲法よりもっと理想主義と平和主義の理論を確立してそれが採用されていて、だから、都知事は石原ではなくなっていて、朝日新聞都内版の「石原知事発言録」のコラムもなくなっているかもしれない、と、思ったりする時間がある程、テレビのコマーシャルは長いので、朝刊を開くと、ちゃんとそれはあって、都知事は「池袋に集まる不法入国者」について、八月二十九日の定例記者会見で語っていたので、ほっとして溜息が出る。

〈私が一番怖いのは、池袋をこの間見ましてね、まあ、あのね、SARSの発生地は中国だったわけだけれども、日本に圧倒的にシナからの不法入国者が多い。滞在者が多い〉〈そうやってね、入ってきた人の中に保菌者がいて、日本で発病して、そういう立場の人が晴れて病院にも行けない、それを仲間がかばう、かばっても及ばずに死亡した時にですね、そういった遺体をいいかげんに処置されたりすると、えらいことになる〉

と、都知事は相変わらずのレイシズム発言をしている。

やれやれ、眠っていたのはやっぱり二十四時間だったのだ。リップ・ヴァン・ウィンクルのように何十年も眠りつづけて、その間にアメリカ独立戦争があったというのとは規模が違う、と安心したものの、「ユリイカ」のタバコ特集に喫煙者というかニコチン依存症の立場として原稿を書くことになっていたのを思い出しながら、この分ではアルコール特集にだって、依存症の立場で書くことはあると思える。

禁煙空間というのが広がりつつあり、それはタバコの害がそれを吸う本人の身体へ、あらゆる意味で不潔な病毒の影響を与えるだけではなく、むしろ、吸わない人々に対して副流煙の被害をおよぼすことが原因なのである。先日、聖路加タワービル（むろん、全館禁煙ビル。生活習慣病という言葉を定着させ、ベストセラー・エッセイも書く医師は、この病院の医者のはずだもの）にある試写室で、エド・ハリス主演・監督の『ポロック　2人だけのアトリエ』を見て、ビルの敷地内の軒下に設置された金属製の吸いガラ入れというのか、公共の場所用灰皿の前でタバコを吸ってから（いかにも、長年タバコを吸っていたという感じのダサくてヤニ臭いジジイたちが、せかせか、というか、ぼうーっとタバコを吸っていて、彼等とこちらも同類なんだな、と、いやでも思い知らされるわけ）、少し高級なイタリア料理店に行ったのだが、ここも準禁煙空間ではあるらしいのだ。冷たいエダ豆のスープ、パスタ、魚はぱいて、野菜と肉料理、チーズ、デザート、コーヒー、とコースは進み、チーズがデザートとして出る食事など、久しぶりなので、フローベールの『紋切型辞典』のチーズの項目に〈ブリヤ＝サヴァランの警句を引用すべし、いわく「チーズの出ないデザートは片目のつぶれた美人のごとし」〉というのがあったのを思い出し、現代のブルジョワは、もはや、こういうことは言わないだろうと考えていると、いやいや、十九世紀のブルジョワの紋切型は二十一世紀になっても、まだまだ通用するのだな、と感心させられたのだった。となりのテーブルで食事をしていた四人の男女の中心人物であるお喋り男（接待されているらしい。職業は広告関係か、デザイナーか？　あるいは建築家？）が、チーズを選びながら、まさしく、ブリヤ＝サヴァランのこの言葉を引用したからで、私は、この言葉がなまみの現実の人の口から発せられたのを初めて耳にした。食通雑誌のチーズ特集には、決まって見出しのキャプションに引用されはするけれど、それだって本気で言ってるわけじゃないだろ？　チーズをデザートに食べるからワインのままでいい、食後酒はいらないと大声で言い、それまでも、東京国際映画祭やら、池袋の再開発の問題点、雑誌広告のことなど、一人で声高にペラペラとアーバン的話題に料理のウンチクを混ぜて飲み喰いかつ喋っていたのだ。

私たちが店に入った時、すでに食事をしていたのに、デザートが同じ頃になったのだから、お喋り男のグループはくどくど魚料理も食べたのだろうが、食事をおえてコーヒーを飲むと、タバコを一服したくなるのが常で、さて、どうしたものか、と、店の女主人に聞いてみると、窓際のテーブルのお客様からもそう伺っているのですが、あちらのお客様（と、ヒゲ面が薄汚いお喋り文化通の方をチラリと見て）が……と答えるのだった。テーブルの数から言うと二対一で、喫煙者の数では、三対六ということになるのだが、薄汚いお喋りのヒゲが食事の場でタバコはいかん、と言えば、吸いたいと思っている者が三人、それを全然気にしないという者が二人いても、そこはむろん、禁煙空間になる。ヒゲはその薄汚い、というかヤニ臭い感じの赤茶けたヒゲの色の感じからして、何年か前まではタバコを吸っていたのが、なにしろ禁煙空間と嫌煙権思想がトレンドなので、流行に乗りおくれては大変と、タバコをやめたクチだろう。

目白のような遅れエリアに住んでいると（ましてや、目白も都知事の言う〈私が一番怖いのは、池袋〉には歩いて行ける距離のところなのだが）、西麻布のイタリア料理店にいるようなトレンド男には、まず、お目にかかれない。目白にも一軒、禁煙のバブリー風インテリアと言いたくなるような日本料理屋があるけれど、この店は十何年か前におでん屋だった頃から、小夜福子（と言っても、六十五過ぎの人にしか通用しないか）に似たおかみがノドが弱いという理由で禁煙だったのだが。

二日酔いというより、これはもう三日酔いの状態に風邪のリヴァイバルで咳が止まらなくなり、ゼイゼイ息をしながら、タバコについての原稿を書きはじめていると、文京区（だかの）皇室敬愛（愛護だったか）会とか名乗るゼイゼイ声のジイさんから電話があって（前にもあって、姉が出たそうなのだが、その時は私は留守だった）、なんだか訳のわからないことをペラペラ（かつ、ゼイゼイ）喋るのだった。皇太子御夫妻××殿下、○○妃殿下にお子様がめでたく御誕生されたのを記念して（今度は、過去に、タイムスリップした感覚に襲われ、過度の飲酒は慎むべきかも……と思う）、皇室伝統のナントカカントカのナニナニカレコレの御着衣で正装なされた両殿下の御写真六枚セットを、当委員会が厳選させていただいた先生方にお分けしたい、ナントカカントカのナニナニカレコレの御着衣御正装六枚のセットで、三万九千円、三万九千円の価格で、厳選させていただいた先生方に、と、ノリトのように節をつけて繰り返すので、合間を見つけて、そういうもの、興味がありませんので、と言うと、アッ、そーですか、と、木で鼻をくったような素っ気ない調子で言って、ガチャン、と電話が切れた。このテの電話というのは、たまにあって、以前は、誰だったか死んだ政治家の、豪華金箔押し桐箱入り高級印刷色紙何枚セット、十五万、を厳選した方々に、というゼイゼイ声のジイさんの電話もあったから、オレオレ詐欺（これも、電話があった）のようには「詐欺」というわけでもないのだろうが、まあ、一種の準詐欺とはいえまいか、あっ、そうだ、島田雅彦先生におすすめしてみては？　とジジイに言ってやればよかった、と、冗談を思いついて姉に話し、間接的脅迫だね、と大笑いしたせいで、ゲホゲホと咳き込み、何の冗談を言っていたのか、咳が治まった時には忘れてしまう程だった。それでも、タバコはやめない。

長野県知事が記者会見で、県内の公共施設での全面禁煙を決定したと発表し、いずれは施設の敷地内でも禁煙にする、と語る。敷地内も禁煙というのは、ビルの軒下の金属製筒型灰皿（そこへ、県の公共施設で働く喫煙者は休み時間、タバコを吸いに群がることになるのだろうが）も撤去する、ということなのだろう。この分では、遠からず、喫煙者の生活保護は認めないということになるのに違いないし、喫煙者の肺ガンには国民健康保険もきかなくなるだろう。知事のダム建設凍結決定に対しては長野県の議員は、知事を独裁者ヒットラー呼ばわりしたものだが、公共の禁煙空間を最初に思いついたのはナチズムなのだから、今度こそ議員は知事をヒットラー呼ばわりしてもピントがずれてはいないのに、そういう声はないらしい。

まだ咳も止まらないし、体もだるい。熱があるのか気温のせいなのか、冷房を入れていても汗がダラダラ。朝日の「ｂｅ」紙面の島田雅彦のずれっぱなしコラム「快楽急行」を読んでいると、自分の近作小説（読んでいないけれど、「新潮」に載せていた、例の世紀の大恋愛小説の続編のことだろう）を、浅田彰に〈「退屈」の一言で評され、田中康夫には理由をわからぬまま「駄目な奴」と決めつけられた〉ことについてグズグズぬかしていた。いわく〈そうした手抜きの悪態にはこちらも反撃のしようがない。食い逃げした客を見送るようなものだ。これを機に一言いっておこう。人の悪口をいう以上は批評の手間を省くな〉

「退屈」や「駄目な奴」という言葉は、まあ確かに短くはあるけれど、短いからといって、それが批評の手間を省いた悪口と決めつけることは、本来ならば、悪口を言われた本人には出来ない。

批評の手間を省いたのではなく、浅田、田中両氏の発言（『憂国呆談』という二人の雑誌連載対談上の発言である。都知事をチックと言っていたのも、ここでのこと）は、言葉を省いた批評なのだ。自分がどう「退屈」なのか、どういう理由で「駄目な奴」なのか、「批評」として長々と手間を省かずに書いてくれ、と言うのは、これはなんだろうか、通俗小説風に考えると、一方的に別れを宣言する恋人に「退屈」とか「駄目な奴」と告げられた男が、どーしてなんだ、と悩みながら、相手にみついだ金額を計算して、グヂャグヂャ言って請求書を送りつけようかどうか、迷っている、という状況を連想させる。

シナの不法滞在者であふれた池袋が一番怖い場所で、SARSといえば、シナだから、その危機管理もせにゃならん、と息まくのは、レイシストとしては当然の発言なのだが、知事は都の安全の最高責任者なのだそうだから、危機管理が必要なのは「テロ」に対してでもあるだろうに、外務省の田中均外務審議官の自宅に不審物が見つかった事件で〈田中均というやつ、今度爆弾をしかけられて、あったり前の話だ〉という言いぐさにはあきれる。翌日、自分の発言について〈私は爆弾仕掛けることがいいことだとは思っていません。いいか悪いかといったら悪いに決まっている。だけど、彼がそういう目に遭う当然のいきさつがあるんじゃないですか〉と、子供っぽく、言いわけ的に言いつのる。ワイズマンの『DV』に登場するサムソン・ヘアの元軍人でレイシストの幼稚な男が、この女はこういう目に遭って当然なのだと、通報でやって来た警官相手に演説するシーンを思い出す言いぐさである。あくまで責任は相手にあり、「悪いこと」をやったにしても、それは相手がその「悪いこと」を上まわる存在なのだから「悪いこと」をされても「当然」というのは、

「テロ」を認めるということと同じで、〈いなかのことはわかっても、東京のことがわからないんじゃしょうがない〉と役人を池袋問題で批判する知事は、国際感覚に欠けるということになるだろう。外務省の責任の不履行と国民に向って嘘をついていたことに対して〈だから国民が怒って、その怒りがつまってつまって、高まってああいう形になる。これはね、私は否めないと思いますよ。私は何もね、あの男が殺されて当たり前だなんて言っているわけじゃない。国民は本当、怒ってる。政府は何をしてるんだ。外務省は何をしてるんだ。日本人が150人も連れて行かれて、ほとんど殺されて、それで抗議もしない〉(朝日新聞九月十二日)と、吠えるのだが、これでは、国民＝爆弾を仕掛けた建国義勇軍ということになるのであって、亀井静香が〈知事は文学者。具体的に爆弾をしかけるのがいいと思っているはずがない〉と、「あったり前」発言を比喩的表現＝文学者といった調子でかばっていたが、これにも、あきれる。「馬鹿を言うのは文学者」という考え方そのものは、まあ、小説家として周囲を見渡せば、間違っていないとは思うものの、国民＝建国義勇軍という超論理で自分の発言を幼稚な自己愛丸出しに、えばりくさって正当化しようとする知事というのは、馬鹿というより醜悪である。

今月の馬鹿

二〇〇三年十一月

本誌十月号のコラム「海外出版事情」に、サザビーズの「書籍・原稿」部門の顧問C・ポターの上梓した本の短い紹介が載っていて、ケネス・グレーアムの『たのしい川べ』初版本が五万ポンド（九百三十万円）の値がついているというところに眼がとまって、びっくりした。『たのしい川べ』と言えば、もちろんアーネスト・H・シェパードのさし絵が名高く、シェパードといえば、『たのしい川べ』のさし絵よりも、はるかに知れわたっているのが『クマのプーさん』のはずなのだが、しかし、最近ではそれも怪しい。

必要があって、E・H・シェパードに関する資料と一緒に『クマのプーさんグッズ大図鑑』（河出書房新社）というプーさんグッズのカタログ本が編集者から送られてきたのだが、シェパードの自伝やスケッチといった資料はこの際おくとして、何よりあきれたのは、ディズニーのプーさんグッズだった。シェパードのさし絵のプーさんは「クラシック・プー」と呼ばれてほんの片隅においやられ、似ても似つかないディズニー・アニメのプー・

キャラクターが子供向けのありとあらゆる商品となって満載されているのだ。グレーアムの『たのしい川べ』初版本がサザビーズで五万ポンドという高値になるについては、シェパードのさし絵の力も相当以上にあずかっているのは言うまでもないことなのだけれど、ミッキーマウスを抜いて売り上げトップになったという安価なうえに下卑た顔のプーの満遍ない大衆的人気に対して、グレーアム＝シェパードの初版単行本が五万ポンドでサザビーズというのも、あたりまえと言えばあたりまえの現象だが、今年三月にディズニー・ジャパンと提携し、ディズニー・キャラクターの雑誌・ムックの刊行を開始した河出書房新社社長若森繁男氏が、〈この関連売上のウエートは10％になると見ています。これをさらに来年は、15％か20％まで持っていく。そのほか30％くらいの部分を外部企画に移行し、自社企画は55％くらいに抑えようと思っています〉（「アシスト」42、03・10月　出版厚生年金基金）とインタヴューに答えるのも、なにしろ、アウトソーシングして会社を守り、本＝商品を売らなければならないのだろうから、無理もない。

「プー」をめぐって、ディズニーと、ミルン、シェパードの遺族たちとの間で訴訟が起きているとも聞いているが、どうなることとやら。アジアにおけるキャラクター・グッズとして、黄色の風水系ディズニー・プーはキティちゃんと覇権を争っているというし、幼い大衆とその親の大衆たちは、「クラシック・プー」よりディズニーの「プー」がお気に入りなのだろうから、陳腐に言えば、グレシャムの法則で、悪貨は良貨を駆逐する、である。

私の家の飼猫トラーの名は、当然『プー横丁にたった家』に登場する凄く可愛い「トラー」に由来していて、そのせいで、「トラー」も描かれている「プーさん」の絵ハガキのおたよりをいただくことが、ままあるのだけど、それがディズニー物だと、シェパードとディズニーの区別もつかないヴィジュアル感覚の無さに苛立って、ひっちゃぶいてやりたくなるのだ。

さて、今回のタイトル「今月の馬鹿」は、しかし、「プーさん」問題に関して付けたわけではない。

〈私は要するに精神科医で、せいぜい日曜文藝愛好家に過ぎない〉という斎藤環の連載エッセイ「文学の徴候」(「文學界」)を読んでいたら、十一月号は島田雅彦について書いていて、次のような記述が眼にとまったのであった。

〈ただし島田の小説は、平均的な批評眼からみるとき、多くの問題を抱えている。それは、描写の梗概化ばかりではない。金井美恵子が執拗に揶揄するように、比喩と隠喩はぎこちない〉

というのがそれで、斎藤の島田の作品解釈に興味のある読者は「文學界」を図書館で読んでいただくこととして、私として言っておきたいのは、私は島田雅彦が小説のなかで使う比喩や隠喩を、執拗に揶揄しているわけではない、ということで(なにしろ、もう何年も彼の小説を読んでいない）、何年も前に読んだかぎりの小説に関して言えば、それは相当に稚《おさな》く惨たるものであった、という印象は残っているものの、私が「執拗」に「揶揄」しているのは（これは、少し控え目な言い方では？）斎藤の言う、〈多くの人々が指摘するように、島田の資質は一見したところ、小説家よりは批評家向きであるようにみえる。私もそのように考えたことがあった。しかし、それはやはり誤解なのだろう〉（斎藤環同前。どう「誤解」なのかの斎藤の説明は本筋に関係ないから引用しない）といった親切な島田観（？）とも全然なんの関係もないことで、単に、馬鹿なことをエッセイの中で書いたり、対談の場で発言しているのを眼にして、あきれるからにすぎない。

もう廃刊になったのかもしれない「噂の眞相」に、「今月の馬鹿」というコラムがあり、いつもサエてるというわけのものでもなく、腰の退《ひ》けてる場合が多かったものの、いわば、私が島田について書くのは、そういったおもむきのものであって、他意はないのだ。

かつて、中上健次は、大岡昇平が『成城だより』の連載中に、自分と柄谷行人のことを、嫌味ったらしくつつきまわした、と怒っていたことがあり、柄谷についてはゲーデルに関して、中上については、確か、文学報国会という言葉を間違って使用してたことと、まあ、幼い自信たっぷりな発言に対してだったのだが、大岡昇平も「招集」と「召集」の書き間違い（それとも「応集」だったか？）を大西巨人に指摘されて、単に書き間違えただけだ、とムッとして書いていたことがあるのだし、間違いは誰にだってある。それは、まあ、ここではどうでもいいことなので、私としては、斎藤に「執拗な揶揄」と、なんとなくいやらしい熟年っぽい漢字で言うよりも、「嫌味につつきまわす」といったほうが、私の文章の質の感じに近かない？　と提言したいわけなのだ。

で、「今月の馬鹿」である。

〈世の中の退廃が進めば、いわゆるロリコンの人口は増える。娘の年頃の恋人がいることを誇る親父《おやじ》なら、私も何人か知っている。31歳年下の弟子のような女性を後妻に迎えた大学教授、40歳も年下の恋人とプラトニックな関係を結んでいると語る評論家、どちらも幸せそうである。〉（島田雅彦「ロリコン」――快楽急行――朝日新聞九月二十七日）

と、書き写していて、いささか我ながら、これは執拗さの度がストーカーみたい、と笑ってしまったのだが――おまけに、「ストーカー」という言葉を度忘れして、タバコに火を点けながら、姉の部屋に聞きに行ったくらいだから、「今月のボケ」、とタイトルを改めるべきではないかということも想起される――しかし、これは、やはり頷きがたい文章だ。まず、「ロリコン」というものは、ナボコフの『ロリータ』を引きあいに出す必要などまるでない言葉で、普通は幼女性愛者的な傾向を持つものを指して使う言葉であって、たとえば、笙野頼子が大塚某を執拗に攻撃する場合とか、アニメーションの宮崎駿のファンの男性などが宮崎駿も自分たちも自明にロリコンなのだ、と、いばったりする具合に使用し、ナボコフがニンフェットという言葉で定義したように十三、四歳以下、それを過ぎては資格なしの少女が、「ロリコン」の対象なのであって、三十一歳年下の弟子のような女性を後妻にむかえる大学教師を、あえてコンプレックスと名付けて呼ぶのであれば、そこは床しく秋声コンプレックス、とかなんとか言うほうがましで、島田の言っている大学教師が、もし仮りに某であるとすれば、これはマザコンのナルシストと言われこそすれ、ロリコンじゃああるまいよ、というところだし、四十歳も年下の恋人のいる評論家というのが、仮りに某なのだとしたら、これはまあ、ロリコンというよりは老らくの恋、というところか。それにしても、たまたま思いあたる人物のことについて触れられているから、彼等が間違っても「ロリコン」ではあるまい、と言っているわけではなく、島田の「ロリコン」の理解は間違っているということなのだ。

島田が〈娘の年頃の恋人がいることを誇る親父《おやじ》〉として挙げている二例は、まさしく〈娘の年頃の恋人がいることを誇る親父《おやじ》〉なのであって、〈世の中の退廃が進めば、いわゆるロリコンの人口は増える〉という前説とは関係のない、何かを「誇る親父《おやじ》」ということにすぎまい。おそらく島田が生れる以前には、石川達三のベスト・セラー小説のタイトルが流行語になって、娘と同じ年頃の若い女と交際する熟年男を「四十八歳の抵抗」と言ったものだったが、とここまで書いて、そこで新潮社の古い『日本文学小辞典』(一九六八年発行、これしか、この類いのものが家にはないので)を念のために調べてみたら、これは、昭和三〇・一一・一六—三一・四・一「読売新聞」に連載されて新潮社から上梓されていて〈人生の頽齢期を自覚しはじめた西村耕太郎が、チャチなメフィストフェレスを気取る会社の下僚にいざなわれて臆病なアヴァンチュールをつぎつぎ経験する話で、相対的安定期といわれた戦後の一時期の初老サラリーマンの心理と生理の枠組みとしては『ファウスト』をパロディとしてつかっている。(久保田正文)〉という小説なのだそうで、私はこの小説をむろん読んでいないのだが、山村聡と雪村いづみのキャスティングで大映で、吉村公三郎が撮っていて、惹句《じゃっく》が「パパ、ユカお嫁にいけなくなるから、やめて」といったようなものだった記憶があるので——お嫁にいけなくなる、とはどういうことなのか、私より二つ年上の姉は夏休みの市内小学校総合臨海学校で、老成《ませ》た他校の小学生に、そんなこたァない、黙っていれば男にはわかりっこない、と、説明してもらったそうだ——キネ旬の『日本映画作品全集』を調べると、〈初老に近い保険会社の幹部社員・山村聡は、平凡なサラリーマン生活に倦怠を感じ冒険を試みようとバーで知ったロマンティックな少女・雪村いづみに情熱を燃やす。世の中のモラルと常識に最後の抵抗をやってみようというこの中年男のドン・キホーテ的なアバンチュールで〃四八歳の抵抗〃という流行語を生んだ〉と、紹介されていて、『ファウスト』と『ドン・キホーテ』では、だいぶおもむきが違うので戸惑うのだが、この場合、まあ『ドン・キホーテ』ではなく、『ファウスト』がパロディに使われているということだろう。文芸批評家の久保田が、枠組を〈パロディとしてつかっている〉と断言しているからには、石川本人がどこかでそういうことを書くなり語ったりしていたのだろう。

で、さて。あの頃は、四十八歳が、頽齢期を自覚しはじめた初老だったのか、と少し驚きつつ、某にせよ、もう一人の某にせよ、私よりは年上なのだから、頽齢期であることは自覚しているだろうし、頽齢期男性が相当年齢の離れた女性と恋愛をする（あるいは、一方的に愛する）という、昔からありふれてはいるが、一般的には例外的と考えられている性的関係を、「ロリコン」とは言わないことも知っているだろう、と言いたい。ところで、島田は〈彼ら（前述二名）に嫉妬《しっと》する五十男に私はそっと告げた。若い子にもてたかったら、そんな安物のシャツを着るな、と〉とも書いているのだが、私がこの五十男だったら、お前だけには、シャツの値段のことを言われたくないよな、と、島田に言いかえしてやる必然を感じるが、そうは言われなかったと見え、島田はつづける。〈年を取ったら、人一倍お洒落《しゃれ》に金をかけ、外見を取り繕った上で説教臭さを控え、おのが教養を惜しげもなく差し出せ、と〉

ウーン……。男同士というのは、あくまで保身的に気をつかう関係が権力構造を微妙に支えているのだろう。文章の構成上、これではまるで、某と某が（あれとあれだとしたら、というのが前提だが）、年を取って裕福でお洒落で見栄っぱり（外見に対して）で、教養も深いように、読めてしまうし、まるで島田自身がそうであるかのような印象を与えているではないかと他人事ながら気になる。

というわけで、「小説」などは何の関係もないし、どうでもいいのだが、しかし、石川達三も『ファウスト』のパロディとは、大きく構えたものだと失笑してしまいつつ、これは島田雅彦の「小説」の大枠の方法と似てるのでは、と思いあたって笑ってしまったが、エッセイの中で彼は続けて、〈カネも名誉もいらない。自分の娘が欲しい。(略) 残りの人生は娘を溺愛《できあい》して過ごしたい〉と打ち明ける五十男を紹介する。〈娘のいない私はその彼の思いもよくわかる〉島田は、今度は中年男の若い娘に寄せる情熱を、中年になると、〈自分が存在しない未来に向けて投資したり、いたいけなものに無償の愛情を注ぎたいと思うようになる〉と説明し、〈そうした足長おじさんになりたい欲望と少女の利害が一致すれば、幸福な感情教育も実現するのだが、現実には少女は肉欲の対象にされ、安易な金銭トレードばかりが横行する。エロ親父のニーズに少女も合わせている。地に落ちたロリコンの信用を回復し、絶滅が危惧《きぐ》される足長おじさんに徹すれば、娘を欲しがる彼をパパと呼ぶ若い女の子が現れるだろう〉と結論を出す。

どうでもいいことなのだが、まず、「ロリコン」は、回復されるも何も、はなっから社会的に信用などされてはいないし、「ロリコン」という言葉自体がポルノか売買春の一分野を意味して通用しているのであり、「足長おじさん」という言葉もいかにも粗雑で、交通事故の遺児の奨学基金があしなが基金と呼ばれているのは知っているし、世間では、若い娘に精神的金銭的援助を与えても、若い娘から性的対象として見てもらえない男が自嘲的にそう称することや、セックスはしないけれど援助は受ける若い娘が、性的関係を強く迫れない相手の男にタカをくくって足長おじさんと称することもあるのを知らないでもないが、そこはやはり、ウェブスターの『あしながおじさん』が、たいていの女性ならば知っているように、実は年齢の差も通常の範囲の超金持青年と、彼の匿名の援助で女子大を卒業した孤児のハッピーエンディングの結婚で終りつつも、ダディーとの近親相姦的な小説なのだということを言っておきたい。

島田はもちろん、実現するはずもない「娘への溺愛」で送られる人生という愚かな五十男（おそらく、もてない人生を送ってきた）の妄想を、短いエッセイのなかで揶揄しているのである。

「カネも名誉」もおそらく、さほど縁のなかった五十男が、カネも名誉もいらない、「妻でも恋人でもなく」「自分の娘」を欲しがっている……、おそらくは酔余の酒場で語られた陰惨な妄想だろう。それに対して、島田は、いわば、性欲を捨て、足長おじさんとして金銭を与えれば、〈娘を欲しがる彼をパパと呼ぶ若い女の子が現れるだろう〉と、残酷だけれど、もっともなことを言うのだが、「父」に「溺愛」された「娘」は、古来いろいろいるけれど、そうした娘はだいたい父親を内面化するので、田中眞紀子のように「小親父」となるはずで、だから、この場合、希望がかなえばかなったで、かなり無惨なことになるだろう、と、島田がもしかして言いたいのだったら、私も賛成である。

沈黙に目をかたむけよ

二〇〇三年十二月

フィルムセンターで連続上映しているドライヤーの無声映画を見に通うことは、十一月のスケジュールに組み込まれていたのだが、これがことのほか疲れたのは、一つにはピアノ演奏のせいではなかっただろうか。

歴史的に、無声映画が劇場で上映される時にはピアノなりオーケストラなりの伴奏が付けられていたことを知らないわけではないのだし、そうした意味では、演奏付きの上映は正しいやり方なのだろうと思いこそするものの、演奏者の熱意のあまり、というべきか、映画の中に一瞬たりとも「無音」の時間があることを許せないのか、それとも映画の中に音のかき消える瞬間があることを想像できないのか、そのどちらなのかは知るすべがないのだが、イヴェントとして上映されるサイレント映画の、疲れを知らぬ、一瞬たりとも休みのない「伴奏」というのは、実にうんざりさせられることがある。

名前は忘れたけれど、無声映画のイヴェントに登場したり、テレビでサイレント映画が放映されたりする時、必ず出しゃばって来るなんとかという女の弁士の語りは論外だから文句を付ける必要もないし、ヴィデオであれDVDであれテレビであれ音を消してしまえば、字幕に書かれた説明と台詞以外のことを声色を使って勝手に喋るバカ女の声は聞かずにすむのだが、しかし、劇場で演奏される伴奏は消しようがないのだ。

もちろん、ある映画批評家のように耳栓をするという方法があるのだけれど、耳栓というのもかなりうっとうしい物だし、別の理由もあって実行しそびれてしまい、結果として、一本の映画を見終ると、ひっきりなしに鳴り響いていた演奏のせいで頭の中がガンガンしているということになる。あれはなんとかならないものなのだろうか。

確かに耳栓という方法があって、それを実行している人がいると告げると、ほとんどの人が、あっ、と軽く不意を打たれたような表情を浮かべ、それはいい方法かもしれない、と言いはするのだが、しかし、それ以後耳栓を実行しているという話を聞いたことがないのは、なぜだろうか。多少、耳の穴のあたりのうっとうしさはあるものの、いい方法であるかもしれない耳栓をなぜはめないかと言えば、ようするに、伴奏付きという形が選択されて上映されている以上それを聴くべきだと思うからだ。ピアノの演奏が気になって苛々して映画にも乗れなかったから、演奏付き上映ではない渋谷のユーロスペースに同じ映画を見に行く、と決めた知人もいて、どの程度の割合の人々がサイレントをサイレントで見たいと思っているのかは不明だが、少なくとも真の映画ファンは演奏付き上映を好まないというのが、経験上から言える。しかし、主催者側は演奏付きの上映形態を選んだのだから、それがどういう物であるのかを聴いておく必要があるだろう。

実際に、トーキーの登場するまでの、ほぼ三十年間、サイレント映画が上映されていた時代に、どのような伴奏が付けられていたのか、くわしい事は知らないが、たとえばサルトルは自伝の『言葉』の中で、幼年時にあびるように見たサイレント映画の活劇シーンに必ず演奏されたベルリオーズだかメンデルスゾーンの、どっちにせよ、ロマン派作曲家の『フィンガルの洞窟』のメロディーのことを書いていて、後年、このロマン派作曲家のロマン主義的原風景のフィンガルの洞窟を実際に見た時、実際の目の前の風景よりも、旋律と一緒にダグラス・フェアバンクスの勇姿が眼に浮かんだという経験を書いていたのだが、ここで私は「音」と「映像」についての想像力ということに触れたいわけではなく、作曲家がその映画のために作曲した楽譜によって、監督の指定通りのシーンに伴奏される映画音楽があったにせよ、ほとんどの場合、出来合いの『フィンガルの洞窟』的伴奏で間に合わせてきたはずのサイレント映画の上映において、伴奏は映画が上映されている間中鳴りっぱなしだったのだろうか、という単純な疑問を述べたいだけなのだ。

オーケストラやピアノの伴奏付きによるサイレント映画を見るたびに、鳴りっぱなしかつ、シーンに「音」で意味付けようとする類いの演奏に悩まされて来た経験から、いつもそのことが気になる。以前、シューストレームの『風』を朝日ホールで見た時などは、ドアをノックするシーンに合わせて、演奏していた指揮者兼作曲家の男の子（という感じなのだ）が、ドン、ドンと足を踏み鳴らして擬音の効果を出すという気合の入れようで、このセンスは今どき弁士のバカ女と同じとしか思えないが、とは言え、映画ではなく「演奏」を聴くのが目的でやって来ている客――なんか、映画を見るにはそぐわない演奏会風ドレス・アップをして、演奏家にやるつもりらしい花束を抱えていたりするので、それと知れる――も結構多いのだから、こうした上映のシステムを、映画中心に考えてはいけないのだろう、とも思いはするのだし、画面に集中することで、音楽は意識から遠ざかり、むしろ目が画面の中の音を聞きわけることになりはするのだから、ガマンが肝心とも思うものの、やはり、演奏家付きの上映はいやなイヴェントである。

　グリフィスの大作『イントレランス』（バブル期に鳴り物入りの大宣伝で日本武道館で上映されたことがあって、あきれかえったものだったが）の影響で作られたとも言われる『サタンの書の数ページ』は一四八分の大作で、一四八分間休みなしにピアノを弾き続ける、ドライヤーの伴奏に定評のあるというピアニスト（名前は調べればわかるけど、調べない）も、かなりの労働であることを認めるのにやぶさかではないにしても、このスタイルの、ひっきりなしの演奏によって失われるのは、目によって聞く音だろう。

　それに言うまでもなく、ドライヤーのトーキー以後の作品で音楽は決してそのように使われてはいない。サイレント映画伴奏家は、映画を愛しているのなら、そのあたりのことを考えるべきだろう。そうでなければ、やっぱり次からは耳栓を使用すべきだという気持に傾いている。おまけに腹の出っ張ったピアニストは上映が終って演奏の終了に対する拍手に対して、両手を握って頭上にかざしガッツ・ポーズで応えるので、ボクサーとはいわないが（体型が体型だし）何かある種の競技に勝った（体型が体型だから、やっぱり自分の体力と持続力に耐えて勝ったのだろうか？）という身振りのようで、しらけるのである。

ところで、映画とは何の関係もないのだが、一日のうちに何人も髪を後で束ねた男を見かけることがある。フィルムセンターでも何人か見かけたし、町を歩いていてもやたらと束ね男が眼に付くことがあって、男の髪型などとりわけ興味はないのだけれど、養子にした美青年に裏切られながらも、彼への信頼と愛を貫きとおして死んで行く同性愛者の画家が主人公の悲劇『ミカエル』のラスト・シーンに激しく嗚咽していた隣りの席の青年が、そうした髪型で、そういえば、これをサムソン・ヘアと言うのではなかったか、と、ふと思い出したのだ。隣席の青年の『ミカエル』のラスト近くにおける嗚咽は、養子である恋人を愛と自尊心ゆえに信じる崇高な画家に向けられていたのだろうが、そうした嗚咽を裏切るようにドライヤーの画面は、画家の遺産を手にした美青年とその愛人の動物のように欲望に輝く眼をした公爵夫人の満足と欲望に輝く子供のように官能的な笑顔で残酷に終るのだが、むろん、隣りの席のサムソン・ヘアの青年は『ミカエル』を見るのが二度目で、嗚咽はラスト・シーンの残酷というより残忍とさえ言える若さと動物的な官能と、自尊心の死との対比に向けられていたのだと解釈すべきなのかもしれないのだが、それはさておき、サムソン・ヘアである。

あのヘア・スタイルがサムソン・ヘアと呼ばれるのは、髪の毛を切るとライオンを素手で殺すほどの怪力というか膂力《りょりょく》が失われるという、あのサムソンから由来して命名されたのだと思うのだが、ヘディ・ラマールがデリラ役だった映画でヴィクター・マチュアが髪をああいった具合に束ねていたのかどうか全然記憶がないものの、それもどうでもいいことで、後に一本に束ねた髪型が、怪力の、けれどもその怪力をファム・ファタールによって奪われる神話的人物から取られていることと、町で見かけるこのヘア・スタイルの男たちの格差が、ふと奇妙に思われた、ということに過ぎない。

日本のカラテだか武道だかの心得があるとかいうアクション俳優スティーヴン・セガールとか、ワイズマンの『ドメスティック・ヴァイオレンス』に登場していたDVの元大佐とかプロレスラーといった男であれば、マッチョ系おしゃれの自己表現だということが一目瞭然で、これをサムソンと呼ぶことはどうということもないし、ファム・ファタールの出現を待つまでもなく、髪ははげるかもしれないのだけれど、ガッチリした肉体にはほど遠く、むしろ小柄でヒョロヒョロしていたり、中柄でデブだったりする自由業風に、このてのヘア・スタイルを選択し、ロヒゲも生やしている、といった男が多いようなので、この場合もこれをサムソン・ヘアと呼ぶのかが気になったのだ。

ポニー・テールとは後頭部で髪を束ねる位置が違うし、普通、ああいったスタイルを何と呼んでいるのだろう。「ミザル」とカタ仮名とローマ字で書いてあって三猿の見ザルの絵柄のTシャツを着て帆布製トート・バッグを肩にかけたデブの中年のサムソン・ヘア男と目白ですれ違ったりすると、このプレゼンテーションは何なのか、ガーディアン・エンジェルス的正義感に対する反撥なのだろうか、などと考え込んでしまう。

なんとなくとしか言いようがないのだが、五月か六月には入稿しているはずだったのに、遅らせていたエッセイ集が、やっと十一月末に上梓されることになって、姉のデザインの装丁の色校と、帯のゲラがとどく。タイトルは『「競争相手は馬鹿ばかり」の世界へようこそ』。新しいエッセイ集のタイトルを訊かれて、こう告げると、ほとんどの人が一瞬、絶句する。

これはエッセイ集に収録した青山真治の小説『ユリイカ』の文庫解説のタイトルで、もとはと言うと、トーキー時代に突入して台詞の書けるシナリオ・ライターの需要が急増したハリウッドで、脚本家のハーマン・マンキウィッツが、NYのジャーナリスト、ベン・ヘクトに宛てた電報の文面の一部で、〈すぐにやって来い、こちらには数百万ドルもの金が埋っている。おまけに、競争相手は馬鹿ばかり〉というもので、マンキウィッツもべン・ヘクトも成功したシナリオ・ライターだったが、もちろん三〇年代のハリウッドに大勢いたシナリオ・ライターが全部馬鹿だったわけでもないし、呼ばれたのも台詞の書ける作家やジャーナリストだけではなく、ハリウッドへ行った監督、男女優によって変化が生じたはずだ。マンキウィッツが後年、オーソン・ウェルズと共同でシナリオを書いた『市民ケーン』のほとんどはウェルズの才能に帰せられたものの大部分は実は自分の考えたアイディアなのだと発言しているのを読んだりすると、「競争相手は馬鹿ばかり」という上っ調子の利口ぶりの認識が間違っていて、天才にしてやられたことが理解されるのだが、それはそれとして、競争相手は馬鹿ばかり、といった自負心なしに新人小説家は小説を書いてもしかたないだろう、というのは本当のことではないだろうか。

私としては、別にライヴァルというものを意識しているわけではないのだし、ついこないだ五十六歳になって、あともう四年で還暦で、いつでも千円で映画を見ることの出来る年なのだから、そろそろ「馬鹿」などという子供っぽい言葉を使うのは、につかわしくなくなるのかもしれない、という気がしなくもないのだけれど、それはそんなことはないはずで、年なのだから、批評抜きで馬鹿を馬鹿と指摘することが経験ゆえに許されるのである、と開き直りたい。

しかし、「年」とはなんだろうか。どのくらい以前になるのか、もう忘れてしまったが、携帯電話が流行りはじめた頃、「私」や「内＝家＝個室」に属しているはずの電話での会話が「外」にはみ出していることの異様さ、といった批評的言説があったと記憶している。

たしかに、ごく個人的な内容と思われる一方的にしか聞えてこない会話の片方が、道路や電車で交わされているのは異様ではあったのだが、その頃メディアでさかんに言われた携帯電話の異様さとマナーの悪さを批判する立場にいたはずの年齢の男女しか、もう道路や電車や喫茶店でケータイでお喋りしている者などいなくて、若者はメールである。

いつの頃からか、道を歩きながら大声で取り引き先とビジネスの話をし、庭のセンタク物をしまっておくように指示し、いつも集りの時に約束の時間に遅れて来る仲間の悪口を言っているのは中高年にかぎられるようになった。それはもちろん、遅れを意味しているのだから、批判もされないで、無視されているだけらしい。私はケータイは使わないし、よく考えてみたら、電話も、滅多に自分からはかけないし、仕事関係やセールス以外の電話というのも、ほぼかかって来ないし通信方面については（インターネットは別としても）中高年の遅れにさえ無縁なのだ。しかし、かつて個的で密室的な外部とのつながりとしての無名性を介してのテレフォン・セックス（まるで、ダイアルを回す、という表現のように通用しなくなっている言葉だ）が文学のそこそこ現代的主題になった一時期があった、と思い出し、そういえばその小説家は、現在はネットで小説を書いているだろうか、とメディアと小説の関係が少し気にかかる。

ドン・シーゲルのスパイ映画『テレフォン』や『ダーティー・ハリー』での公衆電話の

使い方のアクション映画的巧妙さを覚えている者にとっては、すくなくともケータイは決して犯罪映画的ではないのだが、そんな時代錯誤なことを言っていてもしかたのないことで、なにしろ連日耳にしつづけたピアノ演奏の疲れが、まだ内耳と脳に溜っているような気分だ。この耳の疲れがとれるまで、ドライヤーの映画のことを考える気にもなれないくらいで、それで思い出したのが、十七、八年程前に、どういうわけのものなのかヤマハホールで特別上映された、カール・コッホの『トスカ』で、これはジャン・ルノワールが途中でアメリカに行ってしまったためにコッホが続けて撮ることになった、上記二人とヴィスコンティの共同脚本による映画なのだが、上映された会場といいタイトルといい、当然のこととしてオペラ映画を期待して来たのが一眼でわかるタイプの観客で満員だったのだが、印象として「星も光りぬ」の「ほ」の字もないという映画で、オペラを期待していた観客たちは、ひどく浮かない顔で会場を出るのだった。実際にはタリアヴィーニとファヴェーロの歌唱はあったにもかかわらず、あくまで「映画音楽」にとどまる使い方。このことを思い出すと、関係ないのだけど、サイレント映画の演奏付き上映に対して溜飲が下るような気がするのだ。

ティファニーでお刺身を

二〇〇四年一月

前回に書いたサイレント映画の伴奏について、こういう意見もあるので紹介しておきたい。

「音」がない映画を、シネフィルではない平均的映画ファンが眠りこけずに見ていられる許容時間は（個人差はあるにしても）10分だ、という説である。ある映画批評家が、冗談というわけではなく、真面目な顔で言っていたから本当なのだろうし、確かに経験上、伴奏付きではないサイレント映画を見ていると、周囲から寝息やイビキが聞えてくる。

そう言えば、石川淳の小説（えーと、たしか『普賢』だったか『佳人』だったか……）では語り手が眠るために映画館に入るのだったが、両作品は昭和十年か十一、二年頃に書かれたはずで、この頃、日本映画界はサイレントからトーキーへの移行期だったから、石川淳の語り手が眠るために入った映画館は、もちろんサイレントなのだろう、と、ふと、今思い出したのだが、そこが歴史的事実に対する無知があらわになるところで、もし、サイレントであれば弁士と伴奏が、いかに場末の映画館でも付いていたのではないか、だとすれば石川の語り手は、音があるなしに関係なく、映画は薄暗がりの中の座席にもたれて眠るためのものだったのだろう。しかし、もしその眠る語り手が『普賢』の登場人物だったとすると(なにしろ、全集をかなり以前《まえ》に売ってしまったので、手もとに本がない)、「わたし」はジャンヌ・ダルク頌歌《しょうか》の作者の女流詩人クリスチーヌ・ド・ピザンの伝記を書こうとしている人物なのだから、その縁で見ていなければおかしいカール・テホ・ドライヤーの『裁かるるジャンヌ』では、まさか眠りはしなかったんだろうね。

それはともかくとして、伴奏付きではないサイレント映画のフィルムセンターの上映では、十分が経過すると眠る客が出て来る、サイレントを見に来ている客は老人が多い、居眠りするのに年齢差はないものの自分のことを考えるとよくわかるのだが老人は短気になりがち、そこで眠らずに映画をちゃんと見ている老人が、高イビキをかいている若者を怒鳴りつけ、怒鳴りつけられた方と言い争いがおきる……周囲から、うるさい！　という声があがる、しかし、会場全体のところどころでは、まだイビキの音が……というわけで、上映時間いっぱいに鳴りつづける音楽の伴奏の付かない場合でも、サイレント映画に「音」は付きものなのだった。

音楽を取るか、イビキと言い争いを取るか？　辛いところである。

サイレント映画では10分を過ぎると眠りはじめる客が出て来る、というわけだが、私が久しぶりに映画を見ながら眠ってしまったのが、新春公開の『10ミニッツ・オールダー』の試写だった。10分のフィルムを、ビクトル・エリセ、ゴダール、ヴェンダース、アキ・カウリスマキ、チェン・カイコー、ベルトルッチ等十五人の監督が撮ったオムニバスで、二本にわけられていて、日本公開のタイトルは、『10ミニッツ・オールダー　人生のメビウス』、『10ミニッツ・オールダー　イデアの森』である。作品と作品のつなぎに川の水面だかなんだかの映像が映って、チェロとトランペットの演奏が流れるのだが、これは画面も音も余分でうるさい。一〇六分と九二分の、さして長くもないオムニバスの、さて、私がどこで眠りこけてしまったかというと、『人生のメビウス』三本目のW・ヘルツォークの半分とジム・ジャームッシュの前半、ヴェンダースもウトウト、スパイク・リーの無邪気なアホぶりには、もうここで外に出ちゃおうか、と思ったが、最後にチェン・カイコーが控えているのでガマン、最初のアキ・カウリスマキはそこそこ好感の持てるいつものカウリスマキだが、エリセの「ライフライン」は素晴しく、もう一本の『イデアの森』では、クレール・ドゥニの途中から眠り、シュレンドルフの途中で少し眼がさめてまたすぐに眠り、マイケル・ラドフォードのSF少女マンガの冒頭を少し見てウトウト眠ると、アホなラスト・シーンで眼がさめたものの、ラストを飾るゴダールの十分が、これが手抜きで、むろん、全体のレベルがこの調子なのだからゴダールはいくらでも手抜きをしてかまわないのだというファンもいるかもしれないが、それではビクトル・エリセはどうなのだ、と言いたくなる。

『マルメロの陽光』から十年ぶりの新作は、『ミツバチのささやき』や『エル・スール』と同じスペインの農村の裕福な農家で一九四〇年、小さなベビー・ベッドで眠っている生れたばかりの赤ン坊と、無事だった出産の満足と疲れでぐっすり眠ってはいるが、いくらか苦しそうに汗ばんでいる母親のいる静かな薄あかるい寝室と、穏やかな安堵に充たされた屋敷内で、新生児のための白いベビー服にミシンで刺繡をしている祖母、家庭の重大事に静かにして外で遊んでいるようにといわれた子供たちの姿――小さな兄は勝手口の石の階段に座って、ペンで手首に腕時計を熱心に描いている――穏やかな夏の午後の光が差し込む台所のテーブルに新聞が置いてあり、老女中がその上に置いたガラスの水差しの底に付いていた水が新聞紙に滲んで、ドイツ軍がパリを占領したという見出しが見え、ベビー・ベッドで眠っている赤ン坊にかけた白いシーツの上の、丁度、お腹のあたりに、ポッチリと小さな黒い汚点（映画はモノクロームなのだ）が浮びあがる。台詞はほとんどなく、台所の床を歩く木靴の音やミシンの音、午後の日差しの中を飛びかっているミツバチの羽音、子供たちの揺らしているブランコの軋む音と笑い声、ラジオから流れる微かな音楽、黒いポッチリとした汚点が広がっていくにつれて高まる赤ン坊の泣き声が、気怠く眠りかけた穏やかな夏の午後の空気をふるわせる。

『10ミニッツ・オールダー』は、ビクトル・エリセの一本を見るために、二本合わせて一九八分、エリセの十分を引いて一八八分（なかには眠らずに見られるものも無いわけではないものの）耐えなければならない映画である。

三人のプロデューサーたちは、エリセに九二分でも一〇六分でも、一本長篇映画を撮らせたらよかったのにと思うものの、エリセの短篇は一本の長篇映画を見るのと同じ緊張と充実があって、十分という均等に決められたフィルムの長さが撮る者によって、こうも違って見えることを体験するという意味では、悪くない企画なのかもしれないのだが、しかし、無惨に無能で馬鹿であることを、こういう十五本取りそろえて並べた中で証明してしまう映画作家というのは、そして、こうした企画というのは……何かにとても似ているような気がする……すごく、私には身近な物のような気がする、なにか……そう、わざとらしく、思い出せないフリをするまでもなく、文芸雑誌の新年号でよくやる「短篇特集」である。

そこに、ビクトル・エリセがいるかどうかは、これもまた、言わずもがなのこと。

ところで、「文學界」新年号には、アメリカ映画をめぐって蓮實重彥と阿部和重が対談をしている。

映画俳優がオーストラリア出身というだけで許せない蓮實に対して阿部は、メル・ギブソンはいいと言うのだが、私はこの、リキッド・タイプのアイライナーでアイラインを引いて上下のまつ毛にマスカラを塗ったような（メークをしてるわけでもないのに）メル・ギブソンの顔が嫌いだ。タイトルは忘れてしまったが、いつぞや、スコットランドの伝説的英雄の歴史活劇物の予告篇で、メルのアップが映って、なぜ、おれを助けた？　という台詞にダブって、その目付きゆえに、という女の台詞のスーパーインポーズが入る。ゆえにと擬古文調で気取っているのだし、主人公と敵の関係にある女主人公が恋をする、ということは予告篇の台詞だけでもわかるのだから、いくら、メル・ギブソンとは言え、目付きではなく、まなざしにすべきではないか、この女優は誰なんだ？と思っているとソフィー・マルソーの顔（左右非対称だし、むくんで唇が曲っている）が映ったので、そうかあ、いいやあ、目付きで充分だ、と思ったのだったと、顔立ちと目付きに文句を付けていたところ、いきなり眼がチクチク痛みはじめてゴロゴロするので、これは多分ドライアイの症状だろうけれど、眼医者はもう閉まっている時間なので、ひとやすみして薬屋に目薬を買いに行き、薬を差して眠ってしまう。

こないだうちまでは、涙目状態で眼がショボショボしていたのに、今度はこうである。医者というのはあまり行きたい場所でもないので、今月の仕事のスケジュールを終えたら行くことに勝手に決めたものの、小津安二郎の上映だの、ワーナーがトム・クルーズの『ラスト・サムライ』の宣伝に力を入れてるせいで（というより、なぜかクリント・イーストウッドの映画は『マディソン郡の橋』を除いていつも日本でそういう目にあうようなのだが）等閑視されて試写状さえ送ってこなかった『ミスティック・リバー』の試写を調べて見に行かなければならないし、読まなければいけない本も何冊か溜っていて、それを考えると眼の奥がチクチクまた痛みはじめる。

青山ブックセンターのＡＢＣホールで『「競争相手は馬鹿ばかり」の世界へようこそ』のトークショーがあるので、その前に美容院で髪をカットしたり、去年の一月のトークショーと同じ服を着るわけにもいかないので（何を着ていたか覚えている女性読者がいると思うのだ）新しい服を買う必要もあるし、あれこれ連絡したり、片づけておかなければならない家事全般の雑事が増える十二月である。冷凍しておいたミート・ソースでスパゲッティと、ホタテ貝柱と鯛かなにかのカルパッチョで夕食は簡単にすませよう、と絵を描きながら姉が言い、ハイヨ、と答えて、私は大いそぎで仕事着のヨレヨレの襟や袖口のゴム編み部分がズルリとのびきっているスウェットを着がえ、魚屋の店頭が五時を過ぎると品薄になるので目白通りを急行して魚屋へ向う。

すると、それでなくとも狭くて歩きにくい歩道を、年の頃は四十前後か、夫の方がフン入れ用のスーパーの袋を持ち、妻はシャネルの白いショルダーを肩にかけた夫婦が並んで、なんというのか名前は知らないけれど足の短い二頭の小型犬を散歩させていて、犬があちこちに鼻面を突っ込んで直進しないものだから、追い抜こうにも追い抜けずに苛々させられる。こういうチビのブランド犬を二匹つれて夫婦で並んで歩きたいのなら、車で青山でも馬事公苑でも行って歩けば？　と思いつつ、夫婦と犬二頭と犬に付けられた紐二本のひとかたまりの間を、紐に足をからませることもなく無事にどうにかすり抜けて、魚屋へ着くと、客のバアさんと魚屋の奥さんがお喋りをしていて店の奥ではダンナが刺身を作っているのだが、ショーケースには、もう小柱とウニとマグロしか残っていない。

茶色の防水紙の袋に入った大量のお刺身をダンナが運んで来て、奥さんが、まあまあ、これじゃあポリ袋に入りきれませんわねえ、おとどけいたしましょうか？　と言うと、ラクダのコートを着た客のバアさんが、大丈夫、丈夫な紙の袋を持ってきたから、と言いながらバッグ（多分、どこかのブランド物）から取り出したのが、底の部分が三十センチ四方はある水色のあの黒いティファニーの文字が浮びあがっている袋。バアさんは二万四、五千円の刺身代を払うのだった。

ティファニーの店へ行ったことなど一度もないから、それくらいの大きな紙袋に入れる商品がどういう物なのか見当もつかないし、宝飾品店ということは知ってはいても、何を売っているのか具体的に知らないから、思わず『紳士は金髪がお好き』でマリリン・モンローの歌う「ダイヤモンドは女の子の最高のお友達」の歌詞を思い出してしまう。ティファニー！　カルティエ！　というルフランのかけ声（溜息？）のある歌だ。

例年、十二月から一月にかけて、目白通りでは様々なブランドのショッピング・バッグを持って頬を紅潮させて胸を張った買物帰りの婦女子が眼につくし、何かの女性誌でコラムニストが書いていたのだが、大阪の自宅から通勤しているOLたちはお弁当入れに、小ぶりのそうしたブランド店のショッピング・バッグを持つのだそうである。もちろん、ダサイ振舞いとして書かれていたのだったけれど、魚屋のガラスの冷蔵ショーケース（パンダとウサギとクマさんの顔の薩摩揚げや、各種みそ漬け、シオカラなどの入っている平なケース）に、ティファニーの大きなショッピング・バッグが置かれた時には、私は少なからず度肝を抜かれたのだった。

もともと品物を多く置いていない魚屋なので、残っているのは小柱とマグロとウニ、それもマグロは大トロが少しだけなので、メニューを変更しなければならない。ウーン……、モッツァレラ・チーズとトマトのサラダでいいか、と考えたものの、焦って歩いて来て、ぐったりである。

夕食の仕度が出来るまで、最近、筑摩から文庫版の出た（なぜ？　今？）ジュリアン・グラックの『シルトの岸辺』を本棚（なぜか、二冊あった）から取り出してパラパラめくっていたら、70ミリ映画のオリオン座（高崎の映画館である）の切符がはさまっていて、『ロシュフォールの恋人たち』とオードリーの『いつも2人で』の二本だてなのだった。ジャック・ドゥミーのダサいミュージカル『ロシュフォールの恋人たち』が70ミリ映画だったなんて、すっかり忘れていた。切符に書いてある「現代女性に贈る本年最高の2大名篇‼」は何年だったのだろうと調べてみたら、67年だった。映画館で半券を切り取るので、入場料の書いてあった部分が無く、入場料がその頃いくらだったのか、思い出せない。『シルトの岸辺』は74年に六百九十円で集英社刊。この頃、私の原稿料がいくらだったのかというと……。この七年の年月の差が不思議だ。おそらく、何か別の本のシオリにしていた切符が出て来て、いや、いや、七年も前に見たのか、と若かった頃の私が驚いて、当時読みかけだった『シルトの岸辺』にはさんだのだろう。はさんであったページのグラックの文章を、ふところに書きうつしてみたい気持になるような流麗で調子の高い描写と比喩の連続なのだが、村上龍は『海の向こうで戦争が始まる』をこれを基に書いたのだから、ものおじしない若さというのはなかなかえらいものだ。もっぱら、筋の部分に発想を得るわけである。私は後年の短篇『半島』がグラックの小説のなかでは一番好きだ。

そういえば『あしながおじさん』のジュディは読みかけのマシュー・アーノルドの赤い表紙の詩集を雨で濡らしてしまい、おじさま宛の手紙に、ドーバーの岸辺はピンクの波であらわれることになるでしょう、などと小じゃれたことを書いていたな、と関係のないことを思い出し、まずは夕食を食べて、それから、目薬をさしてまた一仕事である。

数について

二〇〇四年二月

何で読んだったのか新聞で読んだのだったかもしれない、ヴィム・ヴェンダースの朝は、メールのチェックから始まるらしい。世界中からとどく六十通近くのメールを読み、必要な物には返事を出すなどして、二時間を費やしてしまうというのだ。

私にとっては二時間くらい、ただ何もしないでボーッとしていてもすぐに過ぎてしまう時間なので、朝の二時間がどう「費やされる」かなどということは、実はどうでもいいことなのだが、国際的映画作家ともなると、何がキチガイじみているといって、メールが日に六十通とどくということである。もっとも、ゴダールは、eメールって何？　と質問したというくらいだから、国際的な映画作家であるということとメールの本数は本質的には関係がないのだし、書こうとしていたのはメールの本数のことではなく、なにかについての「回数」を質問されることへの苛立ちについてだったのだ。苛立ち、というより戸惑いと言うべきだろうか。

たとえば、一年（あるいはひとつき）に何本くらい映画を御覧になりますか、といった類いの、それが「本」であったり、あるいは一ヵ月に書く原稿の枚数であったり、また、どういうつもりなのか、こちらにしてみれば全然見当もつかないのだが、年に何回くらい外国へはいらっしゃるんですか、とか、猫は今は何匹飼ってらっしゃるんですか、といった、「数」が答えとして提出されることを期待されているらしい質問をする人々がいる。

なにしろ際立った変化というものに極端に乏しい生活をしているので、日頃会う人間というのも決っているから、右記のような質問をされることは滅多にないのだが、たとえば、はじめて会う編集者とか映画宣伝部員などが、私との間に「話題」を見つけだせないまま、やっと思いついたという調子で、年に何本くらい御覧になります？　と口にしたりする場合、私としては、そう訊かれると頭の中で、えーと、と、過去一年分に見た映画を思いかえしながら本数の暗算もしなければならないから、うーん、と言ったまま沈黙の時間が続くことになって、ますます気づまりになるし、他の、数を答えることが要請されているかのように聞える質問で即答できるタイプ（海外旅行も国内旅行も年に一度も行かない、猫は一匹だけ）のものもあるけれども、普段、年割や月割の回数や本数や枚数や冊数で考えることのない、ということは、言ってみれば内容で記憶している映画や本や書いた原稿が突然、まったく別の場所と別の物となって相手と私の間に最初からあったのに違いない壁を、さらに部厚く塗り固めるということだろう。

たとえば映画が、年や月に見る回数という数に換算されることによって、では、いわゆるバカの壁が構築されるのかというと、そうではない場合もあって、これは知人の映画批評家の例なのだが、酒場なりなんなりのプライヴェイトな場所で、一緒にお酒を飲んでいる知人とたまたま知りあいの人物（編集者だったり、新聞記者だったり、文筆業者だったり）がいて、そこは酒場なのだから気安い調子で話しかけてくることがあり、連れは、まあ、こちらはどこそこ編集部のナニナニさん、こちらは映画批評家のダレソレさん、と一応紹介をされる、と言うのである。自分が映画批評家ではなく文芸批評家だとしたら、どんな馬鹿だって、相手がどういう傾向の批評を書いているのか、読んで知っていなければ小説やら文学を話題にはしないだろう、しかし、映画の場合は違う、映画なんてものは、高級な文学とは違って誰が見てもわかる物なんだし、そもそも映画批評家なんて、好きな映画を見て遊んでいるようなもので、いやあ、いい商売ですなあ、とうらやましい素振りを見せて、お前は映画批評家なんて称しているけれど、自分だって映画は好きで、学生時代には相当見たもんだ、といった調子で、自分のかつて見た映画の話（もちろん、ピントが外れた）をいい気になってエンエンとはじめる奴（もちろん、性別は男）がいるけれど、そういう話を聞かされると、お前のブス（多分、というか、き、っ、と）の女房とのセックスばなしを聞かされてるのと同じだ、と言ってやりたくなる、と言うのだ。

これは確かに思いあたる経験で、私は小説家だから、映画のみならず小説や文芸批評に関して、馬鹿オヤジ編集者たちの愚にもつかないタメ口（本人は、むろん、ヴェテランとしてのアドヴァイスのつもり）を、かれこれ四十を過ぎる頃までは聞かされただろうか。「書いてくださいよ」（自分のところの雑誌に小説を）という言い方に、あからさまな恩着せがましさを威圧的（なつもり）で加えた、誇り高い（つもり）の懇願口調と、「金井さんねえ（ねえにアクセントが付く）小説って、そんなもんじゃありませんよ」という、なぜか全員に共通した言い方の、根拠を欠いた専門家ぶった自惚れ。自己愛は充分に持っているけれど、自意識は持っていないせいなのだろう。

　それはともかく、両者はおうおうにして重なりもするのだが、映画について語る時の方が、「文学」について云々する時より人はより無防備になるというか自己愛にカヴァーをかけない状態になるということだろうか。なぜ、映画についてはシロートが批評家や時には映画監督や照明や録音技術者にタメ口がきけるのかというと、それは『誰が映画を畏れているか』という映画批評家同士の往復書簡集のタイトルからも窺えるように、畏れていないからだ。

　なぜ、シロートがいい気になって「自分の好きな映画」の話を、しかるべき映画批評家にむかってするのが「自分たち夫婦のセックスを語っているよう」な印象を与えるかといえば、それは耳にするのも汚らわしいからだと書くと、おかしな奴が「エリート主義」という批判をしたりするものである。

ところで、なんで「自分の好きな映画ばなし＝自分たち夫婦のセックスばなし」理論について書いているのかというと、ここのところあまり良く知らない人に、続けて、煙草は一日何本くらい吸うんですか、と質問されたからで、何本吸おうと数を答える義理などありはしないのだが、煙草を吸うようになって四十年近い経験上、この質問は、煙草を吸わない人間が煙草の害を説こうとする時に、まず口にする台詞だということを知っているから、そう訊かれると大きなお世話にむっとする。あるいはまた、もし私の吐く煙草の煙が不快なら、私にあわなければいいだけのことなのだから、遠まわしに、自分に向って煙を吐かないでほしいという意味をこめて、一日何本？　などと質問するな、と考えているうちに、口に出しては言わなかったのだったが、その場の話題に映画（なぜか、ゴダールの、ということは、最もいやな映画ばなしのパターンということ）のことも出ていたせいで、前述の理論を思い出し、「煙草は一日何本？」という質問（このての質問をするのはほとんどが既婚者なので）をされたら、「お宅はセックスは月何回？」と訊きかえしてやろうと思ったのだった。

さて、ところで、テレビという物を見るようになって以来毎年毎年、十二月になると最低一度は放映されているのを見る映像が、雨の神宮球場の学徒出陣の行進風景ではなかっただろうか。他にフィルムが無いのか、毎年毎年同じフィルムの同じ場面が使用されて、学徒の行進、観客席の女学生、演説する東条の三場面しか見たことがない。鳴り物入りもいいところの出陣式だったにしては、記録としてフィルムをそう回さなかったのか、と毎年、苛々していた。弘前の旧制高校生だった鈴木清順が参加した出陣式は、ひっそりかんとして惨めな侘しいもので、ああいう華々しい鳴り物入りは東京だけだったのだろう、と何かに書いていたのだったが、それは戦時下の高校生としての感想なのであり、映画作家として、あのフィルムがテレビでは三場面だけが繰り返し放映されることについてどう思うかは、こちらで想像してみる以外にない。

その出陣式の記録フィルムだが、去年の十二月には一度も見ていない。毎日熱心にテレビを見ているわけではないから確信は持てないものの、去年の十二月は日米開戦も学徒出陣もテレビでは「回顧」されなかったようだ。クリスマスあたりから、TBSとテレビ朝日の夜十時と十一時のニュース番組は、年末特別（アホ）番組のせいで休みになっていたし、NHKは再放送ばかりで、これでは、イラクへの自衛隊派遣問題にメディアが触れたくないのがいかにもあからさまで、政府が派遣をグズグズと十二月から一月にのばしつづけたのと歩調を合わせて体質を露呈したということだろう。

十二月と八月になるとなんとなく開いて読みかえす山田風太郎の『同日同刻——太平洋戦争開戦の一日と終戦の十五日』を、今年もパラパラと読みかえす。文庫版で二六四ページの厚さだから、引用されている記録と文章は限られているものの、たとえば、戦後になってから、トカトントンと時代の空虚さを書いた太宰治は、たった五、六年前の昭和十六年には、一主婦の日記風文章の短篇『十二月八日』のなかで、開戦の臨時ニュースを耳にした状態を〈しめ切った雨戸のすきまから、まっくらな私の部屋に、光のさし込むように強くあざやかに聞えた。二度、朗々と繰返した。それを、じっと聞いているうちに、私の人間は変ってしまった。強い光線を受けて、からだが透明になるような感じ、あるいは、聖霊の息吹きを受けて、つめたい花びらを胸の中に宿したような気持。日本も、けさから、ちがう日本になったのだ〉と書いていることが引用され、戦後は『堕落論』の坂口安吾は、〈皇祖皇宗ノ神霊上ニ在リ〉という宣戦の大詔が奉読され東条首相の謹話を、床屋のラジオで頬ひげをあたってもらいながら聞き〈涙が流れた。言葉のいらない時が来た。必要ならば、僕の命も捧げねばならぬ。一歩たりとも、敵をわが国土に入れてはならぬ〉と記しているのが引用されている。旧制広島高校一年生だった林勉氏の〈その朝の授業は、鬼のあだ名で文科生に最も畏怖された雑賀《さいが》教授の英語だった。廊下のマイクが臨時ニュースを伝えると、教授は廊下に飛び出して、頓狂な声で〝万歳〟を叫んだ〉という文章の引用の後に、山田風太郎は〈この雑賀教授こそ、戦後広島の原爆慰霊碑の「安らかに眠って下さい。過ちは繰返しませぬから」の文句を書いた人であった。〉と記している。

〈頭の中が透きとおるような気がした。世界は一新せられた。昨日は遠い昔のようである。現在そのものは高められ確然たる軌道に乗り、純一深遠な意味を帯び、光を発し、いくらでもゆけるものとなった。〉（高村光太郎）、〈新しい神話の創造が始まった。昔高天原を降り給うた神々が、まつろわぬ者どもを平定して、祖国日本の基礎をきずいたように、その神話が、今より大なる規模をもって、ふたたび始められた。〉（火野葦平）、〈私は急激な感動の中で、妙に静かに、ああこれでいい、これで大丈夫だ、もう決ったのだ、と安堵の念の湧くのをも覚えた。この開始された米英相手の戦争に、予想のような重っ苦しさはちっとも感じられなかった。方向をはっきりと与えられた喜びと、弾むような身の軽さとがあって、不思議であった。〉（伊藤整）、いくら転向したとはいえ、左翼の人たちも〈みたみわれとして一死報国の時が来たのだ。飽まで落付いて、この時を生き抜かん。無限の感動に打たれるのみ。〉（青野季吉）、〈妖雲を排して天日を仰ぐ、というのはこの日この時のことであった。〉（島木健作）と書くのだし、五十四歳だった長与善郎は〈生きているうちにまだこんな嬉しい、こんな痛快な、こんなめでたい日に遭えるとは思わなかった〉、モダニストから国粋主義に変身した横光利一は〈先祖を神だと信じた民族が勝ったのだ。自分は不思議以上のものを感じた。出るものが出たのだ。それはもっとも自然なことだ。自分がパリにいるとき、毎夜念じて伊勢の大廟を拝したことがついに顕れてしまったのである〉と、神がかりの狂信者ぶりである。

　戦後になってから、当時はまだほとんど無名だった小説家や批評家がその日を回想して事後的に書いた文章には、その当日近辺で書かれた文章がなんの批判もなしに時局というか時流にぴったり身をそわせていたのと同じ類いに働く、時代にむけての迎合的自己保身的配慮が加わる場合もあるので、その時何をどう感じたか、あまり信用できないものもあるのだが、それにしても、まあ、物書きという存在（戦争画を描いた画家も、カメラマンも、デザイナーも映画監督も含めて）は、事がおきてもおきなくても、常に何かに徴用されたがるものである。

　六十三歳の正宗白鳥がその当日の夜、中央公論主催の国民学術協会評議員会に出席した時の感想（『文壇五十年』河出書房からの引用なのだが、読み物的に書かれている『同日同刻』には解題が付されていないので、引用されている文章の初出時が不明という欠点がある。内容が内容だけに、文章の初出の時点をきちんと調べて載せた注と解題付きの新版発行を望みたい）は、回顧的に書かれたものであるにしても、おかしなリアリティがある。

〈十二月八日の当夜は、理事長桑木厳翼をはじめ、穂積重遠、松本烝治、牧野英一、東畑精一、清沢洌、三木清など、十人ばかりが参会していた。いつもの談論風発とちがって、憂鬱な空気がただよっていた。なかには、『これで溜飲が下がった』と空虚な笑いを浮かべた人もあった。日本の対支行動が英米に邪魔されていたのを意味していたのだ。清沢は『けさ開戦の知らせを聞いた時には、僕は自分達の責任を感じた。こういう事にならぬように僕達が努力しなかったのが悪かった』と、感慨をもらした。しかし、清沢の手のひらで、時代の激流を止める事は出来ないだろうと、私は滑稽味を感じた〉

こうした清沢的発言というのは、戦後ずいぶん聞かされたものである。

働き者ぶるわけではないが、暮から正月の間、久しぶりに十日ほど一枚も原稿を書かない日が続いた。原稿用紙に字を書かないでいる、抑圧感のない十日を充分に楽しむつもりだったのだが、なかなかそういう訳にもいかず、つい、夢の中で小説を書いてしまうのだった。夢の中で本を読んでいるというか、本を読んでいる夢はよく見るのだけれど、小説を書いている夢というのは、年に一回か二回の特例である。センテンスの比較的短い文章で、ナント、芭蕉が登場する推理小説仕立てのメタフィクションという俗悪ぶりなのだから、われながら、うんざりしていやんなっちゃう。吐き気ものである。フトンの中で、露伴の『評釈猿蓑』を読みながら眠ったせいなのだろうが、どういう内容だったのかは、幸いなことに覚えていない。夢の恥は書き捨て、である。

今年の外出はじめは、バーゲンでカシミアのストール二枚買って、クリント・イーストウッドの『ミスティック・リバー』を見た。映画そのものはクリントのセンスの良さが細部ごとに光るが、アメリカの白人男の強迫観念は、ベトナム戦争以後幼児性愛者と刑務所内のマッチョな同性愛者によってオカマを掘られることへの恐怖と屈辱らしい。ドルビー・ステレオの音響がまた、男による男のレイプの強迫観念にふさわしくマッチョに響き渡り、今年もいやな年になりそう……という気がする。やれやれ……。

急性腸炎日記

二〇〇四年三月

一月になって、以前《まえ》から調子が悪くて物凄い騒音をたてながらどうにか動いているという状態のエアコンから「冷風」が流れ出した。一昨年あたりから調子が悪くなっていたのに、マンションの管理をしている会社に連絡しても、グズグズとケチな修理を重ねるばかりで、ケチをしてなかなか新しい機械に取り換えなかったものだから、真冬の最中にこういうことがおきるのだと文句を言いながら、新しい機械が設置されるまでの一週間、隣りの六畳の部屋のエアコンだけで居間の方を暖めることになり、寒いので下着を一枚余分に着込んでいたのだった。そうこうしているうちに、二年かそこいら前に新しい物に換えたガス給湯器が故障してお湯が出なくなり、こちらの方は翌々日に部品の交換をして直ったのだが、次にはパソコンのキーボードが動かなくなり、おまけに、疲れが溜っていたらしく、風邪をひいて腸の具合が悪くなったものだから、三日間は寝たままで、ほとんど何も食べず、その後も一週間は三食おかゆという生活が続いてひどく消耗したのだった。去年も同じようなことを書いたような気がして、気も滅入る……。なんという繰りかえし。なんという変化のなさ。

ありふれた風邪と腸炎で、重大な病気というわけではないのだけれど、体が弱っている状態で寝ていると陰気なことを考えがちで、私の寝ている羽根ブトンの上に長々と体をのばし桃色の舌の先を少し出して大きなイビキをかいて眠りこけている十六歳になる飼猫の重さ（老いたとはいえ、六・九キロの体重）も、ただうっとうしいだけではなく、つい、トラーはあと何年生きられるのだろう、という方向に気持が傾き、もう、十五、六年も前に、二十年生きていた老猫を亡くした老婦人に聞いた話を思い出したりしてしまう。猫が死んで何年たっても、たとえば自分の背後で、ノレンがふわりと風に吹かれて揺れる気配がしたりすると、そのふわりと揺れる布地の軽い動きの気配が、猫が部屋に入って来る時の軽いふわりとした空気の動きに似ているものだから、まったく無意識に、あっ、帰って来たと瞬間的に思ってしまい、すぐにその後でポッカリ心に穴が開いたような虚しさで、いやあな気持になる、と言うのだ。

トラーのずっしりとした重さが私の片脚にかかっていて、深い溜息のような寝息がフトン越しに伝わってくるのを感じながら、ふわりのことをつい考えてしまうのだ。私の部屋の入口には、老婦人に作ってもらった丈の長い藍染め木綿のノレンがかかっていて、トラーが部屋に入って来る時には、ピンと立てたおっぽがノレンに触れ、ふわりとごく軽く揺れ動くのだ。トラーが死んだら、ノレンは外すことにしよう……といったことは、むろん、陰気な想念のなかで軽微なうちに属する。

断続的に激しくなる腹痛も三日目にはようやくおさまったので、「王子」がヘンリー八世の息子でエリザベスの弟だったなんて初めて知った。続けてトウェインの『西部放浪記』上下巻を読み、『ドン・キホーテ』を読みかえしたくなって、部分的に読みかえし、朝はオートミール、昼、夜はおかゆに煮豆腐か半熟玉子といった食事で、なんかこう体力も気力も弱まっているものの、というか、それ故に、不要不急の読書というのは優雅でいいものだなあ、という気がしきりにしたのだったが、それというのも、二月のはじめに、池袋のジュンク堂に小倉千加子と絓秀実のトーク・ショー（「ジャンクな結婚」）を聞きに行ったせいかもしれない。

本誌に小倉氏が連載していた『結婚の条件』を愛読していたという知人や友人（女性に限らず）と同じに私も姉も、いったい、絓秀実が小倉千加子と何を「トーク」するのだろうと思ってジュンク堂に席を予約したのだった。トーク・ショーをするからにはお相手の上梓したばかりの本を読むというのは不要不急の反対、というより、読んでいるからこそ引き受けたことなのだとばかり思っていたのだが、絓が『結婚の条件』を読んでいないことは彼の発言からみえみえであきれたからだった。批評家が本を読まない（読めない）、ということに驚いたりあきれたりは、かれこれ三十年以上、文芸ジャーナリズムの中で仕事をしてきて、今さらしないけれど、腹は立つ。読んでも読めないのも、読んだふりをして読まないのも、結果的には「批評」としてまるで駄目という意味で同じことであるにしても、読まずにタカをくくって、さらについ最近自分の出した評論集（『JUNKの逆襲』）のことを、「クズ本、クズ本」と繰り返すのは、それが本音であるからこそ、なおさら醜悪で惨めったらしいというもので、「ジャンクな結婚」という、誰が付けたのかは知らないが、『結婚の条件』と『JUNKの逆襲』の二冊のタイトルを野合させただけの、まるで意味不明のタイトルのトーク・ショーに登場して、それがまあ、左翼の文芸批評家《ジャンク・マッチョ》らしい現状認識の幅といえばいえて、無理もないといえば無理からぬことなのだけれど、酒井順子の『負け犬の遠吠え』も知らないから、小倉氏が絓さんは勝ち犬か負け犬かと質問（これは、ずっと独身なのか、結婚しているのか、あるいは女房に逃げられたか、といった意味）すると、なにしろそういった下々《しもじも》ジャーナリズムの流行にはうといから、四方田犬彦と誰それ（男の評論家の一人）がどこそこ（文芸雑誌だか週刊書評紙）で自分のことを負け組と発言していた、と、68年革命史と混同して答えて苛立った失笑を買う。

　しかし、その絓秀実も相手が男であれば、話題は「結婚」ではなくフェミニズムでもなく、大逆事件と「母＝天皇」と、ぐっと高級《マッチョ》になるのだから（「早稲田文学」二〇〇四年三月、討議『「すでに老いた彼女」をめぐって』青山真治、絓秀実、守中高明）、こちらでは本領発揮で、のびのびと語る。「68年革命」なんてものがあったなんて、絓さんの本（「クズ本」のことである）ではじめて知ったという小倉千加子ではなく、『すでに老いた彼女のすべてについては語らぬために』という映像作品を映画美学校研究科のゼミで作った青山真治は、〈その主題的なきっかけが、絓さんの『「帝国」の文学――戦争と「大逆」の間』と、渡部直己さんの『不敬文学論序説』に興味をそそられた〉からなのだと語り、絓秀実は〈『すでに老いた……』を見るのは三回目くらい（一桁の、それも五以下の数は、正確に覚えていたいものだ）ですが、青山さんの話を聞いて得心するところがありました〉と、ちゃんと準備をしてタカをくくらずに討議に臨んだらしい。

女子大生たちを相手の授業や主婦対象の講演を通して、具体的に聞いたり見たりした事例と、女性向けメディア（女性誌、テレビ・ドラマ）とが苛烈なあけすけさで論じる『結婚の条件』を、たいていの女の読者は、呆れはてながらも笑って読むのだが、高橋源一郎はこの本の書評を〈この国は、いちばん底から壊れはじめているのである〉と、苦労して働くのはいやで優雅な専業主婦生活を全面的に肯定する若い女性たちについて悲憤慷慨のていというのには噴き出してしまう。

「討議」の中では「天皇制のエロス」やら「J天皇制」について語っている絓なんだから、「ジャンクな結婚」というタイトルの小倉千加子とのトーク・ショーに臨むからには〈ぼくは喋るときはどんどんいいかげんに言いますけれど、最近は書くときはできるだけわかりやすく書こうと思っている〉と「早稲田文学」では言ってるのだし）、せめて、戦後の皇室の結婚史くらい分析できなくてどうする。〈御誠実で御清潔〉なプリンスのところへ、〈柳行李一つでもかまわないのだったら〉と答えて恋愛で嫁入りを決意したブルジョワの娘の「御成婚」。当時の「女性自身」の読者アンケート〈世界に男性が皇太子と三島由紀夫しかいないとしたら、あなたはどちらと結婚しますか？〉の回答者の八〇パーセントが選んだ〈未婚のままでいる〉という答えの残り、二〇パーセントは存在していた「皇太子」か「三島由紀夫」を選んだ女性が、言ってみれば、増えたのだ、というのが『結婚の条件』である。理想の男性像は？　と記者たちに質問されて〈私の選んだ人を見てください〉と、「恋愛」を無邪気に肯定した妹宮。同窓生結婚ですぐに子供が生れた皇太子の弟。キャリアを投げ打った結婚を惜しむ意見もあった女性官僚と皇太子の晩婚と、高齢出産の危険がいわれる年齢寸前での出産と、週刊誌で話題らしい皇太子妃の「ウツ病」。少し前の流行語で社会の懸念材料として批難の的だった「パラサイト・シングル」の未婚の妹宮。英王室のように「不倫」はないのだが、戦後の「恋愛結婚」を、どうやら皇室はリードしてきたようではないか。

小津安二郎生誕百年でNHKのBSが小津の全作品放映という企画をやっていたものだ

から、フィルム・センターも朝日ホールでの上映もパスして、未見の物を含めて全部見てしまった。ヴィデオやDVD、ようするにテレビの画面で自宅の居間で見る分には、体の疲れ方がよほど違うだろうと思っていたのだが、見込んでしまう映画は、かえってテレビの小さな画面のほうが眼をじっと凝らしてしまうので疲れて、ドライ・アイ症状が治らなかったのだったが、『秋日和』と『彼岸花』は何度見てもつまらない。

『秋刀魚の味』は前二作の失敗を踏まえて洗練度が増しているものの、戦前（ことにサイレント）の小津作品のファンとしては、この、うんざりする結婚ばなしのつまらなさを、協同でシナリオを書いている野田高梧のせいにしたいところだ。それに、何度見ても、山本富士子、岡田茉莉子、司葉子の「現代娘」のキャアキャアした演技は見ていて恥ずかしくなるし、ストーリィー（という程のものでもないけれど）は退屈。吉田喜重が、宴会の席だかなんだかで小津に面と向って、二時間だかそこいら、小津の映画を批判したという伝説（なのだろう）があるけれど、批判して当然だろう。それはそれとして、小津がもっと長生きして、あの、エリック・ロメールの映画を見たらなんと言っただろうか。ロメールは小津の映画をどう評価するだろう。キャメラマンの厚田雄春《ゆうはる》は、レナート・ベルタの撮影したロメールの『満月の夜』の撮影についてはインタヴューで答えていたけれど。

体調が完全に元に戻った実感にどこか欠けるとはいえ、不要不急のマーク・トウェインや『ドン・キホーテ』を読みかえしてばかりいると、多少現実感が欠けそうなので、居間で寝そべってテレビのニュースを見ていると、アメリカで発見されたBSE牛のために輸入禁止になったせいで、在庫切れになった牛丼の販売が今日で中止になって大騒ぎをしている。それから、イラクのサマーワに派遣された自衛隊の現地報告。そして、スポーツ、スポーツ、スポーツ。ふと見ると、陸自の隊長以下、ほとんどの隊員が、チョコンと口ヒゲを生やしているので、ナルホド、浅田次郎という自衛隊出身の口ヒゲを生やした小説家がいるけれど、「自衛隊顔」というのがあるんだ、と姉に言うと、確かにタイプはプチ・マッチョ風で似ているけれど、このヒゲたちは、ムスリム・マッチョの戦時下の国に派遣されるにあたって、柄も小さく顔も平板な自衛隊員が子供に間違えられないようにヒゲを生やすよう指示があったのだそうだ、と答えがかえって来たので、誰が指示したのさ、と訊くと、知らないけど、あれじゃない？　デブの中学生がキャンプに行って戦争ごっこしてウルシにかぶれたって顔してる防衛庁長官、と言うので納得した。言うまでもないことだが、「ヒゲ」は男が「男装」しなければならない時に生やすものである。

　加藤典洋は『テクストから遠く離れて』という、気の利いたパロディかなんかのつもりのタイトル（『小説から遠く離れて』という蓮實重彦の現代小説論があったのだ）の評論集で、オビのコピーによると〈小説の核心的「読み」を通して、テクスト論批評の限界を超え〉て〈「脱テクスト論」が拓く新しい批評の地平！〉というのをやっているらしいが、読んでいないので「テクスト論批評」を、誰の書いたどのあたりの「批評」として批判しているのか知らないが、たとえば柄谷行人はインタヴュー（「週刊読書人」二月二十日）で、彼が文芸批評をやらなくなったことに〈今の批評家も、何か「寂しさ」を感じているところがあるのではない〉かという質問に答え、〈それは知りません。ただ、僕がやめて明らかに困るのは、何人かの小説家です〉と答えているのを読んだりすると、批評家の自負心《ナルシシズム》があんまりおかしくって、ついワクワクしてしまう。

続けて柄谷は言う。〈僕が文学賞の選考委員をやっていたのは、小説のためですよ。僕にとって、近代文学は１９８０年代に終わっています。あとは興味がないのです。ただ、読者がいなくなってきた小説家、あるいは読者を得られそうもない小説家がいて、そのような人たちを助けてやりたいという気持がありましたね。（中略）僕は今の文学について何もいう気はしないし、いったところでどうにもならない。早い話が、芥川賞の選考委員を見れば、日本の文学がどういうものかわかります。まったく冗談にもならない。しかし、どうなろうと、もう僕の知ったことじゃない。若手の批評家のことは知りません。彼らは小説を読まないし、読めない。かといって、理論的な能力があるわけでもない。そういう中では、福田和也が光っているということです〉と、柄谷は語るのだが、柄谷が何を言おうと〈いったところでどうにもならない〉というのは、確かである。そう言えば、加藤も文芸批評をしばらく離れていて『小説の未来』を書いたのだったが、少なくとも私の小説について言えば、加藤は「読めない」というか、「読み」が著者にはとどいていないし、大江健三郎の『取り替え子《チェンジリング》』の「読み」も、また同断というところなのだが、柄谷の喋ることも、加藤の核心的「読み」も、まあ、私にはどうでもいいことである。〈芥川賞の選考委員を見れば、日本の文学がどういうものかわかる〉という意見は（実のところ、私はメンバー全員の名前を知らないけれど）、「受賞作」についてなんたらかんたら言う批評家もどきの人たちより潔い感じを与えるけれど、それもまあ、どうでもいいのだ。

そうした、いかにも文芸批評的話題とは無縁なので、文芸雑誌には書評の載らなかった松澤和宏の『生成論の探究――テクスト　草稿　エクリチュール』はスリリングな論考で極めて読みやすい。フローベールの『感情教育』を金銭の主題を中心（小説の最後に何年かたってからアルヌー夫人がフレデリックを訪問するのは、彼女がフレデリックに借金していた、という解釈など）に、加藤が駄目というテクスト論で読み解いて、あっ、と言わせる鮮やかな読みごたえなのだが、それで、はっ、と思い出したのが映画批評家の山田宏一。彼はフローベールの小説が嫌いで、お金の話ばかりクドクドクドクドクド書いてあって、あれじゃあ『勘定教育』だ、と常々言っていたのだった！　日本語訳タイトルに、松澤の論考の主題がすでにはっきりと隠されていたとは！

連載再開のお知らせ、その他

二〇〇四年五月

人間というものは、というより、はっきり言えば私の場合はということなのだが、とかく自己中心に物ごとを考えがちである。

先々月号で二十四回目の連載だった『目白雑録《ひびのあれこれ》』は単行本として上梓される（むろん、朝日新聞社からである）ことになり、しばらく休載してから連載を再開（いつからなのかは、知らなかったが）という、こちらと編集者との間の了解ずみ事項があったものだから、すっかりその気になっていて、二十四回目の連載の最後にそのことを書いておけばよかったものを、つい、そういったことは編集後記で触れてくれるだろう、と自分のことを中心に考える習慣で書きそびれてしまった。先々月号の後記には触れてなかったから、先月号には書いてあるだろうと考えるのも、むろん、そういった習慣が身についているせいばかりではなく、連載が休載になる場合は、編集後記の欄に、「※※※は筆者急病のため休載いたします」とか「筆者の都合により休載いたします」などと書かれるのが通例だからで、

「急病」はしかたないにしても「都合」とは何なのかとあれこれ読者は考えたりする。

先月号に『目白雑録《ひびのあれこれ》』が載っていなかったので、知人や読者の方から問いあわせのメールや電話やおたよりをいただき、載っていないので編集後記のページをあわてて開いたら、何も書いていない、一体どうなってるのでしょう、また急性腸炎で寝込んでいるのか（そう簡単に急性腸炎になるはずがない、数年に一度、疲労が溜った時である）、それとも、もしや島田だのなんだのについて過激な悪口を書いていらっしゃったせいで連載を切られたのでしょうか（まさか！　それに、あの程度が――というのは私の文章のことだが――過激というものだろうか）といった内容だったのだけれど、御安心ください。

『目白雑録《ひびのあれこれ》』は、六月中旬、朝日新聞社から刊行予定

で、連載も再開いたします。

ほんとうはもう二、三カ月休んで、連載のエッセイを毎月書くことの楽しいからしばらく解放されて、新しく書きはじめた短篇小説の連作のことを考えながら、仕事着用にニットのカーディガンを編もうと計画してもいて、短篇の連作は違ったタイプの物をもう一つ

別の雑誌にも断続的に書きはじめる予定もあるから、ともすれば二つの連作シリーズの間で混りあってしまいかねないシーンのイメージを、とりあえず整理しておく必要もあるし、「小説トリッパー」に連載している短篇の連作も、そろそろ完結に向っているのを方向付ける作業があって、なにしろ、その日暮しだから、年中書いていないと生活が成りたたなくなる怖れがあるので疲れるのだが、そういう時にはネルヴァルの『幻視者――あるいは社会主義の先駆者たち（下）』（入沢康夫訳）を読むことにしている。十八世紀のかあいそうな貧しい職業作家（むろんパトロンなんかに恵まれていない）レチフ・ド・ラ・ブルトンヌの伝記を読むのである。ネルヴァル自身が生活費の必要におわれて、急ごしらえで書いたとも言われる『幻視者』なのだが、レチフの伝記には一種、革命的な野蛮と大胆さ繊細さと生真面目さが入り混った惨めな色事師ぶりとその仕事ぶりが、「現代の作者たちがどんなに自我の感情を強調しようと、こういう作家の自己愛の強さに比べれば、はるかにその後塵を拝するばかりである」「自伝、回想録、告白あるいは打ち明け話の嗜好は――周期性の病気のように、今世紀にも間をおいては現れているが――前世紀末の数年には熱狂とも言えるものになっていた。とはいえ、ルソーの示した手本の模倣者として、大胆さにおいてレチフの右に出るものはなかった」と書かれていて、その仕事ぶりがあくまで「流行」の時流に乗っていたとはいえ、その苦業ぶりは、「流行遅れ」の騎士道小説に読みふけったあげく、騎士道を実践してしまう「憂い顔の騎士」をふと連想させるところがあるし、はるか十九世紀のネルヴァルの経済的困窮に思いをはせるのも、心休まることなのだ。

などと書くのは、「小説トリッパー」(04年春季号)の「特集・作家の家計簿」で永江朗が「作家とお金の微妙な関係」というエッセイを書いていて、その中で私の経済生活に好意的な同情を持っていてくれるらしいことを発見したからでもある。

「この二〇年、原稿料はほとんど上がっていない。タマゴと並ぶ物価の優等生である。(でも、ここ十年の間に、卵の品質と価格には差異化が進行しているので、このタマゴの喩えは現在では成立しない。〈引用者〉)その一方、文芸書の発行部数はどんどん減っているから、(これは、ほんと〈引用者〉)小説家の経済状態はますます厳しくなる。もちろんいまどきお金のために小説を書く人はいないだろうし、小説とお金は関係ない。(おおいにある。松澤和宏の『感情教育』における金銭についての分析を見よ。〈引用者〉)でも、たとえば金井美恵子の作品の素晴らしさからすると、彼女がいまの五〇倍ぐらい金持ちであっても、まったく不当ではないと思うのだけど」

と、永江は書くのだが、この部分を読んでいて思い出したことがもう一つある。土、日の午前中から午後にかけて、竹ザオを小さな車に載せてスピーカーで宣伝文句を流しながら売りに来る業者である。つい最近になってそれでも改めたものの、デフレだと騒いでいた時に、「二十年前のお値段で販売しております」と言いつづけていて、物価の百円ショップ的デフレというものを、竹ザオ売りはまったく無視しつづけていたわけである。二十年前の方が物価は高かったのだ。かつて住宅街をミニバンで巡回する古新聞とトイレット・ペーパー交換について、北朝鮮のスパイという噂が流れたことがあったけれど（現状にズレた交換レートのせいでだったのだろう）、竹ザオ売りについては時期が時期だけに、そういった冗談は聞かれないが、ズレているといえばもちろん石原慎太郎で、尖閣諸島に中国人活動家が不法上陸というニュースに触れ、都知事定例記者会見の席で、彼等は島に上陸して、土を掘りかえして古い陶器かなんかのカケラを埋めておいて、ホラ、古くからの中国のモノこの島にあるアルヨ、この島、やっぱり中国のものネ、なんて言うんだな、といった調子で発言しているのをテレビで見た。自分ではジョークのつもりなのかもしれないが、バカのレイシストである。こういったふうのカタコトの話し方を一種の売りにしていた陳建民（マーボー豆腐を日本にひろめた四川飯店の経営者で料理人）は別として、なんで中国人活動家が、植民地だった中国人の話すカタコトの日本語を使うのだ。世界に通用する言葉として、そもそも彼等は英語を使っていたかもしれないではないか。都知事という国際政治的にはまったく目立たない立場だから、問題化されないのかもしれないが、見事な醜悪ぶりである。

　さて、話を戻して、そうお金のことだった。永江朗は、「もちろんいまどきお金のために小説を書く人はいないだろう」と書くのだが、これは金もうけのためにと言ったほうがわかりやすいのではないか。あたりまえのことだけれど、金もうけには結びつきはしないが、私は原稿料が二十年前と同じところで、ぞっとするくらいクタクタになって疲労感が残る小説執筆（つい、二日前に短篇小説を一つ書きあげたので、そういう実感）をしたいとは思わないし、小説の原稿料がなければ生活は成り立たないのだから、むろん、お金のために書いてもいるのである。あきらかに収入を得ることが目的の一つとして書かれた『幻視者』やそこで語られる印刷業者でもあったレチフの自転車操業的書きぶりや、ほとんど印税というものを得ることもなく、船に積み込む堅パンのバイヤーの手間賃や、六十歳と五十歳の姉妹とその娘たちの三十四歳と二十歳の四人の女たちの針仕事で生計をたてていたセルバンテスのことを考えたりするのは、多少オーヴァーではあるけれど、お金がもうかる仕事をしているわけではないから、まあ当然のことなのだが、なんとなくうなずけないのが「でも、たとえば金井美恵子の作品の素晴らしさからすると、彼女がいまの五〇倍ぐらい金持ちであっても、まったく不当ではないと思うのだけど」という永江氏の文章の最後のくだりなのだ。

いまの五〇倍ぐらいの金持ちというのは、どういう意味だろうか。金持ちというのは普通、資産のある人間のことを言うから、これは五〇倍であれ何万倍であれ何倍にしたところでゼロはゼロなのだから、お気持だけならいくらでも数は増やせるにしても、何も言っていないのと同じだから、本の発行部数とか、今年の年収といったもののことを言っているのだろうと想像する。三月の半ばに確定申告というのをするから、これは数字がはっきりわかっていて、五〇倍というのは卓上計算機を、ポチポチポチ、と押せばすぐに出て来るのだが、いくらなんでも、こういうことを書いたり、ああいった小説を書くのに、そんなにお金はいらない。

五〇倍あればあったで使いようもあって、たとえば、フレデリック・ワイズマンに映画を撮る資金を提供するとか、多少の金持ちならではの楽しみを想像することはできなくもないものの、あれやこれ（というのは私の書いた小説と、これから書く小説）が、今の五〇倍の読者を持つとはとても考えられないし、それは不当なことだ。かなり以前、浅田彰はなんだったかの映画を撮った村上龍と対談していて、凄いバカな小説家であるお前が（といった思い入れで）世界で一万人しか観客のいないゴダールの映画を見ているのに感心した、といった意味のことを喋っていたが、いくらなんでもゴダールの映画を見る人間が世界で一万ということはあり得ない。それとも、自分のように真に理解して見る人間は、ということなのかもしれないが、よほどの資金提供者がいて採算を度外視しないかぎり、世界で一万では製作費が出ないなんていうものではなく、単に噴飯物の数字である。

どうして、そういう比較になるのかわからないけれど、私の収入（とりあえず）が、五〇倍でも不当ではない、という数字の算出は、ゴダールの観客が世界で一万人、というのを眼にした時と、少し似た違和感を感じるわけで、簡単な言い方をすると、めんくらったというやつである。とはいえ、浅田・村上対談を載せていた文芸誌の編集長が『ゴダールの映画史』を見た（もちろん、感想はなし）と言った時には、私は腰を抜かすほど驚いたくらいだから、心情的に一万という数も理解できなくはないのだし、彼がゴダールは世界でどのくらい観客が集まるのか、と訊くので、古い数字だけれど、映画配給の仕事をしていた故川喜多和子さんに聞いた、世界の大都市でしか上映されないタイプの映画だから、東京で二万、大阪・京都で一万、ニューヨークで二万、と数えても五万から十万の間だろう、という数字を答えると、そんなに少ないのか、とびっくりしていたのを思い出しもするのだが、いずれにせよ、数字で物は語れない。

現在、進行中の出来事について書くつもりはなかったのだが、渋谷で韓国映画『殺人の追憶』を見て食事をすませて戻って来てテレビを入れたら、イラクで人質になった三人が解放されたというニュースが流れていた。韓国映画のヒットについて、野島孝一という人が毎日新聞のコラム（「シニア映画歓」三月十一日）に書いていたのがヘンだったので切り抜いておいたのだ。「韓国映画で感心するのは、若手女優の大胆な脱ぎっぷりだ。それに比べ日本では人気タレントが胸を出すのも事務所の反対とやらで難しい。『オアシス』は障害者の女性とセックスしてしまう男の話、『悪い男』は女子大生を奸計《かんけい》にかけて売春宿に売り渡してしまう男の話、『気まぐれな唇』は行きずりの女性と次々にセックスする俳優の話で、タブーがきつい日本では映画化するのは難しいだろう」。やれやれ、東映の緑魔子や梅宮辰夫（今ではアンナ・パパとして知られているが）のヒモシリーズや日活ロマン・ポルノが存在しなかったかのような、このノーテンキな書きぶり。日本はこんなところまで保守化しているのだ。水面下とやらで日本政府が何をしたのか知らないが、アルジャジーラで放映された犯人グループへのメッセージを読みあげる川口順子《よりこ》外相のひきつった表情と口振りは、不始末を仕でかして学園の名誉を傷つけた生徒をしかっている、お金が大好きで残忍な『小公女』のミンチン先生（眼が死んだお魚みたいだ、とセーラは思う）のようだし、石原都知事が人質のニュースについていちはやく、政府のテロに屈しない態度は正しく、人質たちは覚悟はして行ったことなのだろうから、と発言して以後、人質の家族たちは、御迷惑をおかけしたとお詫びさせられっぱなしである。

　人質の解放が水面下の政府と外務省の手柄のような顔をして、無責任なはねっかえりのボランティア娘やＮＧＯだかなんだかの甘ったれ息子やジャーナリストのために、おかげでこっちは大変な迷惑だった、という幼稚なふくれっ面をして、一国の首相が記者のインタヴューに答えるのだから、あきれ果てるし、外相のアルジャジーラで放映されたインタヴューは、犯人グループにはもとよりイラク人に対しても、まるで自分の部下の不始末にネチネチ文句を言っているようなのだった。彼女の顔と口調では、自衛隊を派遣してやってこれだけのことをしてやってるのに、いったい全体何が不満だというのか、みんなあんたたちの為だっていうのよ、と、みみっちい傲慢さでお説教するカン違いぶりは、世界が認めるところだろう。NHKの『難問解決！ご近所の底力』という、隣り組政策復活番組なみのなんとも前近代の幼稚な手ぎわである。

老猫病床記

二〇〇四年六月

飼猫の老猫の体調が悪く医者につれて行った結果、いわゆる猫エイズに感染したこと、それとの因果関係は別として、猫全般のフィジカルな弱点である腎臓がかなり弱っていること（なにしろ人間でいえば八十歳を超えているのだから、どこかに問題があらわれるだろう）、その結果、口内炎になりやすいといった症状などもある、ということで、三日に一度から一週間に一度くらいの割合で点滴に通うことになる。

一昨年の一月、血尿が出たのも、もちろん腎臓のせいだったのだが、一年以上そこそこ無事に過したものの、いずれ症状は悪化することは、頭ではわかっていたから、出来るかぎりのことはやってやろう、と姉と（少ししんみり）話しあう。パソコンをもう一台買うために、オレンジ色の地に赤いシマ模様のある凄くデブの奥様然とした猫の貯金箱（姿かたちが気に入って買ったのだ）に五百円玉を入れるというミミッチイ貯金をしていたのだったが、ノート・パソコンは、MACのOS9のパワーブックをパソコンのインストラクターの女性がプレゼントしてくれたので（そのことを知人たちに言うと、どうして、そういう豪気に気前のいいインストラクターがいるのか、と口惜しそうな顔をされるのだが）、貯金はトラーの治療費にあてようということになったとはいえ、貯金箱の裏側のネジでとめてある台を外してみないと（もう口一杯に入っていて一円たりとも入らない状態になっているのだが）、いったい、どのくらいの金額が溜っているのかは不明。点滴と注射で一回が、確か六千いくら。

トラーが家にやって来た十六年前から、いずれ死ぬ時が来ることは覚悟しておかないとは思っていたけれど、小康状態でいつもどおりの食欲もあって、ニャアニャア可愛く鳴きながら外に出歩いたりする様子を見ていると、つい、まだまだ、このぶんでは二十年くらいまでは生きられるのではと思ってしまうのだ。でも、あと四年だが……。迷い猫だったトラーが家へ来たての頃に見た夢を思い出す。トラーが死んでしまい、悲しいというより驚いてトラーのなきがらをどうする⁉と姉に言うと、夢の中で（も）姉は自信たっぷりに、ダイジョーブ、獣医に連絡してくわしい情報を入手するまでトラーは冷蔵庫に入れておく、と答えるので、でも、冷蔵庫の中が毛だらけにならない？　と言うと、フン、常識というものがないね、という顔をして、ダイジョーブ、大きいタッパーウェアに入れておくし、冷蔵庫だって、ほら、そのスペースを空けておいた、と答え、そーかー、さすがー、よかったあ、と胸を撫でおろして眼が覚めたのだった。それから、あっという間に十六年である。トラーちゃんが死んだら、泣かせの文章の書き方研究して、稼がせてもらうからね、と冗談を言ってから、あっという間の十六年である。

猫は自分が病気でも、そこが人間と動物の違うところで、なにしろ永遠化された一瞬の連続を生きているから、自分の病状をあれこれ思い悩むことも、治療費のことも、自分が死んだら飼主の老姉妹の悲しみはいかばかりか、それを思うと心残りで、トラーは死んでも死にきれないよ、などとウツ的に考えないですむのが、なにしろ猫の美質で、こちらにしてみれば救いというところである。

ところで、イラクで給水活動をしているフランスのＮＧＯは、一日七〇〇トンの水を給水しているそうなのだが、自衛隊はサマーワ近辺に危険がない時に駐屯地から出向いて、一日七〇〇トンの給水をしているそうである。朝日新聞東京版の「石原知事発言録」は、つい最近、毎日新聞都内版から「サンデー毎日」に移ってしまったので読めなくなった松崎菊也の連載コラムと共に愛読している（一方はしていた、も一つはしているということになる）コラムなのだが、知事は四月十八日、新生佛教教団の開教50周年記念大会シンポジウムで、イラクの人質事件について、給水一日七〇〇トンの自衛隊の平和維持活動の実績に苛立ったのかどうか、次のように発言している。

「せっかくあそこの駐屯地に、それなりの装備を持っている1千人近い自衛隊がいて、日本人が拉致されて拘束されていることがわかっているときに、そこの自衛隊がどれほどの機動能力を持っているかはわかりませんけど、米軍と協力してでも踏み込んでいって、軍隊が拘束されている同胞を救わない手はないわけで、これは総理大臣がやらざるを得ない」（朝日新聞四月二十七日）と、すっかり闘う気分あふれるミリタリーな都知事であるが、政治感覚はいかがなものだろうか。同じ日の発言で「自業自得というか、自分の責任で危険をおかし、結局より危機に陥った人たちですけど、親の言い分を聞いていると、国家対個人のかかわりというものに関する認識がまったく欠落してしまって、かつての日本人とずいぶん違うなという感じがつくづくいたしました」という、メディア方面では産経、読売、日本テレビ、フジテレビがさかんに言いたてていたらしい、自己責任と迷惑と救出費用の自己負担という、昔よく使われた〈島国根性〉的意見がまかりとおった一方、アメリカのパウエル国務長官は、人質になった日本の三人の若者と自衛隊の兵士について「彼らのような市民や、危険を承知でイラクに派遣された兵士がいることを、日本の人々はとても誇りに思うべきだ」「私たちは『あなたは危険を冒した、あなたのせいだ』とは言えない。彼らを安全に取り戻すためにできる、あらゆることをする義務がある」（朝日新聞四月二十日朝刊）とインタヴューに答える。

パウエルの発言についてフリージャーナリストの玉木明は「外交辞令でここまでいえるとは思えない。日本の政府高官が同様の認識をもてないのは、しかるべき政治理念がないからではないか」（毎日新聞四月二十七日「メディアを読む」）と書くのだが、パウエルの「日本の人々はとても誇りに思うべきだ」という命令口調が外交辞令でないのは当然のことで、いわば、日本の政治家や政府高官より、物言いが戦争なれして洗練されているということだろう。戦時下のアメリカの国務長官は同盟国の日本も当然戦時下にあると思っているのだし、アメリカでは現実に多数の「市民」がイラクで「軍」のために働いているのだから、こう言わないでは戦争を遂行できないではないか。パウエルは、なにも人質になったジャーナリストやボランティアの若者たちの反戦的行動を誇りに思えと言ってるわけではなく、続けてちゃんと、報道規制のせいでやっていることといったら一日七〇トンの給水（フランスのNGOは一日七〇〇トン）としか見えないけれども「危険を承知でイラクに派遣された兵士」のことを誇りに思うべきだと言っているわけなのだから、パウエルと同様の認識を持つということは、現在のイラクを戦後ではなく戦中と認めること、自衛隊を軍隊と認めることを抜きには出来ないことなのだ。

　しかし、あまりにも洗練を欠いた自民党の若手議員中川昭一がまっ先に言い出したらしい救出費用の自己負担問題だの、石原のなりふりかまわない発言の単なる間抜けで粗野な国家主義者《ミリタリスト》ぶりにはあきれるというもので、「国家対個人のかかわり」がかつての日本人とずいぶん違うと、人質の家族の言動に腹を立てる都知事は、まさしく「国家対個人のかかわり」の一つである国民年金を未納で、費用の自己負担を、ドロンとした顔色の退廃した政治家顔のふくれっ面で言いつのった中川も未納という意識の低さは、むしろ「老後」の生活などはもちろん「自己責任」で「自己負担」が当然なのだから、「国家」の年金なんて、社会主義国じゃあるまいし、という意識のあらわれなのだろうし、週刊誌を中心としたメディアは、ずっと以前から年金制度はいずれ破綻するのはわかりきったことなのだから払ったって損するだけ、という気分を醸成しつづけていたし、つい最近まで、消費税の値上げ分が年金の資金になるなら賛成、というのがテレビの街頭インタヴューレベルでの常識だったではないか。

ラムズフェルド国防長官のグループがネオ・コンサバティヴと呼ばれていたのも、イラク人収容所の拷問事件（虐待事件と報道されるが、実態は虐待ではなく、あきらかに米軍による拷問である）で、ネオを付ける必要もない昔ながらの右翼のコンサバだということがバレたわけなのだが、日本のネオコン気取りで新自由主義気分なのかもしれない、自民党憲法調査会憲法改正プロジェクトチームの国会議員の谷川弥一は、憲法改正について「前文は日本語の上手な人に書いてもらいたい。村上春樹とか宮本輝とか」と、発言する。「信長時代の楽市楽座の発想はすごい。もともと自信をもった民族だと言うことを書いてほしい。間違った平等、人権が日本を毒している。この自然環境の中で生きていくには強さが必要だ、男は男としての力もいるんだという気持ちをどこかに出してほしい」（朝日新聞四月二十九日特集「憲法総点検」）と、悲痛な悲鳴とも聞える発言をしていて、こうした記事の場合、議員の年齢と選挙区を書いてもらいたいと思うのだが、衆院憲法調査会では中山正暉《まさあき》は「八百万《やおよろず》の神の思想というのは大事にしなきゃいけない」と言う。「家の中にも、どなたも一番恐れをなすおかみさんがいるわけで、そのすべてが神だ」と、戦前の結婚披露宴のバカおやじの祝辞の最低レベルの紋切り型を持ち出し、「そういうものをこれからの世界にちゃんと示すような、日本の体臭がする憲法を考えなきゃいけない」と老人の体臭をまきちらしながら言い、伊藤信太郎は「多くの国民は、実は自由から逃れたいとひそかに思っている」とファシズムチックに推測し、憲法で「この国の国民はこういう風にものを考えれば幸せになれるということを、おおまかに規定してほしいというのは、潜在的にマジョリティーの国民が持っている願望ではないか」と、まあ、テレビの番組を見ていれば、なんだかんだと言いはしても、基本的にテレビは自民党の文化政策と一心同体なのだから、なにも憲法の前文で言わなくったってと思いはするものの、そこがちょいと違うのだ、テレビと憲法では、というのが自民党の議員の浅はかで愚かしい政治意識というものなのだろう。「親孝行」「良き家庭を作る義務」と「男の優位」「自由の制限」が自民党の改憲派の「九条」を除いたうえでの願望なのだとしたら、前文は、春樹も輝もイイ線いってるかもしれないが、むろん、テレビドラマの女王、橋田壽賀子以上にふさわしい書き手はいないではないか。新憲法は「おしん憲法」である。

自民党《コンサバ》がこう自信を失った男の悲鳴のようにキャンキャン遠吠えしているのだから、右翼も惨めである。都知事が「爆弾仕掛けられて、当たり前の話だ」と発言した時、外務審議官宅に不審物を置いた建国義勇軍の設立者、村上一郎刀剣友の会会長（55）は「あんな立派な人物だって我々のやったことを肯定している」と喜んだそうで、四月二十九日朝日新聞の〈「みる・きく・はなす」はいま〉によると、建国義勇軍の一連の事件で起訴された十四人は五十歳の歯科医師（手製の爆発物を作った）、美容院を四店経営する四十八歳、脅迫文の清書をした五十六歳の会社員の他、脱サラの古物商、寺の住職、表札の彫刻職人といったふつうの人々なのだそうだ。村上会長は60年の浅沼社会党委員長刺殺事件を回想して「身の震えるような感動を覚えた」と、刀剣友の会の通販カタログの連載エッセイに書いていたというから、さしずめ、大江健三郎の『政治少年死す』（現在、正式には出版されていないのは『風流夢譚』と同じ）のオナニー常習者の右翼少年に似ていたかもしれない。「おお！キャロル」を聴きながら、刺殺《テロ》することを夢想してオナニーする大江の少年はマーマレード色の猫を飼っていたのだが、村上少年がどんな曲でオナニーするのが好きだったかはわからないが、小鳥が好きだったらしい。そう言えば、浅沼委員長を刺殺した少年は私立高校で、早朝一人で黙々と鳥の世話をしていたと彼の同級生に聞いたことがある。「新東宝」というアダ名のピンク映画好きのコンプレックス少年に誘われて、大江の主人公は父親＝母親的存在のたのもしく優しい会長のいる心やすらぐ右翼団体に入る。

建国義勇軍メンバーのふつうの中年男たちの、目立ちたがり屋のマッチョ風会長への消極的協力、という調子で書かれた記事を読んで、なにを連想したかというと、年に一度ＮＨＫでやる「熱血！　オヤジバトル」である。昔、バンドをやっていた中年男が集まってバンドを再結成して、愛する家族のため、とか、自分を取り戻すため、とかで、エレキでベンチャーズに、ビートルズ、アコースティックでウエスタンに再チャレンジ！　する番組である。建国義勇軍正式結成後、初めて自分たちのやったささやかな銃撃事件が「載ってる、載ってる」と昨年五月三十日夜、千葉県木更津市のすし屋で、新聞を手に興奮していた、という会長の姿は、「熱血！　ウヨクオヤジバトル」である。どちらにしても、自信を失い不安な保守・右翼のおやじたちにＮＨＫの文化的、政治的影響は大である。

貧乏ひまなし日記

二〇〇四年七月

「一枚の絵」（絵はほんとは旧字なのだが、書くのが面倒なので新字のまま）という洋画を描くのが趣味という人たちが読者対象とおぼしき不思議な雑誌があって、そこへ二年間連載していた『切り抜き美術館《スクラップ・ギャラリー》』が終了し、平凡社から単行本になるので、その打ち合わせのために編集者のKさんと会い、姉と三人で造本のイメージなどを話しあい、いつものようにトラーの病状を心配してくれる。完全な回復は望めないけれど、小康状態が維持できれば、十六歳なんだから、それでいい。

韓国の女性監督チョン・ジェウンの処女長篇作『子猫をお願い』のヤクルトホールの一般試写を見に行く。

私はもう見ていたのだが、もう一度見たいし、ユーロスペースで公開されてからでもいいとは思ったのだけれど、ユーロの試写室並みのスクリーンで見るより、どうせならヤクルトホールの大きなスクリーンで見たいし、初めて見る姉とKさんと会場で落ちあうことになっている編集者二人はその後で御飯を食べるというので、ほんとは『目白雑録《ひびのあれこれ》』の原稿を書きはじめる時期なのに出かけてしまう。

　これは本当に生き生きとした映画的才能に充ちた映画で、幾つもの素晴しい躍動感と繊細さにあふれたシーンで、映画の筋上の内容とは無関係に眼が熱くなる。女子商業高校の親友同士だった十九歳から二十歳の若い少女五人が仁川《インチョン》港の突風にさからって歩くシーン、失業中のイラストレーター志望の少女の住む崩れかかっているバラックの屋根裏部屋の小さな窓から、ひょいと屋根にとび出してしまった子猫を追って、少女が屋根に出るシーン、綿密なシナリオ（脚本もチョン・ジェウン）と音を効果的に使ったオーヴァーラップを介して、それぞれの悩みや不安を怒ったような沈黙で顔を浮腫《むく》ませた若い娘特有の独特なあの表情で歩く少女たちのシーンと体が弾けるような笑い。経済成長と家父長制がぴったり一致した家からの家出を決意して、壁にかかった大きなパネル張りの家族の記念写真から自分の姿をカッター・ナイフで切り抜き、お金を盗み出し、ささいな行き違いと沈黙のせいで少年保護施設に収容されていた友達の出所を出むかえるために、暗いうちから頭に懐中電灯をつけて本を読みながら施設の前で待つ少女。

　まさに、みずみずしさと大胆さと細心な巧妙さにあふれた驚嘆すべき処女作である。

　一緒に試写を見た女性誌の編集者は、じわーっとあふれる涙を拭きおえず席を立ったら、会場の通路で二十歳そこそこのＯＬ二人組が、いつもいつも女同士で集まって、馬鹿みたい、と見たばかりの映画の感想を話しているのを小耳にはさんだ、と言う。姉と私は、むっとして、韓国では二〇〇一年の「女性観客が選んだ今年最高の韓国映画」に選ばれたっていうのに、日本のOLは、ほんとに馬鹿なんだねえ、と言いあい、彼女は、日本のOLには三十歳を過ぎないとわからないのかもしれません、と答える。

ベネチア映画祭のプログラム・アドヴァイザーの仕事で多忙なTさんが、久美子さんのオブジェ作品に使えるかもしれないといって、いろいろなガラクタ宝物を可愛い箱一杯に詰めて持参してくれる。映画の話をして盛りあがって泊っていく。マノエル・ド・オリヴェイラの『永遠の語らい』を映画館で見たのだが（Kさんも見に行って、小さい子供の母子連れが多いので、びっくりしたと言っていた）衝撃的な爆弾テロのラスト・シーンでブーイングがおこったそうだ。Kさんの時は、母親が子供を抱きかかえて、なぐさめていたそうである。あれやこれやの原稿書きで、貧乏ヒマなし状態が続き、まだ見る時間がとれずに未見なので、早く行かなければならない。

貧乏ヒマなし、というのはどういうことかというと、いろいろ異論はあるかもしれないにしても、原稿を五十枚以上書くことと同時に新しい本を出すために書いた原稿の手入れと書き足しをすることが重なっている状態のことでもあるのだが、だいたい「一枚の絵」

の連載というのも、『噂の娘』の連載が終って、月々決って入って来る原稿料の減収が気になっていたところで引き受けたわけで、好きな絵を選んで、その絵についてのエッセイを書くなどということは、五十年以上生きて、いろいろ絵も見ているのだから、いくらでも材料に困ることがないから楽だろうと考えたのだったが、これが意外に苦労して、しかし、若い頃はかなり熱心に見ていたのに、その作品について触発されて書くことがまるで無いことに気がついた現代美術の作家がかなりの数いたのには、我ながら少し驚かされたのだった。中西夏之も赤瀬川原平も荒川修作もジャスパー・ジョーンズも、まるで書く気になれないのだ。二十六回の連載で、現代アートで選んだのは、エドワード・キンホルツで、現代小説の書き手で、チョイと意識的な作家なら普通は選ぶのに決ってるデュシャンも入っていない、ヘンパなスクラップ・ギャラリーなのだ。

「新潮」で断続的に連載をはじめる連作の短篇『ピース・オブ・ケーキとトゥワイス・トールド・テールズ』（タイトルが長くなっていやなんだけれど）のメモをパソコンに打ち込みながら、谷崎潤一郎の小説についてのメモも作る。谷崎論を書くつもりなどないのだが、『噂の娘』を書きながら気になっていたことを、ついでにまとめておく。『噂の娘』の続篇を短篇で幾つか書きたいと思っていて、こちらの方は「文學界」に書く予定があるものの、フォルダはまだ、ほとんど空っぽ。幾つかの単語と文章が並んでいるのだが、まだコントン状態。

予約しておいた美容室でカットとヘア・ダイ。店においてある「サライ」をパラパラしていると、男の有名人が得意の手料理を披露するページがあって、美容院に行くたびに読む雑誌なのだが、おおむね、このページに登場した料理というものは、私は全然食欲が湧かないタイプで、それはそれとして、その号で登場していたのは、バイオレンス系ハードボイルドで名の通っていた小説家（名前は忘れてしまった。だって、もともと興味のない分野の小説だもの）で、どんな料理を作っていたのかも覚えていないのだが、これから書く小説について、読者に阿《おもね》るものは決して書かない、だったか時流に阿るだったか、とにかくそういった発言をしていて、阿る、という言葉がなつかしい響きで、そういえばこういう言葉があったっけなあ、昔の大衆小説家や中間小説家がこういう言い方をして文士の矜持を誇示する一方、批評家もよく使ってたなあと、タイムスリップ気分。しかし、阿る、というのはどういうことなのか、実のところわからない。昔は、読者の低級な趣味にあわせて、エロ・グロ路線を踏襲することの意味に使われていたはずだが、今でもそうなのだろうか。

先月号にトラーの病気のことを書いたので、知人からお見舞いの手紙と品（アジの煮干しなど）がときどき、免疫力が弱って口内炎が出来るものだからレーザーの治療も受けているトラーには柔らかく煮て食べさせようと思ったのだが、小包を開く音をききつけて、物も言わず走って来てビニール袋に爪を立ててやぶり、小アジの煮干しを咥え出してガリガリかぶりつくので、一瞬拍子抜けという気分にもなるが、まあ嬉しいことは嬉しい。レーザーが良く効果を発揮していて、ほっとする。通っている病院（猫を抱えていなければ歩いて五分、キャリー・バッグに入れて抱えると八分の距離）には、六・四キロの腎不全の猫をバッグに入れて運び、徹夜つづきの仕事（マンガ家）の疲れで待合室でコックリして居眠りしてしまう若い女性もいると先生は言うし、先生自身、要介護の老人二人を抱えているというし、家は姉と二人で交互に猫入りキャリーを持って通院するのだから、老猫一匹の介護くらい、そう大変なことでもないはずなのだけれど（どう考えてみても）、なにしろ、臆面もなく大好きなトラーちゃまなので、つい、あられもなくなる傾向があるのが、まあ愚かしいかぎりだと認識だけはしているのだが、してることにもならないか。

大量にいただいた南高梅で恒例の梅酒を漬け、あれこれと家事を片づけてから、家に来てくださっている（家では「電脳奇女」と呼んでいる）パソコンのインストラクターと、MACのOSXを導入する計画を話しあう。むろん、私には必要ないのだが、姉には必要。授業は簡単にすませて宿題を出され、ビール↓日本酒↓ワイン↓マール（シャンパンのしぼりかすで作った強いブランデー）で、あれこれのバカ話が弾み、Tさん（これは「電影奇女」）も電脳奇女も独身で、こちらは老嬢二人の生活だから気楽さのせいで飲みはじめるとつい遅くなる。某新聞社の部長に仕事上のことで不快な目にあわされた奇女の話を聞いて、ああ、あそこはね、と、思い出したのが、同じ社の記者に先生の『聖少女』は高校生の時に読みましたと言われたことで、それを去ること三十年程前、別の新聞社の文芸記者が銀座のすし屋で石川淳に、先生の『焼跡のマリア』を学生時代に読んでショックを受けたと言っているのを聞いた時、石川淳が顔色一つ変えず、ウン、ウンと言ってお酒を飲んでいたことを思い出した。その時は、ショックを受けたという小説のタイトルを間違えられても、これくらいの年齢になると超然としているんだなあ、と感心したものだったが、この年になってみれば、私も全然平気なのだった。ウン、ウン、倉橋由美子さんのね、と答えてお酒を飲みつづけるのみ。倉橋由美子といえば、これは十五年くらい前だったろうか、取りつぎ会社の出している新刊案内の小冊子の読者投稿欄に、昔は自分も小説を読み、ひたったことを、お客が置いていった御誌をふと手に取って読みながら、なつかしく思い出し、中でも忘れ難いのが倉橋由美子の『スキヤキストQの冒険』云々、という文章が載っていて、これは誤植なんだろうと思ったのだったが、文末の名前の後に36歳・調理師、と書いてあったのには、はたして誤植なのか、それとも〈ママ〉なのか首をひねってしまい、そのことを当時同じアパートに住んでいた知人の女性に話すと、少し顔を赤らめて、あたしは今まで、ずっと『ミスキャストQの冒険』だと思っていた、と言うのだった。正しいタイトルは『スミヤキストQの冒険』で、イタリア統一の功労者ジョゼッペ・ガリバルディの率いる義勇軍が炭焼党と呼ばれていたところから、スミヤキストというタイトルが出来たと思っていたのだが、書いているうちに、なんとなくあやふやな気がしてきてしまうし、どんな小説だったのか思い出せない。家に本はあっただろうか。調べるのも疲れるのでやめておこう。

ところで、定期的収入を、小説やエッセイの連載で得ようという考え方は、冷静な目で見ればツナワタリも同断の危険さで、トラーではなしに自分が病気になったら、どうなるのか？　と、ふと考え込んでしまうのだけれど、そこが貧乏ヒマなしの辛いところで、まだ書きたい小説があると思うと、なんだか貯金があるような気になってしまい、ビンボーといえば、ビンボー・ダナオという俳優なのかコメディアンなのか、たしかフィリピンだかマレーシアだかの人がいて、ずっと昔、淡路恵子と結婚していたことがあったのを今、ふと思い出したのだが、インドネシアというと、その政治状況がNHKのニュースで報道されるたびに必ず、〈世界最大のイスラム教徒を抱える〉というのはどういうつもりなのだろう。国民の九〇％だか八〇％がムスリムという国で、抱えるはないだろう。国民の八〇％（九〇％だったかも）がイスラム教徒であるインドネシアでいいのである。抱えるとくれば、たいていの場合〈問題〉であって、仮りにムスリムの全てが貧困層に属しているのだとしても、抱えているのはムスリムではなく貧困の問題ということになる。

佐世保でおきた小学生の少女の殺人事件の報道も最初の頃は、十二歳の女の子が殺され、犯人は同級生の女子児童とアナウンサーが原稿を読みあげていたし、同じように被害者女性はOLか女性社員、殺人犯や横領犯になるとOLではなく女子社員とか女子職員となる（容疑者の場合は女性社員）のも、なんとなく違和感があっておかしいのだけれど、主婦と女子学生は、殺されても殺しても名称に変化はない。ところで、アメリカが本社の日本の通信販売の服のサイズには、レディースとウーマンというのがあり、これは犯罪の被害者と加害者ではもちろんないのだけれど、ウーマンの方が大判サイズである。女子児童という日常的には耳慣れない言い方は文部行政用語として、無色透明なものなのかもしれないが、被害者の女の子という言葉と同時に使われることで、名称と内容のひずみ（負荷として、女性社員を女の子と呼ぶ、今でもあるのかもしれない習慣のような）を、別のかたちで浮かびあがらせている。去年あたり、女性という呼び名にくくられるのも、もちろん、ギャルや女の子などは論外だし、女も、オンナも、おんなもピントがずれてるし、ましてや婦人においてをや、といった意味合いで〈女子〉という言い方が少し流行ったのだが、そこに含ませようとしたニュアンスは理解できるものの、どうも〈女子〉という言葉は行政管轄的で、とても好きになれない。

『目白雑録《ひびのあれこれ》』単行本の見本刷りがとどく。

私の場合は、姉がブックデザインをやるから、カヴァーや表紙の色校正の出た段階で、どういう本になるかイメージはつかめているのだが、見本刷りを見る時には、姉も私も幾分ワクワクする。本をとどけに来てくれた担当編集者と一緒に、お世話になりました、こちらこそ、おかげさまで、とても良い本が出来て、と、どっちも同じような決り文句を口にして、私としては、一人でためつすがめつ出来たての本をページをめくってパラパラ読んだりして、眺めていたいし、姉もそうらしいので、本の出来た日はお互いに、早く自室にこもることになる。

絵やオブジェを完成させたり、小説を書きおえた時とは別種の、一冊の本が出来あがった時の興奮というものがあって、それを手にするたびに、私は本によって作られてきたのだ、という気がややオーヴァーにして、子供の頃から表紙を開いては読んだ様々な本の感触が呼びさまされ、あんなに好きだったんだもの、ほらあ、やっぱり、私たちは本を作ったじゃないか、という幼稚な誇らしさを、電気を消した部屋の寝床の中でそっと微笑で呑み込む。

「ラスト・エンペラー」と共に老いる　二〇〇四年八月

以前から薄々その徴候はあったのだが六月の半ば頃、左の膝の痛みと腰痛が、これは医者に行くべきではないかという程度の重苦しさに達し、これでは座って原稿を書くという気分にはとてもなれないので、重い腰をあげて近所の形成外科へ行ったのだったが、原因は、はっきり言えばとは医者の言い方で、私にとっては、もちろん加齢による腰と膝の軟骨のすり減りで、骨密度も調べたところ、これが年齢の割には低いパーセントで、このままでは、あの、老婆層の症状として名高い骨粗鬆症になる、というのだった。で、どうするか? カルシウムとV・D、タンパク質を積極的に摂取して毎日運動をする、というのが診断。骨密度というのは閉経後に極度に落ちるというのは知ってはいたし、運動はともかく、カルシウムの摂取量はなんとなく足りているつもりで、それに骨密度には遺伝的要素もあるというので(母が死ぬまで高さを自慢していたのである。焼き上った骨もまっ白でしっかりしていた)、なんとなく安心もしていたので、これには、いわば寝耳に水で、どのくらいの分量のカルシウムを食事で摂っているか計算してみたら、やっぱり足りていない。

さっそく、カルシウムとV・D摂取メニューを考えるが、運動の方は、ウォーキングがおすすめ、と言われても膝も痛いのだから、別の運動を考えなければならない。腰痛・膝痛には筋肉で天然のサポーターを作るのが一番、なので、いやいやながら、これもさっそく実行することに決める。それも、痛みがないかぎり毎日である。

なあんだかさあ、急に年とったみたいな気分だよ、と言いつつ『家庭の医学』のカルシウムの項目を読んでいると、これが不足すると苛々という症状があらわれるというので、なあんだ、こう苛々するのはアルツハイマーかって心配してたけど、なあんだ、なんのことはない、カルシウムが不足だったんだネー、と姉と笑うが、骨粗鬆症で控えなければならないのは「過度の喫煙・飲酒」と書いてあるのには、それはどんな病気だってそうだろう、と苛々するので、ほらカルシウム、カルシウム、である。

夜になって、すっかり老女気分だから、年寄りにふさわしい本でも読みながら、寝そべって出来る腹筋と背筋、大腿四頭筋のエクササイズをしようと思い、『円朝怪談集』を寝床で読みながらエクササイズ一通り十分をやっていると、トラーが外から帰ってきて、御飯も食べず水も飲まず、バスケットの中に入って眠ってしまう。こちらも眠くなってそのまま眠り、翌日の朝というか午前中、起きぬけにミルク・ティーを飲んでいると、眠っているトラーの様子を見に行った姉が、トラーがアクビをしたのだけれど、右側の上下の犬歯が、どうも無くなっている、と言う。一昨年、シソーノーローで奥歯の抜歯手術はしたし、若い頃、左の上の犬歯をケンカで半分欠いてきたこともあったけれど、昨日の夕方まで何ともなかった歯が無くなっているのは、やっぱり老猫だしシソーノーローの傾向もあったから、それで抜けちゃったのかもしれない、そういう話は猫を飼ってる知人からよく聞いたことがある、などと言いあいつつ、とりあえず医者に連れて行ったのだが、なにしろ、加齢による腰痛と膝痛の御法度の一つが、重い物を持たない、であるところに、老猫とはいえ六キロの猫を運ぶのは老姉妹には辛いところがある。診察の結果は、右上下の犬歯は抜けたのではなく欠けたもので、たとえば走っている自動車にぶつかったりして欠けたのだとすれば、当然顔面が腫れたりしているはずで、考えられるのは相当に堅いものに嚙みついた結果ではないか、樹木とかコンクリートの門柱に嚙みつくことも考えられないから、やはり猫とケンカして嚙みついた結果欠けたものと考えられる、というもので、歯茎にもダメージがあるので、とりあえず注射をしてもらったのだが、猫エイズのキャリアで腎臓の機能が低下している老猫が、なんで歯を二本欠くようなケンカをするのか、飼主はゲッソリだし、相手の猫（不明）のケガの度合も気にかかる。嚙みついた若い猫の丈夫な堅い皮（なにしろ三味線になるくらいの）にあたって、相手にダメージをおわせる前に、なにしろ老猫だから、歯の質も弱っていて、ポキッと折れちゃったのかもしれない。

老俠一匹である。獣医の先生は「一人っ猫《こ》でおかあさん二人だから、甘えん坊で猫嫌い」とトラーのことを言うのだけれど、私たちは、中国の一人っ子政策で生れた子供が、一人っ子のせいで両親の四人の祖父母、両親にチヤホヤされ、いたれりつくせりに育てられている様を「小皇帝」と呼ぶという新聞記事をずっと以前読んだ時以来、トラーに「エンペラーちゃま」という仇名をつけ、自分たちは、だから西太后に東太后だよね、と言ってきたのである。自家製イカの塩カラの好きなエンペラーちゃまは、しかし、イカのエンペラの部分はお口に合わない。で、腰痛と膝痛、それに骨密度問題もあって、もう、トラーが死んだら猫を飼う体力はないから、トラーは「ラスト・エンペラー」ということになる、などと喋りながら買物に出かけ、家から歩いて二分かそこらの区の公園の前を通りかかると、樹影のベンチに座ってホームレスの男性二人が食事をしていて、その足もとに小柄な赤トラブチの猫が、ノザキのコンビーフかんの蓋に載せたコンビーフを少し分けてもらって食べているので、トラーは肉はまるで食べない猫なので少し驚いてしまう。ホームレスは食パンにコンビーフとトマトとキュウリのサンドイッチをベンチで作って食べていて、これはそれぞれの食品の匂いが風に乗ってプンとして、おいしそうだったから、コンビーフ・サンドが食べたくなり買物のメニューにコンビーフも加えることに決めたのだった。私たちとしてはローマイヤのコンビーフじゃないと、油脂分が多すぎて食べたくないのが、ちょっと、まあ、ゼイタクで、この場合なんだよね、と言いあい、買物をすませて、かれこれ一時間たって公園の前をまた通ると、猫はもういなくてホームレスの二人（年齢は、まあ、五十代後半くらいか）は、食事をおえて四六判の単行本を読んでいた。現在のホームレスの実態とはかけ離れた感想だということは重々承知のうえで、ついジャン・ルノワールの『素晴しき放浪者』のミッシェル・シモン演じる永遠の放浪者ブーデュを思い出してしまう。ブーデュと一緒にいて、パンを分けてもらうのは黒いプードルの雑種の野良犬で、それに彼は本は読まない。ひょんなことから住みつくことになったセーヌ河岸の古本屋で留守番をしていて、『悪の華』の初版本（これは知人の持っているのを見たことがあるけれど、本物の手刷りマーブル紙が使用されているから、一冊ごとに微妙に違っているはず）を受け取りに来た客に、悪の花だって？　なに言ってんだ、ここは花屋じゃないよ、と憤然と答える人物である。

ノザキのコンビーフと『素晴しき放浪者』で思い出したのだが、何年か前、野崎歓氏がルノワール論を上梓した時、青山ブックセンターのABCホールでトーク・ショーのゲストに招かれた時、ルノワールはなんであんな下品で無作法で野蛮なガマンならない男を主人公にしたのでしょうか、と、ブーデュについて質問したヘンな若者後期の野郎がいたのだった。そいつが何を言っているのか理解するのに時間がかかったくらいの思いがけない質問だった。まあね、ニック・ノルティーがブーデュを演《や》ったハリウッド版のリメイクについてなら、下品、無作法、野蛮、ガマンできない、という言葉はふさわしいというものだが――。

梅雨らしい雨も降らず、今年の夏は猛暑の日が続く。歩くと膝は痛いし、字を書くと腕の筋と親指に痛みが走るし、寝そべって右手で本を持って読む（開いた本の表紙が内側になるように背のところで折り、表1と表4の間に人差指を入れ、偶数ページを親指で押え、奇数ページを残りの指で押え、奇数ページを読む時は左手を使う）と、時々親指に痛みが走って本を落しそうになる。暑いし、膝と腕は痛いし、骨密度は低いし、疲れる。そういう状態で気分は乗らないのだけれども、六月三十日に青山ブックセンターで『目白雑録《ひびのあれこれ》』のトーク・ショーとサイン会の時に着る夏服を買いに行く。夏のよそゆきというものを持ってないのだ。目白のブティックで、歩いて五分もかからないところで、この店はバーゲンというものがないから、正規の値段で買うことになり、そういえば、バーゲンでなしに服を買うのも一年振りのことになると気がついたのだったが、疲れているし、こう、なんとなく、気持に、消費するぞっ！　という弾みがつかないまま、紺色の着物地風の縞の麻のブラウスとパンツのセットとグレーのサマー・ウールのパンツを買ったものの、何着もの試着をしてすっかり汗だく。家に戻って、新しい服に合わせる靴とバッグとアクセサリーを出して来て検討するのが、また疲れる。トーク・ショーは自分の本の宣伝なので、下調べ無用が助かるというところだ。

トーク・ショーの後のサイン会で、若い女性が、そのバングル（と私の着けていたのを指さして）、服に合わせたんですか？　と訊くので、むっとなり、あなたは服に合わせないでアクセサリーを着けるわけ？　と言ってやろうかと思ったけれど、まあ、いいや、本を買ってくれたんだし、と思い直して、ニッコリ笑って、そうですよ、と、おばさんぽく答える。彼女の真意は、アクセサリーと服が見事にコーディネイトされている、と言いたかったのであり、ただ、表現力が不足しているだけなのだろう。

歯が二本欠けたものの、トラーの体調はまずまずで、こちらも薬の飲ませ方がかなり上手になったから、猫の顔を上向きにして固定し、口の端を右手親指と中指で広げながら押え、人差指で下の犬歯の間を押えて動かないようにした瞬間、姉が指につまんだ薬を咽喉の奥に押し込み、指をさっと口から離した瞬間に、口を押えていた私が指を離してトラーの口を閉じて、薬を飲み込んだのを確認する、という東西太后二人がかりの一日二回の投薬の儀に、以前程のストレスはないのだが、しかし、十回に一度くらい、投薬の儀が屈辱的な姿勢をとらされるせいで嫌いな小皇帝《エンペラーちゃま》に爪をたてられる。

参院選である。自民党から二度、共産党のボランティアのおやじから三度（別々のおやじ）。面倒臭いから、ハイ、もう決ってます、と答えるのだが、自民党はバカで、もう決っている、と答えると、どこにか、とは訊かず、そーですか、と沈んだ調子の、年金問題がなあ、響くよなあ、とでもいった思い入れの声を出して電話を切り、共産党は、共産党に入れますよ、と言うと、アリガトーゴザイマス。共産党が勝利して政権を取りましたらですネ、年金法案廃案、多国籍軍からの自衛隊撤退を実現させますから、と夢見がちに喋るので、なんとなく、森崎東の『喜劇　女は度胸』の河原崎建三の顔を連想してしまい、票は入れないに決ってるから、頑張ってください、と言ってやる。頑張るという、どんな場合でも使われて、テレビを見ていると一日に何回でも耳にする言葉は、もちろん、私の辞書にはない。ひとみさん、家族に会えるまで頑張ってね、試合（サッカー、野球、その他あらゆるスポーツ）では頑張ります、とか、小泉首相にいたっては、確かあれは栄養剤か何かのバブル以前のコマーシャル・ソング、ガンバラナクッチャ、ガンバラナクッチャ、と、なんかもう、失認症とか離人症なのではと疑いたくなるうわの空さで口遊《くちずさ》む始末。

と、こう書いていても腕と親指が熱っぽくて痛いのだが、さあ、もうひとハリキリ。

ギャアギャアギャア、誰が出ていても喋りまくってうるさいので音を消してテレビを見ていたら、ユビキタスの東大教授坂村健（といっても、そう知られた面《ツラ》ではないか）にそっくりでもっと脂ぎって小ずるそうな公明党の神崎代表が何んだか叫んでいて、その間に短く片岡千恵蔵の遠山金四郎の映像が二度インサートされる。公明党の選挙コマーシャルである。千恵蔵なんて、まず五十代以上の者しか知りはしないのだから、公明党は四十代以下の票はアテにしてない、ということなのだろう。それにしてもである。神崎と千恵蔵《おれ》の顔を、交互に映すというのは、いってェ、どういうことだィ。官製正義と庶民の味方で、神崎と千恵蔵がおんなし、というつもりなんだろうが、ヤイヤイ、自惚れるのもいい加減にしねえ、いずれはヤクザ映画路線に追われて引退こそすれ、おれも千恵蔵、おめえも東映時代劇の歴史を知らぬ年でもあるまいに、畏れを知らぬ不届き者め！　言っても言い足りぬわっ、その方《ほう》の面《ツラ》は、せいぜいテレビの水戸黄門の悪代官演じる三文役者というとこだノウ（と、ここで千恵蔵はニッコリ笑う）。神崎「へへっー、おそれいってございます」

若い有権者は、千恵蔵は知らなくても『知恵蔵』（という『現代用語の基礎知識』の朝日新聞社ヴァージョンがあるのだ）は知っているということもないだろうし、考えてみれば、あたりまえのことなのだが、二十代前半の青年に千恵蔵主演の戦前の時代劇『春秋一刀流』のことを説明していて平手造酒《みき》が出て来るんだけどね、と言うと、片岡千恵蔵というのは聞いたことありますけど、僕、恥ずかしいんですけど、平手造酒って俳優、知りません、と答えられて、一瞬目を白黒させてから噴き出してしまったのが、もう十年前のことである、などと姉と喋っていると、今度はピンクのスーツを着た社民の福島瑞穂が出て来て、共産党のボランティアほどとんではいないけれど、とても選挙民の支持は得られそうもない原理主義的なことを口をとがらせて喋る。

神崎がテレビ時代劇の悪代官ならば、うーん、と姉。ミズホはさしずめ、女子高校の卒業生送別演芸会で、ポーシャを演《や》ったという、優等生《あれ》だね。ちなみに、ポーシャというのは『ベニスの商人』（の経済学、ではなくシェークスピアの）の、判事に扮装して名裁きをする賢いお姫さまのこと。

夏が来れば思い出す　二〇〇四年九月

七月十九日の夕方、都心の気温が40度になったのは、94年の夏以来のことなのだとテレビも新聞も「異常気象」の「猛暑」を大々的に伝えているので、そうだったか、と思い出したのが、十年前の40度の日のことで、午前中ゴミ置場に燃えるゴミを出しに行くと、腕や脚の肌がヒリヒリというかチリチリと痛く、眼球がクラクラして『熱いトタン屋根の上の猫』なんてものではなく、人間鉄板焼き状態じゃないかとあえいだにもかかわらず、今ではとてもとても考えられないことには、予定に入っていたアテネ・フランセ文化センター（エレヴェーターの無い建物の四階！）に映画を見に行ったのだった。

さすがに、水道橋から上りの坂をアテネまで歩く気にはなれず、目白からタクシーで行ったものの、右折が出来ないのでアテネの建物の前で車はとめられず、一歩車から降りると焼けつくような熱さの道を横切って、あえぎながら四階分の階段をのぼり、へたり込むように事務室の椅子に座り込んで声も出ず、所長の松本さんに目顔で挨拶すると、今、もう、そろそろ終る時分だけれど、山田宏一さんがニコラス・レイの試写を見てます、と言うのだった。千石の三百人劇場でニコラス・レイ特集を上映するための準備で、たしか『孤独な場所で』を見ていたはずなのだが、こちらはいくらタクシーに乗ってきたとはいっても、熱気が体にこもって『火刑台上のジャンヌ・ダルク』状態であえいでいるところに、ドアを開けて出て来た山田宏一が、開口一番、寒い寒い（一人で会場にいたので冷房がガンガンきいていた、ということなのだが）と言うので、事情は飲み込めているものの、コミュニケーションのギャップの温度差という言葉が頭に浮かんで、苛々したのだった。

ところで、その日、姉と私はヒート・ウェーヴの中、アテネ・フランセに何を見に行ったのだろうか。ゴダールのヴィデオの短篇だったような気がするのだが、ちょっと曖昧で、何冊かのグラフ雑誌の広告ページを破りとって斜面になっている野原（牧草だったかな？）に並べ、広告のページを除いてしまえば、本体の雑誌部分はこれだけ、というゴダール的単純さというか、人によってはコロンブスの卵と言うのかもしれない、資本＝メディア批判のヴィデオ作品だった記憶がある。

三百人劇場は今、小林正樹特集上映をやっていて新聞の広告には小林の名に、「巨星」という言葉が冠せられている。「巨星」といえば、私が思い浮かべるのは毛沢東が死んだ時の新聞の一面の大見出し「巨星墜つ」と、ジーグフェルド・フォーリーズの大興行主の伝記ミュージカル映画『巨星ジーグフェルド』で、ぜんぜん小林正樹ではない。

六月から猛暑が続いていて、暑さには滅法強いトラーは体調がいいようなのだが、夜中というかあけ方近くに、ぼうーっと放心したような様子で帰ってきて、机の下にもぐり込んでしまう。放心したような顔付き（かつて、任侠映画のクライマックスの斬りあいの後、放心した顔で高倉健や鶴田浩二が歩くシーンのような、と、姉）でトラーが帰って来た時はかならずケンカ（猫と）をした時で、案の定、今度は左耳が血まみれで、おまけにゲエッ、ついこないだ二本欠いてきて二本残っていた犬歯が一本になっていた！

獣医院につれて行ってケガの治療。耳の付根の少し上に、ズラリと三つ、はっきりと相手の猫の歯型が丸い穴になっていて、二度嚙まれて四つの穴のところを、一つは軽くすんだのだろう。獣医の新井先生曰く、ピアスを幾つも並べて着けるのあるじゃないですか、トラーちゃんの耳ったら、それみたい。

『赤毛のアン』のモンゴメリーの短篇に、引退した老船員が船で飼っていて陸でも一緒に暮している老猫の話があって、その猫は両耳に穴を空けてそこに小さな絹のリボンを結んでもらっているのだったが、そんなら、トラーにも小っちゃいダイヤのピアスを二つ（安売り店オリンピックの新聞折り込み広告で、一九、八〇〇円で売っていたのだ）着けてやりたかったね、似合うんじゃない？　エンペラーちゃまにふさわしい、と、姉と言いあうが、二人とも内心はバカ猫のマッチョぶりにうんざりして、あきれ果てている。最後の一兵まで、というミリタリイ壮挙美談用語があるけれど、最後の一本まで闘うつもりなんだろうか。ほんとに、飼主の穏やかさに似てない猫である。

そうこうしていた時、担当編集者のOさんからメールで、青山ブックセンターの営業中止を知る。六月末、ABCで『目白雑録《ひびのあれこれ》』のトーク・ショーをやったばかりで、その後の飲み会で、去年、長い間の大の友達だった老犬を亡くして落ち込んでいた、いつもは元気なABCのTさん（顔が、あの、ルインスキーさんに似ている）が、こうなったら（愛犬がいなくなってしまったのだから）、金井さんっ、あたし、これまで以上に本を売って、売って、売りまくってやるっ！　と叫ぶので、そうそう、その意気だよっ、とカンパイしてから、ほぼ二週間である。

七月二十二日付毎日新聞夕刊には、青山ブックセンターでも「売れないんですよお」という翻訳小説の中で例外なのかもしれない（どうだろうか？）村上春樹訳『レイモンド・カーヴァー全集』（全八巻、中央公論新社）が完結したのを、村上春樹さんに聞く、という紙面の半分を使った記事が、全巻の翻訳アドヴァイザー柴田元幸のコメントと共に載っており、その下に「青山ブックセンターに支援の輪」という小さな記事が載っている。

〈ABCは、人文・アート系など個性的な品ぞろえと深夜営業で、80年代から根強い人気があった。今月16日に債権者の取次会社が東京地裁に破産を申し立てたため、都内と神奈川県内の計7店舗を閉店した。関係者によると、バブル時代の不動産投資の失敗が原因。書店としては健全経営で、六本木店の坪効率（一坪あたりの売り上げ）は日本で最も大きいはずだという。洋書専門の取次会社「洋販」の賀川洋社長も「全面支援」を打ち出している。「プライドを持った優秀な店員をはじめ、個性的な棚作りで日本の文化を担った書店を廃業させるわけにはいかない。経営再建の選択肢はいろいろあると思う。結果はわからないがイニシアチブをとっていきたい」

また、出版社の編集者や文学者らも、ABCの存続と再建を求めEメールでの署名活動を始めた。今週中にも、米国人作家を含む数百人分の署名を集め、ABCの代理人を通じて東京地裁に提出する予定だ。ある編集者は「少しでも決定を遅らせて（地裁の破産宣告のことである、引用者注）その間に再建計画が決まればいい」と話している。〉

このEメール署名の要請文は、幸福の手紙のように私のところにも来て、発起人の一人は柴田元幸で、代表者というか、署名メールの宛先は研究社の編集者になっている。なんともセンチメンタルな調子の文章を引用したいところだが（メグ・ライアンが大型書店のせいで店をたたまざるを得なくなるロマンチックで良心的な児童書専門店の経営者を演じる『ユー・ガット・メール』より、もっともっと感傷的で、ホロリ）、それに代えて、親しい編集者の一人が、メールを読んでゲェゲェしたからすぐゴミ箱に捨てた、と電話で言っていたことと、別の親しい編集者は、裁判所の破産宣告を署名活動でどうにかすることが出来るのか、と、メールを出したところ返信なし、と伝えてきたことを記しておくことにする。青山ブックセンター閉店の第一報の記事には、すでに洋販が再建支援をする動きが伝えられていたのだから、署名活動はようするに本屋を愛する「善意」と「良心」を示すためのものだったのだろうか。

　なんだか署名活動は腑におちないと言いあい、姉が知人のM弁護士にメールと電話をかける。彼は全然違うけれど、弁護士には相当がめつい奴（なんという古語……）がいて、法律相談事務のあとで依頼者が食事に誘って（むろん、食事代は依頼者払い）食事をしたところ、その時間の料金も請求された、という話を知人に聞いたことがある。全然がめつくないMさんは、債権者が破産を申し立てる、というケースについては、常識的にこういうことが考えられる、とメールを返信してくれて、具体的な細部はわからないけれど、なんとなく事情は飲みこめたものの、「噂の眞相」をやってるわけではないし、Mさんに法律相談をしたわけではないのだから、ここには書かない。どっちにしても、青山本店、六本木店は再建が決ったと文化通信のメールは伝えてきた。「メール署名活動」は、署名運動全般と同じで「善意」と「良心」のあらわれということなのだろうが、あの、ハイな呼びかけ文章は、一読気味が悪かったなあ、と言いあって、お金は出さないで、署名活動で倒産がどうにかなるなら、知人の弟夫婦だって自殺しないですんだよ、と、なんともむかむかするし、暑苦しい。

　そうこうしているうちに八月で、今年は中上健次の十三回忌で、熊野大学のシンポジウムのテーマは「中上健次と近代文学の終り」だそうで、むろん、柄谷行人の最近の主張を受けたものなのだろう。シンポジウムには何の興味もないけれど、十三回忌かあ、ヘンな子だったよね、と姉が言う。トラーが去勢猫だって知ると、そんなこととして、かあいそうじゃないか、ひどいじゃないか、おれが猫だったら、そこいらのメス猫全部に何匹も子猫を産ませるよ、なんて言っちゃってさ。おまけに私のベリーショートの髪型と着ている服にも、どうして、あんたはそうかなあ、と文句を付け、おれが女だったら、こう、ロングでウェーヴもカールも付けて、思いっきりセクシーなドレス着て男を誘惑するけどなあ、と言うのだった。……中上健次の、リタ・ヘイワース。……。

五十九回目の原爆記念日である。ずっと前、俵万智の『サラダ記念日』が大ベストセラーだった時、「広島がいいねとトルーマンが言ったので八月六日は原爆記念日」という狂歌を作って（元歌は、「この味がいいね」と君が言ったから七月六日はサラダ記念日、というのである。念のため）、たまたま映画批評家の山根貞男と上野昂志に披露したところ、ヘンな顔をされて、おもしろいと言えばおもしろいけど、なんだかどっかから文句が出そうな気がするなあ、と言われたのを思い出す。平出隆は詩人だけのことがあって（ということは、俵万智の言語感覚を容認しないので）、この狂歌に大笑いしたものである。

プロ野球が一リーグになっても二リーグのままでも、むろん私にはどうでもいいことで、球場でセ・リーグの試合を見たのは四年前が最後だし、パ・リーグにいたっては十年以上も球場に行っていない。読売新聞の販売勧誘員は新聞をとってくれたら巨人戦の切符をやると鼻息も荒く自慢そうに言うので、それがむかっときて読売新聞もとっていないのだが、傘下の「中央公論」は毎月とどくので、読売側の主張も知ることは出来る。それも実は大して興味があるわけではないのだが、その老醜ぶりにげっそりするのがオーナーの渡邉恒雄。会議のあった室内から、出っぱった腹のせいでふんぞり返って座っているとへそ下までずり下るらしいズボンを両手でずり上げながら出て来るのが、トイレで用便をすませて、これから手を洗うといった状態に見える。で、近鉄を買うと名乗りをあげたライブドアの社長について、ベンチャーだか便所だか知らないが、と吠えるので、もう、何か吠えるのは手を洗ってからにしなさいね、とテレビを見ながら思うのだが、ライブドアはライブドアで「老害日本をぶっ壊せ！」とやらで『稼ぐが勝ち』というミもフタもないタイトルの本を出すわけだから、恒雄の発言も生きてくるというものだ。

　暑気払いに女の友達たち総勢六人で、銀座で火鍋を食べ、近くのバーで流しのアコーディオンの伴奏付きで十二時まで歌い、まだ足りないので西麻布のカラオケということになった。狂乱の一夜の翌日、届いた文芸雑誌の類いをパラパラめくっていると、姉が「新潮」には柱がないので、いちいち目次を開き直して確かめなければならないのが面倒だと言い、疲れきってぼうーっとしている私は、いいんだよ、どうせ誰も読まないんだから、とうわの空で答えていたのだが、しばらくして、やだ、あたしの教え子が芥川賞もらった、と言う。何年か前、一年間、ジャーナリスト専門学校（通称ジャナ専）で姉が「小説を読む」という授業を渡部直己に頼まれてやっていた時、受講していた一人なのだった。「文學界」九月号の新人賞受賞者モブ・ノリオのインタヴューの中で、授業にはほとんど出て、一年間だったけどおもしろかった、「本なんか読んだって、何の役にも立たないけど」みたいな感じで、と言っている。この授業には、「早稲田文学」編集長の市川真人《まこと》や文芸評論家の池田雄一、エコール・ノルマルでシャトーブリアン研究をしている片岡大右《だいすけ》（ロブ＝グリエ論も面白かった）がいて、一年間、授業をした姉の感想は、小説を心から楽しんで読む子たちが多かったということで、教師として、小説や評論を書くことなんか教えられるはずがないのはわかりきっているのだから、読むことの快楽の役に立たなさ、なら経験を踏まえて伝えられる、と言って引き受けたのだった。生徒たちの宿題のレポートは、なんとなく私も読んでいたけれど、この子はもう少し勉強すれば小説が書けそうだな（芥川賞もらうのはともかく）、という程度の感性を感じさせる小説読後のレポートの文章は、一年の終りの頃には二、三人が書いていたから、私の姉は、と、私としては自慢するわけだが、なかなかの教師的才能も持っているのだ！

　まだまだ、最低気温が25度をこえる暑い日が続きそうで、げっそりする。今年は暑さのせいで果物がおいしいからジャムを煮ようと言いつつ、なかなか体が動かない。

　近所の皮膚科の医院（十年来、季節のかわり目に行く）に普段使いの化粧水と乳液を買いに行くと、医者が、もう、金井さんたら、小説家だったんだあ、と騒ぐ。文芸家協会の保険証使っているんだけど。本屋で『目白雑録《ひびのあれこれ》』を見て、御当地本だと思って買ったらしい。というわけで、目白で何冊か本が売れたはずだ。

灰かぶりキャベツ、その他

二〇〇四年十月

NHKのニュースで、一言めにはオリンピック（というより、日本に金メダル！ と喚くのだが）、二言めには台風というオリンピック報道編成が終り、一言めに大型台風接近が報じられていた八月の二十八日の午前三時半に家を出ていった老猫トラーが、都心で風速三五メートルの強風が吹き荒れた夜を含めた四日間、行方不明になっていた。

私は夏風邪が長びいて胃腸が弱っているうえに歯肉炎で物が食べられないという状態の時で、絶望的な気分になる。家にやって来て一年目の夏、やはり台風が東京を通過した時、四日間行方不明になっていたことがあったのだけれど、その頃と今では猫の体力が違うわけで、病身なのだし心臓発作で死ぬ可能性や自動車事故死も含めて「覚悟」はしとこうね、と姉と言いあいながらも、やっぱり、つい、ポスターを作って獣医院の窓や近所に張ってまわる一方、清掃局に電話をして、猫の死体がとどけられていないか確かめたりもして、よく眠れぬまま、行方不明になって四日たった午後七時二十五分、ドアの外で「にゃあう」という大声が響いた時の気持は、「筆舌につくし難し」というところで、ひどく疲れたのだった。猫を飼って十六年ともなると、若い頃には感心して読んだ内田百閒の愛猫記『ノラや』とその他の文章を読みかえしてみると、愚かしさの文学としては評価できるけれど、なんとも退屈なのも事実である。

歩いていける距離にある池袋のシネ・リーブルで『華氏911』を上映していると知人の夫妻に誘われて見に行ったのだが、これはもちろん見る前から愚作とわかっていたものの、しかし、クエンティン・タランティーノが審査委員長だった今年のカンヌ映画祭でパルム・ドールだったというのは、これもまあ、あきれたところで無意味だろう。今村昌平の『楢山節考』にもやるパルム・ドールなのだから、と書いて思い出したのだが、9・11の一年後に、世界の九人だったか十一人の映画監督が、それぞれ9分11秒の戦争と平和についての短篇を撮ったオムニバス映画がテレビで放映され、ほとんど覚えてはいないのだが、クロード・ルルーシュや今村の短篇もあって、そもそも大した水準ではない九本だか十一本の中でも、群を抜いていたのが今村の作品で、戦争中、村人から非国民呼ばわりされた男が蛇になっちゃう、という筋。ブーイングするのさえ無駄で、溜息さえ出ない。ヴィデオの撮影機材の普及によって（むろん、それだけの理由ではないのだが）、映画は誰にでも撮れる、とゴダールは言うのだが、それはもちろん正しいし、そればかりか、パルム・ドールだってとれるわけである。しかし、にもかかわらず、というか、だからこそ、本質的に映画にはむいていないばかりか、何の関係もないのではないかと思われる映画監督が生息するわけなのだろう。ゴチック体で書かなければいけないのではないかという気がふとする大事件の「9・11」であるが、テレビ番組として放映された記念オムニバス映画の中では、俳優としては上手すぎる（と、イーストウッドの言う）ショーン・ペンの撮った短篇がテレビのかつての『ヒチコック劇場』的才気を発揮して、相対的にではあるが聡明な小品に仕上っていた。高層ビルの谷間の一日中日が当らないので夜がずっと続いているアパートで一人暮しの老人アーネスト・ボーグナインは、亡くなった妻が今でも生きているかのように、毎朝、彼女の着るドレスを選んでハンガーに吊して、とても良く似合うよ、などと話しかけて暮しているのだが、妻を喜ばせようとして、毎日水をやって手入れしている窓辺の植木のバラは、日当りが悪いせいで花が開かない。ある朝、太陽の光のまぶしさで眼を覚ますと、ピンクのバラの花が開いていて、光をさえぎっていた超高層ビルがガレキの山になっている、というわけだ。怪優ボーグナインがアカデミー男優賞をとったおセンチな名作『マーティ』（'55）の路線上で作った少し皮肉なエコ・ファンタジイが聡明に見えてしまう、というのはどんなものだろう。

引用したくもないのだが、ついでだし、『華氏911』を見てしまったうえに、どこかアメリカのテレビ局が企画したらしい二年前の国際的記念オムニバスのことも思い出してしまったので、『世界の中心で、愛をさけぶ』の片山恭一が「文學界」九月号に書いている文章を引き写しておく。〈あの出来事が当事国だけでなく、部外者である私たちの暮らしの、しかもかなり深いレベルにまで影を投げかけているのは、われわれの生存の拠って立つ基盤が、すでに破綻しているか破綻しかけているという事実を突きつけられたからではないだろうか。ツインタワーに突っ込む飛行機の映像を見て、多くの人が「これと同じものをどこかで見たような気がする」という既視感を口にしていた。それはハリウッド映画の影響というだけではなく、私たちの無意識が、いつか起こりうることを予感していたからだと思う〉(「世界の中心からイルカたちへ」)と書いているのだが、こういう場合は、ツインタワービルに飛行機、とカマトト的用語ではなく、普通の成人並みに「世界貿易センター・ビルに旅客機が」と書いたほうが普通に重々しい、というのはともかくとして、この片山のいってみれば中心と周辺の区別のつかない大上段にふりかざした文章の幼稚さを「朝日新聞」の文芸時評であきれかえって見せた島田雅彦が、私の記憶が確かならばまさしく、ハリウッド映画を思い出した一人だったということも、まあ、とにかく、なにしろ、ショーン・ペンは、ホント、聡明だよ、と私は言いたいだけなのだ。

ところで、片山にしても島田にしても、ハリウッドの火薬多用CG多用映画の映像とテレビで無数に流されたWTCの崩壊映像の既視感的な類似性に着目したのだが、映画を具体的な映像として判断するという、文芸関係者には決定的に欠けている美習の持ち主である青山真治は、二つの映像を似て<ruby>い</ruby>ない<ruby>い</ruby>と断言する。映画だったら、どんな馬鹿な監督でも爆発・崩壊のシーンを幾つも別のアングルから撮影するけれど、あれは一つのアングルからしか撮影されていない、と言うのだ。物を作るとか、書くとか、読むとか見るというのは、そういうことが基本中の基本ね。消費するためにたれ流されるイメージをイメージとして無意識かつ無防備に消費しないということだ。

戻っては来たけれど、風邪をひいて発熱し、脱水症状のおりこうなバカ猫の医者通いをしながら、トラーが死んだら絶対にもう哺乳類は飼わない、ペットを飼うとしたら金魚にする、金魚は水槽から飛び出して行方不明にならないから、と考えていたのだったが、医者から戻ってテレビのニュースを見ていたら、浅間が噴火して群馬県の今年は大豊作だったキャベツが灰をかぶって売り物にならなくなったのを、高崎市のデパートで一個百円(だったか？　それとも五十円？　通常では二百円で売っているそうだ、キャベツは)で売って、生産農家を支援していると言っている。キャベツを買った奥さんがインタヴューに答えて、外側の皮を取れば灰で汚れていないし、少しでも、被害にあった農家の人たちを支援できればねえ、と語るのにムッとなる。ババア、と言いたい。安いから買ったと言えばいいだけのところを、被害にあった農家を少しでも支援する、というのならば、五百円か千円は出すだんべえ、と、私が群馬の農家のオヤジなら思うし、群馬の都市部のオヤジと農家のばあさん風に言えば、五百円か千円は出すんじゃねえのかい、である。

で、支援である。青山ブックセンター問題について報じられた記事のどれかに、倒産した本屋への支援の輪が広がったのは極めて珍しいケースで、出版社の場合ならばかつて筑摩書房が倒産した時、著者・学者等が支援を申し入れたことがある、というのを読んで思い出したのが、当時の私の担当編集者に、彼等の言っている支援というのは具体的にどういうことなのかと質問したところ、他の出版社（たとえば、岩波、中公、人文、白水、みすず、といったところだろう）に原稿を移して出版することも出来るけれど、そうはしないで、管財人の下で新しく更生する筑摩から本を出してくれる、ということです、ほんとに有難いことで、という答えで、なにしろ、その頃私はまだ若くて世間知らずだったから、それじゃあ、先生方は印税も10％以下でいいとおっしゃった？　と感心して再度訊くと、いえ、そこまでは、そうしていただけたら、こちらは、ずいぶん助かりますが、という会話で、ようするに、支援《サポート》というのは、ささやかで、決して自分の負担にはならない範囲で出来る何かなのであって、どの場合でも、それをすると、経済的な負担（もしかすると、岩波の方が部数を多く出してくれるかもしれない、という幻想の上の）はほとんど軽微なうえに、良心は満足、というものなのかもしれない。

トラーの点滴注射のために医者に行くと、顔を赤く泣き腫らして身なりもまったく無頓着で、態度もうわの空の中年女性が、ノラだったのを飼いはじめて五カ月の子猫が自動車事故で死に、清掃局の動物死体処理ではなくペット専用焼却所を医院に紹介してもらったお礼かたがた訪れていて、クドクドと死児の齢《よわい》を数えてていのグチを言っているのに出あった。ノラちゃんだった猫が五ヵ月可愛がられて楽しく暮したのだから、となぐさめる看護師に、もっともっと楽しいことがこれからいくらでもあったのに（嗚咽）、一瞬の出来事で、私がもっと注意していれば（嗚咽）、抱きあげてあげた時には、前あしがブラブラしてて、もう駄目だった（嗚咽）、とさめざめと語る。夫や子供（多分、息子）が猫の死について語るのを、うっとおしがって聞いてくれない、というプチ・ペットロス症候群のケースなのだろう。長生きをした飼猫のタマが死んで、全身に毛が生えていて柔らかくあたたかい物に長いこと触れていないものだから、つい触れたくて、公園を散歩中の大きな白い犬と遊んで転倒して手首を骨折した、という武田百合子さんのことを思い出して、私はどちらかというと、百合子さんに近いほうだろうと思う。今でも、近所の猫を撫でて、おばちゃん、ちょっと、まだ買物があるから、またね、などと話しかけている自分に気がついて、ギョッとする。ごく自然に、猫にむかって自分のことをおばちゃんと言っているのだ。

　ところで、何しろ柄谷行人の言ってることなのだから、なんとなく二周遅れの長距離走者めいていてまともに受けとることはないのだが「近代文学の終り」ということが、文芸ジャーナリズムでは多少話題になっているらしいのだ。新聞のインタヴューに答えて、近代文学は十九世紀に終っているとも言えるけれど、行列の出来る下町《おちょぼぐち》のトンカツ屋のように書かれ読まれる小説もあるだろう、と発言する松浦寿輝の中途半端な東大教授発言に比べると、「ある大学の看護学科の文化講座の非常勤講師」を短い間やっていた小説家向井豊昭の文章は、歴然とした差がある。「あの世に逝きかかっている」向井は、「文学によって社会を動かすことができるように見えた時代が終ったとすれば、もはや本当の意味で小説を書くことも小説家であることもできない」という柄谷の発言にあきれて、「待ってくれ。『文学によって社会を動かす』？　動かさなければ、文学ではないのだろうか？」と書く。彼が講師を務めた講座で小説を書いた女子学生の、書くことで意識していなかった内面と向き合うことができた、という「アイデンティティを探す旅」についての素直な感想はさておくとして、「孤高、偽悪、反逆——時代劇を思わせるような言葉がピッタリの近代文学が死んだということは、武士の時代がようやく終りを告げたということではないだろうか？」と、向井は、柄谷の「今日新しいといわれている現象には、すべて近代産業資本主義以前に、日本でいえば徳川時代にその雛形があります。自分が時代の最先端だと思っている人はたんに町人に戻っただけです」という発言を受けて書く。「それが本当なら、民草の時代がようやくやってきたということなのだ。／マンガをやりたい奴は、マンガをやれ。／政治をやりたい奴は、政治をやれ。文学をやりたい奴は、文学をやれ。／アイデンティティへの道は入り組んでいるから、あれもこれもやってしまえ。フリーターよ、めげるな。あれもこれも大事なのだ」

近代文学は終ったという発言に対して、行列の出来るトンカツ屋とフリーターと並べてみれば、アイデンティティはどうでもいいけれど、私としては、フリーター同然に、小説やら雑多なエッセイを書いてカスカスに生活しているから、こちらにリアルさを感じる。「近代文学」のある一部(むろん、である)には読者として長いつきあいもあり、今も読みはするけれど、はなっから、偉大であった時代の終っているという認識の成立していた時代に小説を書きはじめたのだから、「近代文学」を書こうなどとは思っていなかったのだが、しかし、記憶をたどってみれば、私の若かった頃、丸谷才一は近代小説の成立のためには成熟した市民社会の背景があってこそなのだ、と常々書いていたし、藤枝静男が野間賞を受賞した時、遠藤周作は、狐狸庵などと馬鹿にされながら本格的な西洋風近代小説を苦労して書いてきたのは、私小説に賞をやるためじゃない、と嘆いたという噂(「海」の編集者だった安原顯に聞いた話だから、多少、オーヴァーに伝えられているにしても)もあったし、その頃小説家へ転身したはずの詩人の富岡多恵子は、なにかのエッセイのなかで、50年代、60年代の美術や詩や映画の動向に比べて、日本の小説はなんて古めかしいことを今頃やってるのだろう、というのが多少でも芸術方面に興味のある者の一般的常識だったと書いていたけれど、その通りである。

だから、その当時、柄谷行人が「近代文学は終った」と言ったのならば、私としてはごく普通の発言と思ったはずである。今では「二度死ぬ」と言われているようなものである。いずれにせよ、ベストセラーとも文学史に残る名作とも無縁で、そこそこ「文学賞」を受賞する程度の小説を書いている小説家が大部分なのだし、それでも書きたいのなら書けばいいじゃねえのかい、あるいは、群馬のおばさん用語で言えば、死んだなんてばい言ってないで、うんと書けばいいんさァ、である。それをさあ、読むか読まないかは別だいね。

長月のアジサイ

二〇〇四年十一月

七月《ふみづき》の半ばから八月《はづき》、九月《ながつき》の間、ずっと苛々していたのは、目白通りのスーパー丸正に買物に行く途中の染物屋のショーウインドーに飾られていた、紺地に白でアジサイを染めた浴衣である。

もちろん、ほんとのところはどうでもいいことなのだけれど、七月中までは、多少季節遅れとはいっても、まだアジサイ柄に染めた浴衣が飾ってあることを許容するつもりはあったのだ。和服界のというか、和的あれこれの季節感などというものと、ほとんどの日本人は無縁の生活をしているのだし、こちらも和服には関係がないのだから、文句を言う筋合もない。しかし、それでなくとも猛暑の西陽の厳しい夕刻、八月もまだアジサイ柄が飾りっぱなしになっているのを見るにつけ、いったい、いつ別の季節にあった柄に替えるのだろうとあきれながら、やがて、まだ暑さの続く九月、まだショーウインドーにはアジサイ柄の浴衣が飾りっぱなしで、「紺屋の白袴」という言葉はあるけれど、これは専門職はとかく内向きがおろそかになる、という意味で、この場合はなんと言うのか、六日のアヤメ十日の菊どころか長期にわたっての季節外れがついに長月のアジサイだと感心してしまったところ、十月の三日、ふと気づけば金木犀の匂いが道に漂っている中、目白通りの店の前を通ると、どうしたことか、薄あさぎのブドウ柄のつむぎの帯に飾り替えがしてあった。和服のことは良く知らないが、しかし、これもこの帯を十月に締めるだろうか、それに、早目早目に商品を飾るのが鉄則だろ、と疑問がわくのだったが、わが身を振り返ってみれば、十月に入ってもまだ、居間には夏用の籐の敷物が敷いてあって、これは九月中が忙しかったためと、まあ、はっきり言えば無精のせいなのだが、しかし、言いわけをすれば、私は別に伝統的季節感を売りに商売をしているわけではないのだから、別にどおってこともない。

そこで、「長月のアジサイ」が連載のエッセイのうえで許容できるかどうか考えてみる。連載とはいえ時評ではないのだからいいのだと思えるし、いろいろ思い出してみれば、月遅れどころか何年も前の、人のちょっとした言い間違いや勘違いをあげつらってきたではないか、と思いあたる。浅田彰がゴダールの観客を世界で一万人と村上龍に「群像」誌上での対談で言っていたのは、もう一昔も前のことではなかっただろうか。それならば、せっかく「長月のアジサイ」という、ひどく限定された地域的な格言を作ったのだから、この際、すでに単行本になっている『目白雑録《ひびのあれこれ》』につい書き忘れていたことを、ここにちょいと書いておきたい気持になった。

〈『風流夢譚』の出版自体は罪ではないし、言論の自由として認められるべきだが、出版によって起こり得る事態を想定しなかったことは責められる」と、島田雅彦は書いた〉という長いタイトルの回（二〇〇二年六月）と、こうタイトルを書きうつしていると、また腹が立ってくるのだが、それはそれとして、その時に引用した島田と福田和也の対談（「波」二〇〇〇年十二月）で語られている『彗星の住人』の「君」という二人称の使われかたについての〈ロブ＝グリエがやっているけど、あれは二人称にすることで三人称的な小説空間自体を宙吊りにしているわけですよね〉という発言が、ビュトールとロブ＝グリエを間違えている、と指摘しておきながら、話が横道にそれるのを抑えてしまったために書かなかったことを、ついでに書いておこうと思う。福田がロブ＝グリエと間違えたのはビュトールの『心変わり』で、その翻訳が出版された頃に、二人称の「あなた」を使用して書かれた倉橋由美子の『暗い旅』について、江藤淳の形骸として生きるより潔く（だったか、いっそだったか、とにかくそういったふうの）死を選ぶ、といった意味の擬古文というのか文語調というのか、まあ、そういった遺書を残して自殺した江藤が、ビュトールの盗作だと書いて、訳者を含めたちょっとした論争があったのを、江藤の追悼文を幾つも幾つも幾つも書いた福田は知らないのか、と書くつもりだったのだ。

小説としての構造も内容もまったく異なる『心変わり』と『暗い旅』が、二人称を使用したナラティヴによって書かれているというだけの理由で盗作呼ばわりされるのは滑稽というものだし、倉橋由美子の『暗い旅』は「私」という一人称が自動的に「あなた」に置きかえられているだけなのと内容の少女小説《ラブ・ストーリー》性のために、なんかこう、自分のことを「あなた」と呼びかけて日記をつける文学少女のような文体になってしまうのが気持悪かったけれど、それはそれとして、盗作呼ばわりは、江藤の勇み足というのが、まあ、こちらも高校生だった頃の古い記憶だけれど確かなはずである。もっとも小説の細部は、恋をしている「あなた」が、松尾和子とマヒナスターズの歌う川内康範作詞の〽愛した時から苦しみが始まる　愛された時から　別離《わかれ》が待っている　という歌詞に自分の恋を重ねて思うところと、京都で食べたニシンそばの味を「あなた」が気に入る、というところしか覚えていない。京都風の白っぽいお汁のかけそばの上に、でんと載っているニシンの煮いたんは、おいしいのだけれど、ニシン特有の生ぐささがあるし、それに細い小骨が歯にはさまったりして、恋する者の食べる食物ではないだろうし、京都風のソバはグチャグチャしていて最悪である。

　さらに、ニシンをコメディではない恋愛小説に登場させるのだったら、入澤康夫の『倖せ　それとも不倖せ』（'55）に収められている「夜」という詩、彼女の住所は四十番の一なのに、四十番の二に出かけていってしまった「僕」が抱えていた「新聞紙につつんだ干物のにしんだった／干物のにしんだった　にしんだった」という繰りかえしが、ふさわしく好ましいように思われる、と、私は書いてしまったのに違いないのだ。これでは、いかにエッセイとはいえ、批評する対象が分散しすぎて、何を言いたいのかわかりづらいと、たとえば新聞の文化部の記者などに言われそうである。発行部数がどのくらいあるのか知らないけれど、いろいろなレベルの読者（馬鹿もいれば子供もいるというわけなのかもしれない）にそれなりに理解できるように書いてほしい、と私の書いた原稿に注文をつける奴がいたことを思い出した。

もう一つの「長月のアジサイ」は、最終回の「急性腸炎日記」（二〇〇四年三月）に、今の天皇の「御成婚」当時、「女性自身」に載った読者アンケート〈世界に男性が皇太子と三島由紀夫しかいないとしたら、あなたはどちらと結婚しますか？〉の答えの八〇％が〈未婚のままでいる〉だった、と書いた時に本当は書きたかったことで、神戸の大地震もオウム騒動よりもずっと以前のことで、皇太子の結婚問題が取り沙汰されていた頃だったから、かれこれ十年以上前になるのだろうか、「早稲田文学」で中沢新一と深沢七郎の小説について対談した時のことである。

なぜ深沢七郎について、そう大した意見のあるはずのない中沢新一と対談することになったのか、本人は出身地が同じ山梨だからじゃないの、と言っていたけれど、この「女性自身」のアンケートの話になり、今の皇太子で同じアンケートをするとしたら、三島と同じ知名度で並べられる文化人のタマは誰だろうか、という話になったのだった。それも、八〇%の女性が〈未婚を選ぶ〉と答える有名人。中沢と私は、ほとんど同時に、ヤスオちゃん、と言って、うーん、少し弱いかなあ、と言いあったのだったけれど、現在ならば田中康夫で通用するだろうと思う一方、妻思いの勇気ある御発言が話題になった皇太子がポイントを稼ぐかもしれないので事情が異なることになり、このアンケートは「長月のアジサイ」もいいところだろう。

　ところで、今回は「週刊朝日」にミスター朝日新聞とも称される花形外信部（と言うのかな?）記者が、大統領選のニューヨークにおける共和党大会について書いていたことに触れるつもりだったのだが、燃えるゴミの日に分別しないで他の新聞雑誌と一緒に捨ててしまって、手許にない。共和党大会に集まる女性は、きちんとした身なりの白人の美人が多く、民主党にはオヘチャが多い、と、日本の中堅政府職員が感想を漏らしたと書いていたのだったが、なぜか文章全体の調子がヤン・デンマン風になるのは大新聞の一流記者らしからぬ、という気がする。テレビで見ているかぎり、共和党大会の会場の女たちはケバいのは確かで、なんと言ったか、コール・ガールじゃなくて、そうそうチア・ガール（チア・リーダーだったか?）が勝負服を着た、というタイプが目立つ感じではあるが、前述職員に言わせると美女たちはヘビみたいに冷たいのだそうだ。

　なみおか映画祭で上映される山田五十鈴特集のために原稿を書くので、五十鈴の映画のヴィデオをつづけて六本見て、それから、女性誌編集者から、泣き落しのように急に押しつけられたヴィスコンティの『山猫』について書くことになって、ヴィデオ、フレデリック・ワイズマン作品をつづけてヴィデオ、と、毎日、ヴィデオ漬けになってしまったのと九月のはじめに見に行くつもりだったのに、猫の風邪が長びいて行けなかったエルマンノ・オルミの『ジョヴァンニ』の試写にやっと行くことが出来た。『山猫』を見てすっかり退屈していたのがオルミの映画で、癒される。十六世紀、大砲の傷によるはじめての戦死者というジョヴァンニ・デ・メディチが主人公で、メディチ家といえば、日本では塩野七生の通俗伝記物語で有名なのだろうが、七十四歳のオルミの『ジョヴァンニ』は、かつてトリュフォーがロッセリーニの『神の道化師、フランチェスコ』について、十三世紀のフランチェスコを撮ったニュース映画のようだと批評していたが、それを真似て言えば十六世紀の戦争のドキュメンタリーと言えるだろう。『神の道化師、フランチェスコ』も、ニュース映画というより、ロッセリーニが十三世紀にタイム・スリップして撮ってきたドキュメンタリーとしか思えないのだ。もちろん、死の床のジョヴァンニの回想や、ジョヴァンニの妻との手紙のやりとりの文面がナレーションのように重なる手法はドキュメンタリーとは別なのだけれど、オルミは長編劇映画を撮る前に、四十本ものドキュメンタリーを撮っている。ジョヴァンニの伝記であると同時に戦争映画であるこの映画を見て、異質ではあるのだが、ストローブ＝ユイレの映画をまた見たくなった。

アテネ・フランセ文化センターのワイズマン特集（十一月一日〜二十日）の原稿を書く

ためにフレデリック・ワイズマンの作品をヴィデオで見ながら、つくづく思ったのは、たとえば、ストローブ＝ユイレとワイズマンを同時に論じる、といった映画批評がないというこことの不思議さで、では、それを誰が書けるのだと考えると、まあ時代は映画批評の時代などではないのだから当然とは言っても、つまらない、という感じにはなる。少し前の「芸術新潮」にヴィクトル・エリセのインタヴューが載っていたのだが、これはスペイン美術と旅行（？）の特集の片すみという扱いで、それにインタヴュアーのノロマな感想中心の記事でまるで面白くなかった、といったように記憶は、別に文章を書いていない時でも同じことなのだが、幾重にも屈折しながら迷路のように広がり、ある場合には、不意打ちの強い圧倒する力でよみがえったりするはずのものなのだ。プルーストのサン・マルコ広場の敷石体験を持ち出すまでもなく、私たちは記憶が不意打ちで全身を貫く瞬間を稀有な体験として所有している、と、いきなり書くのは、九月二十二日付朝日新聞の「僕の人生、まるごとパック」という記事を切り抜いておいたのが、何日か前に調べていた歴史年表の間から出て来たせいで、三十九歳のデジタル製品プロデューサーの男性が、物心ついてから見たり書いたりしたもの全部（小学校時代のテスト、集めたチラシ、読んだ本など、書類六十八万枚、段ボール箱五十箱分以上）をスキャナーでデジタル化（費用は少なくとも七百万円近く）し、書斎の二台のモニター画面に一日中二秒間隔で次々に「思い出」の画像を表示し、仕事をしながらながめている、というのである。モニター画面を見ていると、「過去の記憶が次々によみがえる」のだそうで「いくらでも発見がある。テレビやインターネットをぼっと見ているよりも、自分自身の記録を見直す方が意義がある」というわけである。よみがえる記憶として例に出されているのが「学生時代の恋愛、小学生のときに見た映画で、マジンガーZが敵役に負けて悔しい思いをしたこと……」というのは、不惑近くの男にしてはいかにも貧しすぎるように思えるが、それが自分オタクというもので、本人にとっては「記録」なのだから「意義」があるというわけなのだろう。同じ記事の後半はNTTマイクロシステムインテグレーション研究所員の四十八歳が「思い出工学」を提唱していることが書かれている。「役所などの公文書はようやくきちんと記録されるようになった。しかし個人的な思い出は管理する技術が遅れている。電子媒体も不安定。あなたの思い出を安全・確実に預かります、という仕事はビジネスになりうる」のだそうで、記事は、「僕の人生、まるごとパック」といった調子で、こともなげに「米国防総省の研究所は個人の体験すべてを管理する技術の研究をしようとしたが、政府がプライバシーを把握することにつながるのでは、との懸念を受けて中止した」と書き、そうした技術への関心はマイクロソフト社をはじめ世界的に広がりつつあり、四十八歳研究所員の「昔は未来が楽しかった。来年は今年より良くなると思っていた。今は過去の方が楽しいという人が多いのではないか」という言葉でしめくくられる。

深沢七郎は、人間は屁のように生れて屁のように死んで行く、と、かつて書いていたが、デジタル技術のおかげで膨大な屁のエネルギーが記録されようとしているわけだ。米国防総省の中止された研究にいたっては、プライバシー云々どころか、民主主義社会の根幹を揺がす超独裁国家の出現の懸念そのものではないか。こういう記事を読むと、私としては五十歳以下の男をアンチャンと呼ぶことにしようと思う。いや、五十歳を超えてもアンチャンは多い。うーっ、気持悪い。

グズグズ日記　1　二〇〇四年十二月

隣のマンションに住んでいる銀座の画廊主の桜井さんから、御主人の編注による杉山其日庵の『浄瑠璃素人講釈　上』（内山美樹子・桜井弘編　岩波文庫）をいただいたのでポッポッと読みはじめる。なみおか映画祭のパンフレットに山田五十鈴特集の原稿を書くために、『流れる』と『鶴八鶴次郎』などのヴィデオを見ながら、そこで山田と杉村春子、長谷川一夫の弾くのが長唄だか新内だか常磐津だか浄瑠璃だか義太夫だか、何がなんだかわからなかったし（謡曲はそれでも、三味線が入らないヤツ、と区別することが出来る）、ニューヨークの勘九郎公演にまで行く歌舞伎好きの女性に質問しても、あたしも良くわからない、長唄は、まあ、長いんでしょ、という答えで、そんなことなら、私だって、人形浄瑠璃の台本を近松門左衛門が書いたってことくらいは知ってる、それが義太夫節だってのもね、新内とか常磐津というのは、どこがどう違うの？　メロディーが違うわけ？　ということが知りたかったのに、と、あきれていたところだったので、夢野久作の父親である国粋主義者杉山其日庵の『素人講釈』を、サッソク読みはじめたのだが、解説と解題は十一月刊の下巻に入っているのである。

この種の本は、超素人としては、まず解説および解題を読んで、ざっと背景を知っておきたいのに、上巻十月、下巻十一月という岩波文庫の刊行の仕方には納得がいかない、と文句を言いながらも、読みはじめると、杉山の文体はほとんどそれを息子が真似たのではないかとしか思えない珍妙なフテブテシイ魅力があって、浄瑠璃の太夫が、芸について杉山に語った語り言葉の大阪弁を読んでいるだけで、つい、ひき込まれてしまう。海舟の書いたり語ったものより、親父の勝小吉の『夢酔独言』のほうが、ダンゼン面白いことを連想してしまう。トコロデ、このあたりのカタカナの使い方は、其日庵の文体のいただき。

ようやく夏物衣類と秋冬物衣類を入れかえ、クリーニング屋に夏冬混りあった衣類をまとめて出し、ちょっとした引用と調べ物のために取り出して箱と中味が別々になったままの大岡昇平全集と谷崎全集、フローベール全集を元の状態に復して本棚に収納して掃除機をかけたら夜になっていて、ぐったり疲れる。押入れの天袋に入っていた人形の箱を久しぶりに出して開くと、吉岡実氏に誕生日のたびにいただいたシュタイフ社の動物の縫いぐるみが何匹も出て来る。しばらくの間（まあ、更年期の間か）いい年して、猫だって飼ってるし、ウサちゃんやリス公の縫いぐるみを部屋に置いとくのもヘンだと思って収納しておいたのだったが、十一月で満五十七歳だし、この年になれば、ヘンも何もありゃしないと思って、玄関に落葉や松かさと一緒に飾ることにして、しばし、吉岡実の思い出にひたる。シュタイフのテディ・ベアってのは、いかにも陳腐だからさ、とおっしゃって、ウサギ、リス、ひつじ、カラスを何匹もプレゼントしてくれたのだ。

別の箱にしまっておいた、着せかえ用の日本人形も出て来て、人形たちの箱には、昔母が縫ってくれた、普段着用の赤い縮緬の腰巻、半襦袢、絞りの長襦袢、縞のつむぎ、縮緬の振り袖、帯といったものが入っていた。本当は、今月のしめ切りの幾つかの原稿を書く準備をはじめなければならないし、ワイズマンの映画にも通いたいし、ひょんなことから決ってしまった、中国の映画監督、田《ティエン》壮《チュアン》壮《チュアン》のインタヴューの準備もあるし、返事を出すのが遅れている手紙を何通か書かなければいけないのだけれど、スケジュールがつまっているとストレスのあまり、組み込まれた、というわけではなく、自己責任で組み込んだのにもかかわらず、グズグズと仕事には関係のない手すさびをしたくなるのだ。着せかえ人形用の帯を作ることにして、ソレイアードの木綿プリント地のエプロンと黒のタイ・シルクの布を縫い合わせて、更紗の昼夜帯を仕上げ、つづけて、ロシアの白い木綿に赤いクロス・ステッチのしてある布で、民族衣装風のブラウスとスカートも縫ってしまったので、それに合わせて革の靴（これは使わなくなった赤いキッド革の手袋を利用するつもり）を作ろうと思うのだが、「仕事」はしめ切りが差迫っているし、麻紐でエスパドリーュ風の靴底を作る計画を実践してしまうと、本当に差障りが出て来そうだ。

文庫版の『噂の娘』の巻末に、解説ではなく著者インタヴューを載せることになり、それがなければゲラ刷りを読んで校正のチェックをすればいいだけなのだが、インタヴューを受けるとなると、とりあえずは、自分の小説を読みかえしておかなければいけないと思ったのだったが、夏の間に朝日新聞に「自作再訪」というコラムを書いた時『噂の娘』を読みかえしたのだからいいや、ということにして、田壮壮のインタヴューを一緒にする冨田三起子さんが持って来てくれた監督作品三本のヴィデオを一緒に見ることにする。新作『呉清源』のシナリオと、呉清源のエッセイ集『中の精神』も持参してくれるが、私が囲碁について知っていることといえば、将棋とば違うということくらいである。碁聖と呼ばれた呉清源氏は九十歳で存命、シナリオを読むと最初に御本人が登場することになっているものの、こちらは呉氏にインタヴューをするわけではなく、あの大好きな映画『春の惑い』の田壮壮に、映画についてのインタヴューをするのだから、囲碁のことは以後、心配しないことに決めたとはいえ、正直いって呉清源という複雑なような単純のような人物についいては本を読んでも興味が持てない。もともと、五目並べどころか三目並べをやっても勝ったためしがないくらい、このテの抽象的な頭脳を使うゲームは苦手なのだ。

なにしろ、何も知らないので、何が何やらわからないまま読みすすめていた、素人芸の浄瑠璃のケイコに精一杯はげんだ其日庵の奇妙なケイコ体験的浄瑠璃論を読んでいると、「チン」とか「ツン」とか「テン」「チョン」「チ、ン」と三味線の音がギオンで書かれているのだが、成瀬の『鶴八鶴次郎』と『流れる』をヴィデオで見返した直後だから、五十鈴の弾く新内の三味線と、『流れる』での五十鈴と杉村春子が向いあってさらう常磐津（だったかな？）の三味線の見事さが耳に残っていて、曲のうたい方を「ユキーイィッ。モーヲ、ドーオ、リーイツウ。トツ。オイッ」（行きつ戻りつ、とつ追いつ）と説明されても、とりあえず、メロディーというか節はイメージできるというもので、「下巻」が上梓されて読んだら、まあ、文楽にでも行ってみようかと思う。

新聞を捨てるために整理していたら『トリコロールに燃えて』という映画の広告が大きく載っていて、原題は広告に書いていないのだが、もちろん、配給会社の宣伝部員の考えた独自のタイトルなのだろう。映画の広告によくある有名人六人の短い感想が載っていた。このタイトルから連想する映画のタイプといえば、ナポレオンの軍隊に従軍してイタリアかロシアに行った若い兵士が、地元のイタリア娘や年増の後家、若い男、老婆、老人と相手を選ばずじゃんじゃん性交しまくるナンセンス・コメディかな、ウッディ・アレン的な、と、まあ常識のある五十歳以上の人間は考えるわけで、それが証拠に、姉も私もそう思ったのだが、「戦火のパリ、求めたのは愛だけでした……」という宣伝部の女性（多分）の書いたとおぼしきコピーの下に、夏木マリさん（プレイヤー）の「この美しい物語に泣いた私は、その夜、彼に抱かれた」という文句には、抱腹絶倒した。これは……出来る女だ！　浅井信雄さん（国際政治学者）が、「ちっぽけな面白い話題で明け暮れる多くの日本人は、欧州の戦乱を時代背景とした大きなスケールの愛と死のドラマに感動を覚えるはずだ。名画『カサブランカ』を思わせる傑作」と述べ、田崎真也さん（ソムリエ）は「当時のパリを再現しているであろう映像を見ると、今も変わらぬパリの風景に歴史の重みを一層感じられる」と語るなどして、自分ほどの者が見たからには、これは単なるネエちゃん向けのメロドラマじゃない、と見栄を張りたがり、フランソワーズ・モレシャンさん（ファッション・エッセイスト）が「時代が人間を変えるのか、人間が時代を変えるのか？　でも、パリでは恋が時代も人間も変えてしまう」と、いまだにマズレのおふらんすぶりをやっている時、夏木マリは、群を抜いて鋭いではないか。「彼を抱いた」と書いたほうが彼女のタイプでは？　とも思うし、それではかつてのウーマン・リヴの時代の「抱かれる女から抱く女へ」というキャッチ・コピーのようでもあるから「彼と愛しあった」ではどうだろうか、と考える人がいたとしたら、ここはやはり「彼に抱かれた」のレディス・コミック的ニュアンスが、『トリコロールに燃えて』にはふさわしいのだ、と言いたい。見てはいないんだけど。

小説のためのメモを作りはじめる。これはこれで、頭は疲れるがいつでもワクワクするところのある作業。今月は短篇を二つ書く予定になっていたのだが、二つはとても体力的に無理だと思って『トゥワイス・トゥールズ・テールズ』の続きを十二月のしめ切りに変更してくれるように、『春の惑い』と『青い凧』の田壮壮監督の新作ロケ現場の近江八幡へインタヴューに行くことが決っちゃったし、と「新潮」の担当編集者に電話をすると、どこですか？（どの雑誌に載るのか）と訊くから「文學界」と答えると「チッ！」と口惜しそうに舌打ちする音がきこえ、でも、金井さん、十月中に、十一月はワイズマンを見るのに時間がとられるから、小説は十二月に渡すって、おっしゃってましたよ、と言われる。エッ？である。

やだネー、そう決めていたのをすっかり忘れて、ストレス感じつづけていたのはなんだったのだ？ 年齢《とし》のせいか？ と、落込む。

お人形のブラウスも、実は、型紙から布を裁った時、後身頃のボタンでとめる打ちあわせ分を忘れてしまったものだから寸法が合わなくなってしまい、急遽、窮余の一策でボレロ風のジャケットに変更したのだった。スカート部分のクロス・ステッチにあわせて、白い無地のボレロの前だてと裾と袖口に、姉が赤い糸でクロス・ステッチを刺してくれることになったので、失敗作にはならずにすんだのだが、考えてみればだよ、と二人で言いあう。普通私たちくらいの年齢だと、お人形のドレスや帯を縫うのは、孫のためだよね？仕事のストレスの手すさびじゃあなくて。

ブッシュは再選。米軍のファルージャに総攻撃で、イラク全土に非常事態宣言。報道規制があるために、くわしいことが報道されない自衛隊のサマーワ駐屯地に二度目のロケット砲が着弾したというニュースのその後はどうなっているのだろう。最初にロケット砲がサマーワ駐屯地の近くに着弾した時、テレビのニュースに自衛隊員が出て来て、ジャーナリストのインタヴューに答えるくらいだから、自衛隊の階級のことは知らないけれど、小隊長とか中隊長とか、まあそういったふうの人材なのだろうが、緊急避難用のコンテナに全員が避難待機して無事だったと語り、両親によく聞いていた空襲時防空壕に逃げた時の感じというのが理解できました、と語るのだった。こわかった、ということが言いたかったのだろうが、自分の両親の六十年前の体験を持ち出すまでもなく（持ち出してもいいけれど）、ちょっと前までバグダッドでは空爆があって、大人も子供もお前たちよりずっとこわい目にあってた現実がある。現に今だってファルージャはそうではないか。この闘うことを禁じられていて、戦闘地域にはいてはいけないことになっているうえに、現実への想像力の欠けた軍隊はなぜ、そこにいるのだろう。で、また駐屯地の入口にかけられた自衛隊の隊長だかの筆による「サマーワ宿営地」という看板の字が凄く貧相で下品である。

昔、ヘンタイ少女文字というのが流行ったけれど、あれの毛筆版バージョンとでも言うべき妙に丸っこくイラスト的で、ヘンタイ軍隊文字とでも言うのだろうか。扇千景が国土交通省の大臣になった時、役所の門の看板の文字を書いて、その、なんとも貧弱かつ下品で見るからにセンの細い文字について、かつて書家の石川九楊が、呆れ果てたという調子で書いていたことがあったのを思い出した。国土、交通、という、言ってみれば国の根幹をなす概念の文字が、ああヘナヘナしてたんじゃあ、ということである。「サマーワ宿営地」の文字は、被災地に自衛隊員が作るテント張りのお風呂（テレビで見ると、ナントカ温泉と染めたノレンがかかっている）にも不向きというか不快であろう。

フレデリック・ワイズマンの『軍事演習』（'79）は、78年、旧西ドイツの旧東ドイツ国境地帯で行われたNATOの秋季大演習に参加するルイジアナ州ポーク基地の第五歩兵師団に密着取材した映画で、この大演習は第三次世界大戦を想定しての大デモンストレーションとして東側の神経を尖らせるものだったのだが、ワイズマンの映画は「演習全体を巨大な〈戦争ごっこ〉として扱うとともに、アメリカ軍のドイツ農村地帯への侵入をアメリカ文化のヨーロッパへの侵攻に重ね合わせている」（冨田三起子、フレデリック・ワイズマン映画祭パンフレット'98）と同時に、演習に参加する兵士たち（78年、徴兵制から志願制に兵役システムが変った時期に『軍事演習』は撮られた）は「事態をよく理解していないところで戦争という正体不明のメカニズムに引き摺り回され」「事情のわからないままに上層部に振り回され、苛立ち、疲労」し混乱する。兵士たちが兵士を演じているかのような〈戦争ごっこ〉とはいえ、「ちなみに、実弾さえ備わればそのまま本物の戦争に転化するこの大演習は、現実に作戦全体で演習地の市民を含め、十三人の〈戦死者〉を出した」（引用は同前）そうだ。
『軍事演習』は未見だったので、アテネ・フランセで見た後、姉と冨田三起子さんの三人で食事。ワイズマンの映画の面白さについて話が盛りあがり、ついつい飲みすぎてしまう。

美容院で髪をカットしながら「家庭画報」をパラパラ見ていると、近江八幡と彦根のヴォリーズというアメリカ人が設計したナントカ氏邸の写真が載っていた。『呉清源』のロケは、このナントカ氏邸を使うのかもしれない。すっかり忘れていたが、近江八幡といえば、メンソレータムの販売会社が有名だったのではなかったかと思い出した。同じタイプの塗り薬タイガーバームの創始者は巨大な財産を築いて、キッチュな公園を造ったんだよなあ、と思いながら、うとうと眠り込んでしまい、なにか夢を見ていたのだが、ぼーっとしていて思い出せない。髪を染めている間に『噂の娘』のインタヴューの原稿を読む。帰りがけに夕食の材料の買物をして猫の薬をもらいに動物病院に寄る。腎臓用とぼうこう炎用と胃薬の三種類。三日前には点滴と口内炎のレーザー治療をやったのだけれど、薬は毎日飲ませなければならないのだ。

グズグズ日記 2

二〇〇五年一月

いつの間にか十二月である。

ここ何年か十二月になると、一体この一年何をやっていたのか思い出せないという状態になる。何をやったというわけでもないのだが、一年生きてきて疲れた、という気分のところに、これもまた別に何をするというわけでもないはずなのに、年末・年始の世間の忙しさに影響されて、なんとなく「約束」だの「計画」だのが溜ってしまうのが不思議だ、といぶかしみながら、久しぶりに脂漏性しっしんに悩まされながら、やっぱり疲れているのだと納得して安心してしまうのだが、それはそれとして、小説のノートを作りながら、ごく細かい細部（でも、重要な）について、二つのアイディアがあって、そのどちらを採るかで、ずっと迷っているのが疲れる最大の原因かもしれないと、ずっと十月以来グズグズとしながら、近江八幡で『呉清源』の撮影が続いている田壮壮《ティエンチュアンチュアン》のインタヴューに出かけることになり、トラーが病気になって以来、外出も控えているような状態だったし、もともと旅行は好きではないし、新幹線に乗るというだけのことでも、あらかじめぐったり疲れた気分になってしまう。地理にうといというか、はっきり言えば社会、いや歴史の常識に欠けるせいなのだろうが、安土城跡というのが、近江にあるなどということは、その前を車で通って、はじめて知ったくらいだし、彦根にお城があるということも、はじめて知ったくらいだから、それだけで疲れ果てた気分になる。出かける前に、近江八幡といえば、メンソレータムのことを思い出したのだったが、新幹線の中で琵琶湖といえば生活排水の水質汚染を改善すべく、反合成洗剤石ケン使用運動の発祥の地で、かつて（?）オゴトというトルコ風呂の名所があって、近衛十四郎と松方弘樹親子がトルコを経営していたはずだ、ということも思い出した。米原駅に、ロケ隊の日本側ライン・プロデューサーの元持さんが車で迎えに来てくれたので、よく晴れた冬の午後ドライヴ気分で現地に向ったのだが、途中、近江絹糸の工場跡地を通って、そのあたりに「オリヒメの里」という看板が立っているので、あっ、そーか、三島の『絹と明察』だよ、それに中上健次の『日輪の翼』じゃない、と、知識がよみがえり、（いや、あれは名古屋だったか）さらに、こっちが舞台になってる、なんて言ったっけ、西武の元社長の書いた小説、全然面白くないけど読んだことあった、と思い出し、そうそう「近江商人」という言葉があったのだと気づいたのだった。

映画の撮影現場を見るのは二度目で、一度は、『ロビンソンの庭』という映画のロケが、以前住んでいたマンションのすぐ眼の前の坂道で行われた時で、ベランダからながめているとカメラマンが一番態度が大きく、監督は脇におとなしく控えているという感じで、後で調べてみたら、ジム・ジャームッシュと組んで仕事をする、なんとかというアメリカのカメラマンだったのだが、映画そのものについては見たけれど、何も覚えていない。

撮影現場訪問記といった類いの映画批評家の書いた文章を読むかぎり、そこはやたらと映画への情熱やら熱気にあふれまくった空間で、そこに居合わせると、傑作が撮られている、という高揚した気分に汚染される場所らしいのだ。冨田さんも私もゴダールの『パッション』や『軽蔑』その他の映画、トリュフォーの『アメリカの夜』、キアロスタミの『オリーブの林をぬけて』など、それ以外にも多くの、ようするに映画のなかで自己言及的に登場する現場しか知らないし、おまけに、現場に近づいて、ふと、気がかりになりはじめたのが、撮影は現在進行中でこちらとしてはまだ見ていない映画に集中している監督に、かつて撮った映画についてインタヴューするのは、どんなものかということで、結果的にはそう心配することもなかったものの、撮影中のインタヴューはやはり異例と言うべきではあるだろう。

インタヴューを終えて冨田さんと編集作業をしている最中、映画カメラマン西本正のインタヴュー集『香港への道――中川信夫からブルース・リーへ』（西本正／山田宏一・山根貞男『筑摩書房』を上梓したばかりの山根貞男が「ちくま」十二月号に書いている文章を読むと、「インタビューの成否が、いかに事前に見まくり調べまくり、質問ないし話題をいっぱい用意しておくかにあることは、百も二百も承知しているが、準備の度合にぴたりと比例して相手の話が面白くも詰まらなくもなることに、いつも震え上がる」と書いていて、それはその通りだし、それは、インタヴューの読者が一番歴然とわかることなのだが、それはそれとして、私は、何々しまくるという言葉が、なんとなく嫌いで、というか、否定的な、しかもコッケイなニュアンスとしてしか使いたくない言葉である。たとえば、今月の私は、依頼された原稿のうち、三つのことをすっかり忘れていて、他の予定も詰っているし、こうなったら、一気に書きまくる以外にない、その間、食欲も失せるから、書きおえたら、食べまくってやるという程度のことか、あるいは、性欲異常亢進的登場人物が誰かれかまわずやりまくるポルノ、といった具合ではないのか。やりまくる、これは、まくるという語尾にとてもぴったりくる。

だが、それも実のところどうでもいいことで、二日間のロケ現場を見て私がつくづく思ったのは、これまで自分には絶対むいていないし、なりたくもない職業（そもそものところ、それは無数にあるわけだが）として編集者とホステスと思っていたところに、映画監督というものを付け加えたいということである。その前に、すっかり忘れていたけれど、編集者、ホステスに続いて、やりたくもないし、なれそうもないのが文芸批評家であることは言うまでもない。『呉清源』の撮影スタッフは日中合わせて七十人で、そんな人数の人間と一緒に仕事をするのもいやだし、しょっちゅうスケジュールが変更され、その場で何かを潔く断念して速断を下し、必要な（ということは、あるシーンに欠かせない）光線の量を待つ、といった全てのことが、タフなうえに繊細な気配りの出来る精神力を持ってないとやって行けないと思えるのが監督の仕事のようだからだ。前記三つの職業にも、それが必要のはずである。

　ロケ隊は、近江八幡市の使われなくなった公民館を借りて、ロケ事務所や衣装倉庫、メーク室、宿泊、食事、と全てをそこでまかなっていて、近くの民家や博物館の建物を、東京の戦前の空間としてロケを行っているのだが「小説」には一切そうした準備がいらない。全部自分一人で、光線の量だろうが戦前の東京の住宅地の家屋だろうが登場人物の衣装だろうが、決められる。それを書くためには、ただし、それなりの知識と技術と、まあ、いろいろな能力が必要ではあるけれど、でも、一人で（むろん、本質的に「小説」は一人で書けるものではなく、常に他者の言葉と対峙し、それに圧倒されていないかぎり書けるものではないのだが）グズグズと書き続けることが可能なのである。

　一緒にインタヴューをする冨田さんは、東京国際映画祭の審査員担当をやっていて田壮壮を招いた時、宿泊先のホテルで会ったものの言葉が通じないので、先にホテルに到着していた侯孝賢《ホウシャオシェン》（英語を話す）に通訳をさせたという、臨機応変の才覚がある人で、田さんには前もって、『呉清源』の日本での長期ロケには、冷たいコンビニ弁当を食べずにすむようロケ隊に専任の中国人コックも連れて来るようにアドヴァイスもしたのだった。おかげで、私たちは公民館のロケ隊の食堂に山のように盛られた料理（干し湯葉とキクラゲの妙め物、キャベツとトンポーローの和え物、春雨と押し豆腐の和え物、干しシイタケと白菜と鳥肉の煮物、トーガンと鳥のスープ、タケノコのスープ、つけ物四種、柿、リンゴ、干し柿）をセルフ・サーヴィスで充分にいただき、正式なインタヴューの前日に田さんと呉清源役の台湾の人気俳優張震《チャンチェン》と雑談をすることが出来たのも助かった。

田壮壮のインタヴューは「文學界」二月号の映画特集に載るのだが、この特集には蓮實重彦のジョン・フォード論百枚が登場する！　長いこと長いこと、書かれるのを待っていたフォード論がいよいよ、と、キャッと喜んだので他にどんな物が載るのか聞き忘れてしまったが、他はどんなクズが載ったって、フォード論と田壮壮インタヴューのラインナップだもの、元を取ってあまりあるってもんだよね、この際だから、と同行した「文學界」編集長に、年に二度もある、あの（やや下品な）新人賞は一回に減らして、映画特集を年に二回にしたらいいんじゃないの？　と提案したのだが、ウフフ、と笑うだけだった。

冨田さんによると、田壮壮の『春の惑い』はパリではロング・ランを続けているのだが、日本ではあまり当らなかったらしく、『呉清源』の配給もまだ決っていないし、日本からの出資もなかったのだそうだ。あの繊細で痛切なメロドラマは、日本の観客には高級すぎるのだろう。文革を背景にした『青い凧』が体制側に問題視されて十年間映画が撮れず、十年ぶりに撮った『春の惑い』の試写自体は満員だったらしいのだが、映画評さえ眼にしていない。

呉清源という人も（私は、当然知らなかったけれど）日本では有名なはずで、戦前は川端康成が名人戦の観戦記を書いているわけだし（読みたいとは、思わないが）、呉清源自身の著作も多数出版されているのだそうだ（自伝を二冊、読んだけど）。ひとつ、囲碁というところがピンと来なかったのだが、「文學界」の大川さんが坂口安吾の『呉清源論』（『坂口安吾全集17』ちくま文庫）を見つけて送ってくれて、これはさすがに坂口安吾は鋭いし断然面白い。イキイキした人物論である。この巻の解説を島田雅彦が書いているが、まったくツマラナイ。絶対なりたくないし、なれないものがまたもう一つあった。男の利口ぶった小説家である。

呉清源が戦後、ジコーサマというインチキな新興宗教にはまって、社会的批難を浴びている教祖サマと、やはり宗教に入れあげていた双葉山等と各地を転々としていた時、「本因坊呉清源十番碁」の第一局の観戦記を安吾は書く。時間に遅れ、夜も更けた頃、焼跡の小石川の旅館に彼は「風の如くに現れ」、キャーとかワーとか喚声をあげる女中（彼はスター的な人気のある有名人だったらしい）が後背から、お風呂がわいております、と声をかけると、ウサギの耳の立つ如く、ピョンとうしろをふりかえって、「ア、お風呂。そう。

ボク、オフロへはいりたい。じゃア、失礼して、オフロへはいってきます」と、クルリとふりむいてお風呂へ行き、その翌朝、一同がすでにそろっている朝食の席に最後に現れ、席につこうとして立ったまま上から一目自分の食膳を見下し、すぐ女中をふりかえって、「オミソ汁」と、「ただ一声、きびしく、命令、叱責のような、はげしい声」で言う。「見ると、呉氏は、片手に卵を一つ、片手にはリンゴを一つ、握っている。持参の卵とリンゴとミソ汁だけで食事をすまし、朝だけはゴハンはたべない」

うーん、十二月の二十日まで近江八幡でロケをしているんだし、今からでは遅いかもしれないですけど、これを日本語の出来る助監督の池さんに渡して、田さんに読んでもらいましょう、と冨田さんが言う。

シロートの安吾と対局するのにさえ、「一匹の虫を踏みつぶすにも、虎が全力をつくす如く」である呉清源の碁は、酒にほろ酔いの本因坊は安吾に、当り前の手で気分的な妙手やシャレたような手は打たず、ただ正確で当り前なのだと語るが、本因坊自身、日本の碁打ちとしては、地味、当り前、正確な手を打つタイプであるのに、呉清源に比べると「気分的、情緒的、浪漫的」で「結局、呉清源の勝負にこもる非人間性、非人情の正確さに、くいこまれてしまうらしい」と、安吾は結論を下し、「中国と日本の性格の相違であろうか。そうではなかろう。織田信長などは、呉清源的な非人間性によって大成した大将だった」と書きすすめるのだが、だから、と言うわけではないけれど、『呉清源』が安土城の近江八幡で撮影されたのは、ぴったりだったわけである。

「この非人間性が勝負師の天分」であるにしても「彼等ほどの鬼の心、勝負にこもる非人間性をもってしても、自己の力の限界、自己の限界、このことに就《つい》てのみは、機械の如く、鬼の如く、非人間的に処理はできない。否、その自らの内奥に於いて、苦闘、混乱せざるを得ないのである。むしろ彼らの魂が完全な鬼の魂であるために、内奥の苦闘は、ただ、永遠の嵐自体に外ならない。呉清源がジコーサマに入門せざるを得なかったのも、天才の悲劇的な宿命であったろうと私は思う」

と、安吾は書くのだが、私（と冨田さん）がこれは絶対、いいと思ったのは、こういう概念的なところではなくて、お風呂、オミソ汁、卵、リンゴの登場を語る安吾の鋭くいきいきした観察と描写であることは言うまでもない。田壮壮の映画の魅惑は、まさしくそうした細部の物、光、音、人物の動きの息詰るような官能的な繊細さと上品なユーモアに見事に美しく浸されているのだ。


さて、『呉清源』は日本で公開されるかどうか。来年のカンヌに出品されるだろうと思われるソクーロフの『ヒロヒト』（イッセー尾形が昭和天皇を演じている）も、果して日本で公開されるかどうか。『ラスト・エンペラー』は南京虐殺のシーンを短縮して公開し、従軍慰安婦のドキュメンタリー映画の上映に右翼が押しかける、といった政治的というか右翼テロの問題とは別のところで、ただペイできるかどうか、と不景気な日本で思われかねないのが心配である。

戦前の中国から日本へ帰化した碁の鬼、呉清源とは何なのか、スケールは違うとは言え、「昭和」の日本を考えるために、『ヒロヒト』と『呉清源』は、見られ、語られなければならない映画のはずではないか。

目白雑録Ｉ　あとがき、あるいは、言わなきゃよかった日記

　あとがきの原稿を書きはじめる前に、まず、椎名町のサミットストアにしか売っていない、愛猫トラー用の「青森産生食用ベビーホタテ（辛子酢味噌付き）」を買うために出かけたのは、姉が本書の「帯」のデザインを作っている最中で手が離せないというし、本当は今日の朝に渡すつもりだったあとがきの原稿を書くのに昨日気分が全然乗らず、寝そべって本を読みながら、パソコン上のメモフォルダの小説1と小説2、小説3の項目別の覚え書きを書き込んだり、久しぶりに晴れたのだから、何か家事方面のこと――トラーの砂入りのプラスチックトイレを洗うとか、アミ戸の埃を取るとか――でもやろうかとグズグズしているうちに、夕食を食べたら眠くなって眠ってしまい、眼が覚めても、まだ、まるで書く気分ではないので、そろそろ冷凍庫内に常備している在庫がなくなりかけている「青森産生食用ベビーホタテ（辛子酢味噌付き）」を、気晴しの散歩がてら買いに行くことにしたのでした。「ベビーホタテ」はトラーが食べ、添付されている「辛子酢味噌」は人間が利用します。

椎名町駅の踏切で電車が通り過ぎるのを待っていると、駅前の長崎神社のあたりからツバメが二羽、すいーっ、と白いお腹を輝かせて小さな円を描きながら飛んでいました。ツバメを見るとなんとなく得をしたような気持になるのはなぜなのか、花札の雨の十文札の柳とツバメをめくっても得をしたような気分にはならないのに、と思いながらブラブラ歩いて家に戻り、こうして、ようやくあとがきを書きはじめた、というわけです。

朝日新聞社の出版PR誌「一冊の本」（あまり知られたPR誌ではありませんが、私の『彼女（たち）について私の知っている二、三の事柄』も、ここで連載しておりました。定期購読料一年で千円です）に二年間連載した『目白雑録《ひびのあれこれ》』は、パート2を、今も連載中ですが、この連載を開始した時に念頭にあったのは、私ももう五十歳を超えたのだからということです。で、日記風のエッセイの連載をしても、みっともなくない年になったはずで、言ってみればさ、大岡昇平の『成城だより』みたいなやつ、と、いわばずうずうしく担当の編集者に伝えたのでした。『成城だより』は、むろん新仮名づかいで書かれているのに、文語的文章で書かれていて、それが独得のリズム感をもたらしているのですが、『成城だより』より遅れて始まった松本清張の「週刊朝日」連載の日記が、自分の真似をして、「べし」だの「たり」だの「なり」だのと書いているのが笑止なり、と自分の工夫した文体を誇っていたのもうなずけるというものなり、でした。

『目白雑録《ひびのあれこれ》』は、しかし日記ではなくエッセイです。エッセイですから、批評的部分はあるにしても――というか、批評性のないエッセイは書く者にとってもつまらないだろうし、読む側にはなおさらです――いわゆる批評や論考ではありません。

文章として書かれていない部分に、書き手の（ということは、今、この文章の中では、とりもなおさず、私のことなのですが）厳密な思考が織りなされているにせよ、それはそれとして、背後にあるものとして文章に滲み出しはするのですが、厳密で緻密な批評的思考的文章としてはあらわれないのです。なぜなら、雑録でありエッセイだからです。そして、エッセイという分野こそ、私のような慎み深い小説家にとって、ある程度、奔放に振る舞える形式と申せましょう。ある程度、ですが。

さて、深沢七郎の初期のエッセイに「言わなければよかったのに日記」というのがあります。文壇に衝撃的にデビューしたストリップ劇場のギタリストのジミーが、文化と文学についての無知ゆえに、とんでもないことをアケスケに口走って（それが、文化や文学や常識にグサリと突き刺さったりしてしまうのは当然で）相手を困惑させてしまったことを、言わなきゃよかったかも……と書きつらねたものなのです。

私の『目白雑録《ひびのあれこれ》』は、言うまでもないことですけれども、そこで御自分の発言や文章が引用されている方々に、あんなことを言わなきゃよかった、と思い知らせてやろうとして書かれたわけではありませんし、なかんずく、せっかく好意的な書評や論考を私の書いたエッセイ集や小説集に書いてくださった方々に、読みが間違っているとイチャモンを付けたいという、浅薄な誤読に苛立つ作者の自己愛を発揮するためでもない、のではないでしょうか？

とはいえ、私がこれからの人生で学びかつ実践したいと考えているのは、爽やかな朝空になめらかな曲線を描いて飛ぶツバメを見た時に浮ぶ穏やかな微笑なのだ、書かなきゃよかった、と後で思うようなことは書くまい、という気がする一方、しかし、爽やかな朝などは滅多にないし、ツバメは季節物で、いつでも見られるわけではないのですから、やっぱり、何かの醜悪な滑稽さを言葉で笑うことのほうが、結局は免疫が高まり、体力保持にもつながるような気がします。

あとがきを書いて、『目白雑録《ひびのあれこれ》』は一冊の本として、いよいよ形をととのえつつあるのですが（そして、これを読んでいらっしゃる読者は、まさしく「本」として手に取っているわけですが）、連載はまだ続いています。書くのがユカイで楽しい文章は、慎み深い書き手としては、まだまだ、書きたいと思いますので、続きは「一冊の本《あちら》」で——。

二〇〇四年五月

金井美恵子

目白雑録Ⅰ　文庫版のためのあとがき

『目白雑録《ひびのあれこれ》』は、現在三回目のシリーズを「一冊の本」に連載中で、足かけ六年目に入ったところです。

内容も雑多な――これが他人《ひと》の文章であれば、多岐にわたる好奇心と批評性と、そのなにより鋭く優美な言語的センス、と、書くところですが――書きたいことを自由に書くことの出来る連載エッセイのスペースを、それほどページ数のあるわけではない雑誌にちゃっかり専有して丸五年。『目白雑録《ひびのあれこれ》』は、今や私の生活のペースを決めている一つの要素ともいえるかもしれません。

そして、この連載は思いがけない読者との出あいでもありました。

行きつけの美容院の若い美容師（女性）は、二〇〇六年の特記すべきマイ・ブームとして、梅雨時に除湿機を購入したことと『目白雑録』1・2を読んだことだと明言しました。二つのブームの共通点は、こんなことだったら（除湿機はチョー快適、『目白雑録』はサイコーに面白くて癖になるし、物の言い方を真似たくなる）、もっと前から入れておけば

（読んでおけば）よかった、と言うのです。

　連載中も、私としては意外なほど、多くの方から、おたよりをいただきました。おたよりの返事は書きませんでしたが、日頃、あきれかえっていた著名人の文章や発言の引用のしかた（馬鹿にしかた）に拍手を送ってくださって、ありがとうございました。

　病気の老猫の介護に明け暮れつつ、身寄りとして姉がいるだけの我身の老後の様々な不安をも抱えていると、当然、楽しみは実にいろいろとあるのですが、やはりその中でも上位に属するのが、文章を書くことと読むことです。この道は、日々精進あるのみで、経験と知識が役には立ちますが、自分のわずかな経験と知識では歯が立たないことのほうが圧倒的に多いところが、凄く気に入っているのです。

　では、読者の皆様、二〇〇八年初夏頃上梓予定の『目白雑録３』のあとがきで、またお目にかかりましょう。

二〇〇七年三月

金井美恵子

あとがき

『目白雑録《ひびのあれこれ》』というタイトルで、「一冊の本」という朝日新聞出版のPR誌にエッセイの連載をはじめたのは、二〇〇二年の四月号からでしたから、二月に原稿を入稿して以来、二十二年が過ぎました。

最初に考えていたよりも連載は長く続き、『目白雑録』のシリーズとして五冊、さらに六冊目『新・目白雑録』を二〇一六年に上梓したので、目白ものと言ったり雑録ものと呼んでいたエッセイは、いわば「本」として過去の物となりつつあったのですが、それをまた呼び戻したのが、『カストロの尻』と『ピース・オブ・ケーキとトゥワイス・トールド・テールズ』を文庫の形でよみがえらせてくださった中央公論新社の田辺美奈さんでした。

なにしろ二十年程も以前に書いた、ほぼ時事的な内容が中心とも思えるし、かたよりのある内容であるかもしれない『目白雑録』を、今、読みかえして、著者である私が面白いと思えるかどうか、第一、書いた内容を忘れてしまっているのではないかと言う気もして

（多少ですが）引けた気分でした。

しかし……、そういうことはまったくありませんでした。

それがどういうことかを、ここに自分で書いてしまっては、いやらしくヤニ下がった年よりの自己愛に間違われてしまいますから、どうぞ、客観的な解説者の文章をお読みください。

『目白雑録』の親本と文庫本（あわせて十二冊）を装画と装幀で美しく飾ってくれた、姉・金井久美子がこのたびのカヴァーも飾ってくれました。猫の姿がチラホラするのは、私たちにしてみれば、『目白雑録』を書いていた時代は、飼猫トラーの晩年と死に結びつきもするからなのです。

二〇二四年十一月

金井美恵子

解説

それが「作家」の「日記」と呼ばれること、あるいは「過剰な現在」を生きる苛々やヘトヘトやよろこびについて

山本浩貴（いぬのせなか座）

1

短編小説「愛の生活」が十九歳の若さで「太宰治賞」次席となり、翌年には「現代詩手帖賞」を受賞、小説家・詩人として活動を始めその後六〇年近くものあいだ他に代えがたい批評性と言語感覚に満ちた作品ならびにエッセイをいくつも著してきた、小説や詩はもちろん映画や美術や絵本や料理などにも造詣の深い――日本だけでなく近年では海外での評価も高まる――作家が、二〇〇二年、《五年》[1]もの《時間をかけて》代表作のひとつである長編小説『噂の娘』の執筆作業を終えたあと、朝日新聞社の出版PR誌「一冊の本」で始めた連載「目白雑録」は、定期的な単行本化作業や「網膜剝離」などの体調不良による幾度かの休載を挟みつつ二〇一五年九月号までの約一四年間続けられ、計六冊の本となる。今回、中公文庫で刊行される『目白雑録――日々のあれこれ』全三巻は、そのうち前

半四冊分、期間にして二〇〇二年四月号から二〇一一年三月号までの約九年間分を再編集したものとなる。

一冊目巻末の「あとがき、あるいは、言わなきゃよかった日記」で当時《五〇歳を超えた》作家は、《日記風のエッセイの連載をしても、みっともなくない年になったはずで、言ってみればさ、大岡昇平の『成城だより』みたいなやつ》として連載を始めたと振り返る。『成城だより』(全三巻)はやはり中公文庫において——武田百合子『富士日記』や内田百閒『百鬼園戦後日記』、三島由紀夫『戦後日記』などとともに——「作家の日記」というシリーズロゴの入った帯をまとって刊行されており、そのうち三巻目には本書の著者、すなわち金井美恵子のテクストが解説として収録されている。『目白雑録』が今回同じ文庫から再刊されることは、こうした文脈に基づく「狙い」を感じさせる。

連載全体ではなく前半四冊でまとめられるということも無視し難い意味を持つ。あらためて単行本化された際の各書装幀を見てみると、当初はルビとして「目白雑録」のそばに小さく付されていた「ひびのあれこれ」という言葉は、四冊目のカバー表1において突如として巨大化し、「ひび」も「日々」と漢字表記となり、「目白雑録4」という言葉のほうが副題と化す。帯には《あれから、世界は変った。と、言うけれど……——小さな神話が泡のように弾ける世界で——》とある。そのうちの《世界は変った。》だけが極端に大きい(もちろん「日々のあれこれ」という言葉がささやかにそれに抵抗する)。

　上記の日付からもわかる通り、四冊目が刊行されたのは二〇一一年三月一一日の東日本大震災の直後、多くの人々が「日々のあれこれ」よりも「変ってしまった非常時の世界」において何をすべきかと興奮気味に――しかしその実、ごくありふれて《古びない言葉》[2]すなわち《ありふれた言葉》[3]でもってほとんど動員された群れのように――問いあっていたところだった。二〇一一年六月号より再開された連載はタイトルが「小さいもの、大きいこと」へと変更され（単行本化の際に「目白雑録5」という言葉が再度冠される）、筆致も東京・目白に姉と猫と暮らす作家の、毎日の買い物や料理や友人との電話・ファックスのやり取り、イベントや映画に出かけたりサッカーを見たり体調を崩したりといった「日々のあれこれ」が、様々に目にした（望んでもいないのに飛び込んでくる馬鹿げた）文章や映像や出来事ないしそれらへの《苛々》とともに、軽やかで具体的に書かれていくものから、《この「非常時」にメディアで何がどのような言葉で書かれたかについて、私の狭く限られた読書生活の中で読み得たもの》[4]を（連載開始当初と比べれば明らかに）日々の生活そのものをめぐる記述の少ない筆致で――もちろんその背後に強烈な皮肉やユーモア、なによりそれら言葉に触れる《読書生活》の確かな質感を滲ませつつ――記していく、より《時評》[5]的性質を持つものへと変化している。

　その後も連載は二〇一五年まで続き、最終巻は『新・目白雑録　もっと、小さいこと』として刊行、『目白雑録5　小さいもの、大きいこと』は震災一〇年目にあたる二〇二一年に『〈3・11〉はどう語られたか　目白雑録　小さいもの、大きいこと』と名づけ直され再刊される。後者の書名や帯文――《震災直後からメディアに溢れた「ありふれた言葉」を収集＝引用した、稀有の記録》――は震災をめぐる優れた時評、アーカイブを求める読者を的確に同書へと導く編集と言える。一方、それ以前の四冊を「作家の日記」という言葉とともに再刊する今回の試みは、作家が連載当初持っていた『成城だより』から続く文脈を再度活性化させるとともに、五冊目と六冊目を（あるいはその後、「目白雑録」と比較的近いスタイルで連載されているといえるだろう「重箱のすみから」[6]などを）単なる時評とは異なる質を併せ持つものとして読む可能性をあらためて開くことになる。

2

「目白雑録」が「作家の日記」というシリーズに隣接するかたちで再刊されることは、「作家の日記」という言葉の側こそを批評的に更新することにもなるだろう。高名な作家が自らの密やかな個人の内面や、「非常時」への反応、作品の背景、作家同士の豊かな人間関係などを、日付という形式＝タイトルのもと細切れに整序し読みやすく親しみやすい商品にしてくれる――そんなありふれた印象を本書は軽やかにすり抜ける。少なくない数の章が「○○日記」と名づけられる本書は、それでいて日付単位での記述は為されず、なによりそもそも一冊目の「あとがき」の時点で（先に触れた通り大岡昇平『成城だより』

を意識しつつ）《しかし日記ではなくエッセイです》と書かれてもいるのだった。

　金井美恵子は大岡昇平の『成城だより』に、あるいは（中公文庫のシリーズ名そのものである）「作家の日記」に何を見ていたのか。「「小説家」であること――あるいは「ひたすらな現在」」と題された『成城だより』解説（初出は『大岡昇平全集22』解説）で金井美恵子は、それらが《「日記」のスタイルでエッセイを書くことに対する自己揶揄[7]》をあらかじめ含んだものとして書かれていることを指摘したうえで、《大岡昇平的な書き方》に触れる。それは第一に、《読書や映画見物や、テレビ出演やインタヴューや音楽を聴くこと、友人の家の訪問や取材旅行、病気、家族、散歩道、記憶、執筆のすべて》はもちろん《ゴルフ》や《少女マンガ》に至るまで、ありとあらゆる《余分な仕事や余計な興味》に満ちた筆致としてある。そこには《老大家》らしい非通俗性や《余裕ある自信の「成熟」》はなく、読書すらも《子供の頃からの、もしかしたら悪しきひまつぶしの習慣かもしれない》ものとしてあらわれ、《誠実な読者たちを嘆かせもする》。

　だが、《読まずにはいられない以上、書かずにはいられない》。《一人の作家の「内面」におさまりきれそうに思えないほどの》自身の豊かな好奇心に《潔よ》く向き合い、書き、さらに《その時には書き足りなかったり書ききれなかったこと、それを書いた後で次々に発見することになる事実や資料、それによって新たな展開を示しはじめる思考とを、読むことと書くことを通して持続させ》ていってしまう《大岡昇平的な書き方》は、《ジャーナリズムのなかでしか成立しない職業である「小説家」を、見事な独特さで誠実に生きた》ものとして、《「小説家」はどのように書くことが可能なのか》という問いのもたらす定義への欲望そのものをすり抜けるかたちで「小説家」なるものを体現する。《「小説家」にとっての、生きるべき過剰な現在》を、《「非英雄的」》な《仕事の片付かな》さを生きること。あるいはそのように《生きることと書くこととして》《幾つものひたすらな現在》をテクストのなかに立ち上げさせること。なによりそれがテクストのなかに《ある明るい上機嫌さ》が持つ《魅力》を生じさせること。

　こうしたものとして「作家の日記」なるものを捉える以上、テクストは日付ごとにわざわざ整頓される必要はないし、「作家」らしい内面の吐露も、社会において「作家」が担い果たすべきとされる（あるいは勝手に自らの責務として自認しがちな）責任も不要である。それらに到底還元しえない過剰として「日々のあれこれ」が魅力的な「作家」の「現在」として書かれること。ありふれた意味での「日記」でもなければ、日々の生活から切れた抽象的で大上段に構えた論評でもない、もちろん小説でもなく（《「エッセイ」と「私小説」の区別くらいつけられる文学的感性を養ってみれば？》）、金井美恵子がその特権的な小説群と並行して展開してきた（やはり特権的な魅力を持つ）批評的エッセイのひとつとして、「目白雑録」という《日記風のエッセイ》は書かれている。《読まずにはいられない以上、書かずにはいられない》作家の《読書生活》があらわす《いくつものひたすらな現在》——だからこそ連載は「日々のあれこれ」を書くものから地続きに〈3・11〉をはじめとする歴史の《稀有の記録》となりえたのだった。もちろんそのとき《記録》されるのは、作家自身の内面などではなく、その生きる《現在》が（ありふれた作家ひとりの内面などには到底おさまりきれそうにない豊かな）批評視点でもって行き交わせる、人々のいくつもの言葉、その経験である。[8]

3

『夜になっても遊びつづけろ』を皮切りに今や数十冊が書かれ、近年では『金井美恵子エッセイ・コレクション［1964－2013］』としてその一部が集成されてもいる——さらには小説集のなかに巧みに組み込まれることもある[9]——金井のエッセイは、「作家が作品制作の片手間に書くもの」などではなく、《慎み深い小説家にとって、ある程度、奔放に振る舞える》、詩や小説よりも《もっと技術が必要な[10]》ものとして意識的に選ばれたテクストの表現形式のひとつとしてある。

それは《エッセイですから、批評的部分はあるにしても——というか、批評性のないエッセイは書く者にとってもつまらないだろうし、読む側にはなおさらです——いわゆる批評や論考ではありません》。《いわゆる批評家が規範的な批評文体で書くような[11]》、《批評する自分の方が物を知っている、自分の方が偉い、という調子で書[12]》くものではなく、先に触れたように《「小説家」にとって、生きるべき過剰な現在》のその内側を体現するものとして書かれるわけだが、そうした《現在》を書くことが生じさせるだろうテクストの《魅力》、大岡昇平で言えば《ある明るい上機嫌さ》は、金井美恵子の場合、どのようなものとしてあらわれるのか。

『本を書く人読まぬ人とかくこの世はままならぬ PARTⅡ』の付録で、山根貞男さんがインタヴューしてくださったのですが、なぜエッセイを書くかについて「憤りがあるから」だと答えたんですけど、あれはもう二〇年以上前でね、今は「憤り」というほどのことじゃなくて「可笑しい」からですね。人の書いた文章が可笑しいんで、その可笑しさを、苛立ちもするんですけど、憤りよりも、可笑しいと思うことの方が多いかもしれないですね。「可笑しさ」を楽しむのが今は基本です（笑）。[13]

なるほど確かに本書の「日々のあれこれ」とは、長年住むからこそわかる目白周辺の買い物事情や、友人との楽しい食事、サッカー観戦の興奮や映画のすばらしさ、ニュースで見た日本酒から作られる（やけに高い）化粧水を買うのでなく自分で作ってみたり、素敵な料理を作ったり、大嫌いな掃除、衣替え、細かな生活の知恵とともに並ぶ豊かな固有名詞、そして自らも優れて好奇心に満ちた読み手である姉（作家の本のほとんどのデザインを手掛けもする、とても魅力的な絵画やオブジェを作る画家の金井久美子）やいつまでも可愛くて美しい愛猫（トラー）とすごす優美で知的で《明るい上機嫌さ》に満ちた生活……の、あいだあいだというより全体を覆い尽くさんばかりに溢れる老いや疲れや体調不良、なにより作家のもとに（求めてもいないのにわざわざ）飛び込んでくる《あきれた》主張、《バカみたい》な《言葉のセンス》がもたらす、《苛立ち》や《ヘトヘト》だ。

　例えば《「女の読者」なら誰でも知っていること》を自身が知らないでいることになんの恥じらいも疑問も抱かないまま辞書すら引かず書かれた批評。誰からも求められていないのに勝手に「文学」という「業界」への信仰とともに抱き担う「作家」としての《義務》や《物書きとしての果敢》。なぜその程度の努力も配慮もせずに堂々と自尊心まみれで《ノーテンキ》にものを書いていられるのかと不可解に思わざるを得ない、「オヤジ」的な――《オヤジというものは、様々な意味とレベルで保身的なあまりに言葉に対して無神経な、ほとんどの場合、性別が「男」である人間のこと》――言葉がいくつもいくつも取り上げきれないくらいに日々の生活のなかに侵入してくることに、作家はあきれはて、苛立ち、シャクにさわり、疲れる。

　ただその苛々が作家を書かずにいられなくさせ、類まれな《ユーモアのセンス》[14]を実践させもする。文芸誌や新聞に書かれた言葉はもちろん自身の卒業した高校の同窓会報での校長の文章まで引用し、そこに傍点やゴチック表記を加えながら、《もちろん、引用者による》と律儀に記す。そして言われてみればそうとしか思えないような的確さで皮肉を言う。そのどうしようもない徹底した悪口ぐあいに、読者は底抜けに笑わざるをえない。それは「こうした権威に対して批判的であることは批評的に意味がある」などとわざわざ権威のもと仰々しく価値づけなくても、純粋に、潔よく、ただただ笑え、結果として《ある明るい上機嫌さ》までをも読者にもたらすことになる。

　だから例えばふと本書を手に取った若者は、金井が『成城だより』をめぐり《〈戦争を知らない人間は半分子供だ〉とかつて書きつけた小説家の文章を、しかし、その意味でなら〈子供〉でしかない読者である者が読みつづけることが出来るのは、おそらく、読みつづけることによって書きつづけることを選んだ、その小説家としての生き方によるのである》とかつて書きつけたように、二〇年ほど前の出来事をろくに知らずとも、あるいは「純文学」と呼ばれる——日本の文芸誌（という、主に「芥川龍之介賞」という一企業の運営する「新人」を対象とした「賞」の選考対象をキュレーションする権利を暗黙の了解として得ているいくつかの企業の雑誌）で活動しているかどうかという、信じがたいほど奇妙で曖昧で、《「競争相手は馬鹿ばかり」》な——ジャンルやそのプレイヤーらの固有名詞をどれもひとつも知らなくたって、そのテクストの魅力でもって本書を読みつづけることができるだろう。まあそもそも今や「辞書を引く」までもなく手元のスマホでさっと作家の人名を入力すれば、それがどのような人物であるのかは——「業績」はもちろん、多くの場合、顔写真付きで――すぐにわかりもするわけだが。

4

そのうえで本書は当然のことながら、優れたアーカイブとしての機能もやはり備えている。生活を彩る様々や、映画・サッカー事情はもちろん、右のような若者のひとりにカウントされても年齢的にはさほど間違いではないだろう一九九二年生まれの、近頃は「文学」なる界隈をうろうろ出入りすることも増えた私にとって、例えば次のような肌感を記しておいてもらえることは素朴にありがたく、心強いのだった。

「近代文学」のある一部（むろん、である）には読者として長いつきあいもあり、今も読みはするけれど、はなっから、偉大であった時代の終っているという認識の成立していた時代に小説を書きはじめたのだから、「近代文学」を書こうなどとは思っていなかったのだが、しかし、記憶をたどってみれば、私の若かった頃、丸谷才一は近代小説の成立のためには成熟した市民社会の背景があってこそなのだ、と常々書いていたし、藤枝静男が野間賞を受賞した時、遠藤周作は、狐狸庵などと馬鹿にされながら本格的な西洋風近代小説を苦労して書いてきたのは、私小説に賞をやるためじゃない、と嘆いたという噂（「海」の編集者だった安原顯に聞いた話だから、多少、オーヴァーに伝えられているにしても）もあったし、その頃小説家へ転身したはずの詩人の富岡多恵子は、なにかのエッセイのなかで、50年代、60年代の美術や詩や映画の動向に比べて、日本の小説はなんて古めかしいことを今頃やってるのだろう、というのが多少でも芸術方面に興味のある者の一般的常識だったと書いていたけれど、その通りである。

本書のなかで批判的に引かれる今からおよそ二〇年前の「文学者」らの言葉の多くは、「文学が衰えつつある」という危機感を自分ごととして引き受け喧伝するその身振りでもって、なんとか自身の「文学者」としての社会的位置づけを維持しようとしているように思えるが、かれらの多くはまだ存命で、ただ二〇年前より明らかに部数も社会的影響力も失いつつあるその業界をめぐって、今はもう多くは語らないようになってきているとも感じられるのだった。諦めたのだろうか？

ただ金井の記すように、別に「文学が終わった」のはここ最近の話ではなく、確かにかつてのほうがまだ（危機を訴え真面目な顔をして議論し合う「オヤジ」らもそれを真面目な顔をして読む「オヤジ」らも元気に生活できていただけ業界としては）マシだったのかもしれないが、そもそも「文学」なんてものに権威を見、喜び勇んでそのなかへ飛び込み自身への権力贈与を待つ作家、ないしそれを無批判に取り巻き支える主には大手出版社勤務の（第一志望とは全く異なる部署として文芸誌などに配属されたりもしている）会社員らが中心となって作り出す「界隈」というものは、いつの時代も美術や演劇や映画など他のジャンルと比べれば（それ単体で見ても底抜けに）《古めかしい》ものなのであり、オヤジくさくて苛々させられるものなのだ。

驚くべきはその時代を超えた一貫性、変わらなさであり、にもかかわらずそのようなジャンルにおいて書かれ読まれるもののなかには、今この私が読み書く経験の生々しさ、事件を不意に「現在」として成立させてくれるものがある、ということである。金井美恵子が繊細かつ奔放に《日記風のエッセイ》を通じて示し続ける「作家」の姿は、どれだけの苛々やヘトヘトのなかでも（あるいはだからこそ？）そのような《古びない言葉以外で物を考え、文章を書[15]きながら一日一日の「現在」をしなやかに生きることがありうるのだという、奇跡的な指針――親しみ深く、痛快で、笑え、猫は美しいし姉との会話は楽しい、何より《読書生活》のよろこびに満ちたその確かな実現例――として私を支え、勇気づけてくれる。

（やまもと・ひろき／小説家・デザイナー）

〈注〉

1　本書より。以下、明記がなければ二重山括弧内はすべて本書からの引用もしくは既出の引用である。

2　金井美恵子「平凡社ライブラリー版あとがき　決して古びない言葉たちによせて」『〈3・11〉はどう語られたか　目白雑録　小さいもの、大きいこと』（平凡社ライブラリー、二〇二一年）。

3　同書。

4　同書。

5　金井美恵子「まだ、とても書き足りない」（『新・目白雑録』平凡社、二〇一六年）。

6　PR誌『ちくま』に二〇二〇年六月号から二〇二四年現在まで連載中。

7　金井美恵子「「小説家」であること――あるいは「ひたすらな現在」」（大岡昇平『成城だよりⅢ』中公文庫、二〇一九年）。以下、本段落とその次の段落の引用はすべて上記文献による。

8　金井は「自伝的小説」について、《自分の自伝ではなくて、いろんな人の自伝の寄せ集めというか〔…〕他人のも自分のもごっちゃに縫いつけた自伝的要素や語られた記憶のクレイジー・キルトのようなもの》なら書きたいと語る。《いろんなところに、角砂糖の中にコーヒーが入っているものがあって、それについてこのひとはこう書いてる、ああ書いてる、うちの親はこう言った……ただそれを書くわけです》（「金井美恵子入門」『早稲田文学』二〇一八年春号）。

9　『カストロの尻』（新潮社、二〇一七年。のち中公文庫、二〇二四年）。

10　金井美恵子（聞き手：上野昂志）「五〇年前から、書きたい時は、今もやっぱり「投稿」です。」（『金井美恵子エッセイ・コレクション［1964―2013］1　夜になっても遊びつづけろ』二〇一三年、平凡社）。

11　同書。

12　同書。

13 同書。
14 同書。
15 金井美恵子「平凡社ライブラリー版あとがき　決して古びない言葉たちによせて」(前掲書)。

中公文庫版『目白雑録　日々のあれこれ』は、『目白雑録』『目白雑録2』『目白雑録3』（朝日文庫）および『日々のあれこれ　目白雑録4』（朝日新聞出版）を全三巻に再編集したものです。

第一巻は『目白雑録』（二〇〇七年四月刊）と『目白雑録2』（二〇〇九年七月刊）を底本とし、二〇〇二年四月から〇四年十二月分を収録したものです。

JASRAC 出 2409829-401

中公文庫

目白《めじろ》雑録《ざつろく》Ⅰ《いち》
——日々《ひび》のあれこれ

2025年1月25日　初版発行

著　者　金井《かない》美恵子《みえこ》

発行者　安部順一

発行所　中央公論新社
〒100-8152　東京都千代田区大手町1-7-1
電話　販売 03-5299-1730　編集 03-5299-1890
URL https://www.chuko.co.jp/

DTP　平面惑星
印　刷　三晃印刷
製　本　小泉製本

Published by CHUOKORON-SHINSHA, INC.
Printed in Japan　ISBN978-4-12-207601-3 C1195

中公文庫既刊より

か-15-4
迷い猫あずかってます
金井美恵子
ある日、作家の自宅に迷い込んできたオスのトラ猫。トラーと名づけられた猫の自由かつ奔放な振る舞いと、振り回される姉妹の日々を綴る。〈解説〉桜井美穂子
207338-8

か-15-5
カストロの尻
金井美恵子
様々な記憶の断片が、岡上淑子のコラージュと響き合い織りなされた短篇と批評。関連エッセイを新たに収録。芸術選奨文部科学大臣賞受賞作。〈解説〉堀 千晶
207481-1

か-15-6
ピース・オブ・ケーキとトゥワイス・トールド・テールズ
金井美恵子
幼年時代の思い出に、母や伯母たちの記憶が重なり織りなされる繊細で甘美な物語。作品に関連するロングインタビュー、金井久美子のエッセイを増補する。
207492-7

お-2-11
ミンドロ島ふたたび
大岡 昇平
自らの生と死との彷徨の跡。亡き戦友への追慕と鎮魂の情をこめて、詩情ゆたかに戦場の島を描く。『俘虜記』の舞台、ミンドロ、レイテへの旅。〈解説〉湯川 豊
206272-6

お-2-12
大岡昇平　歴史小説集成
大岡 昇平
「挙兵」「吉村虎太郎」など長篇『天誅組』に連なる作品群ほか、「高杉晋作」「竜馬殺し」「将門記」など戦争小説としての歴史小説全10編。〈解説〉川村 湊
206352-5

お-2-13
レイテ戦記（一）
大岡 昇平
太平洋戦争の天王山・レイテ島での死闘を再現した戦記文学の金字塔。巻末に講演「『レイテ戦記』の意図」を付す。毎日芸術賞受賞。〈解説〉大江健三郎
206576-5

お-2-14
レイテ戦記（二）
大岡 昇平
リモン峠で戦った第一師団の歩兵は、日本の歴史自身と戦っていたのである――インタビュー「『レイテ戦記』を語る」を収録。〈解説〉加賀乙彦
206580-2

各書目の下段の数字はＩＳＢＮコードです。978－4－12が省略してあります。

お-2-15
レイテ戦記（三）
大岡昇平
マッカーサー大将がレイテ戦終結を宣言後も、徹底抗戦を続ける日本軍。大西巨人との対談「戦争・文学・人間」を巻末に新収録。〈解説〉菅野昭正
206595-6

お-2-16
レイテ戦記（四）
大岡昇平
太平洋戦争最悪の戦場を鎮魂の祈りを込め描く著者渾身の巨篇。巻末に「連載後記」、エッセイ「『レイテ戦記』を直す」を新たに付す。〈解説〉加藤陽子
206610-6

お-2-17
小林秀雄
大岡昇平
親交五十五年、評論から追悼文まで「人生の教師」であった批評家の詩と真実を綴った全文集。巻末に小林との対談収録。文庫オリジナル。〈解説〉山城むつみ
206656-4

お-2-18
成城だより　付・作家の日記
大岡昇平
文学、映画、漫画……闊達に綴った日記文学。一九七九年十一月から八〇年十月まで。「作家の日記」を併録。全三巻。〈巻末付録〉小林信彦・三島由紀夫
206765-3

お-2-19
成城だよりⅡ
大岡昇平
六十五年を読書にすごせし、わが一生、本の終焉と共に終らんとす――。大いに読み、書く日々。一九八二年一月から十二月まで。〈巻末エッセイ〉保坂和志
206777-6

お-2-20
成城だよりⅢ
大岡昇平
とにかくひどい戦後四十年目だった――。防衛費一％枠撤廃、靖国参拝……戦後派作家の慷慨。一九八五年一月から十二月まで。全巻完結。〈解説〉金井美恵子
206788-2

た-15-9
新版　犬が星見た　ロシア旅行
武田百合子
夫・武田泰淳とその友人、竹内好との旅を、天真爛漫な目で綴った旅行記。読売文学賞受賞作。竹内好の随筆「交友四十年」を収録した新版。〈解説〉阿部公彦
206651-9

た-15-10
富士日記（上）新版
武田百合子
夫・武田泰淳と過ごした富士山麓での十三年間を克明に描いた日記文学の白眉。昭和三十九年七月から四十一年九月分を収録。〈巻末エッセイ〉大岡昇平
206737-0

各書目の下段の数字はISBNコードです。978－4－12が省略してあります。

た-15-11
富士日記（中）新版
武田百合子
愛犬の死、湖上花火、大岡昇平夫妻との交流。昭和四十一年十月から四十四年六月の日記を収録する。田村俊子賞受賞作。〈巻末エッセイ〉しまおまほ
206746-2

た-15-12
富士日記（下）新版
武田百合子
季節のうつろい、そして夫の病。山荘でともに過ごした最後の日々を綴る。昭和四十四年七月から五十一年九月までを収めた最終巻。〈巻末エッセイ〉武田花
206754-7

ち-8-6
富士日記を読む
中央公論新社 編
小川洋子、苅部直、平松洋子、村松友視各氏による書き下ろしエッセイと、各紙誌に掲載された書評を収録。写真多数、文庫新版に対応する人物索引を付す。
206789-9

た-15-13
絵葉書のように
武田百合子
武田花 編
単行本未収録エッセイ集『あの頃』から、夫・武田泰淳や友人たちとの思い出、街歩き、旅、食べ物などについて綴ったエッセイ五十四編を厳選し、収録する。
207341-8

た-15-14
日日雑記 新装版
武田百合子
深沢七郎、大岡昇平ら友人たちを送った昭和最後の三年間。日々の出来事や気持の照り降りを心に響く文章で綴る最後のエッセイ集。〈巻末エッセイ〉武田花
207394-4

た-15-15
武田百合子対談集
武田百合子
深沢七郎、金井久美子・美恵子姉妹、吉行淳之介との対談、岸田今日子によるインタビューを含めた全対談を収める。金井姉妹の語り下ろし対談を増補する。
207507-8

た-80-1
犬の足あと 猫のひげ
武田花
天気のいい日は撮影旅行に。出かけた先ででくわした奇妙な出来事、好きな風景、そして思い出すことどもを自在に綴る撮影日記。写真二十余点も収録。
205285-7

う-9-12
百鬼園戦後日記Ⅰ
内田百閒
『東京焼盡』の翌日、昭和二十年八月二十二日から二十一年十二月三十一日までを収録。掘立て小屋の暮しを飄然と綴る。〈巻末エッセイ〉谷中安規（全三巻）
206677-9

う-9-13
百鬼園戦後日記Ⅱ
内田百閒
念願の新居完成。焼き出されて以来、三年にわたる小屋暮しは終わる。昭和二十二年一月一日から二十三年五月三十一日までを収録。〈巻末エッセイ〉高原四郎
206691-5

う-9-14
百鬼園戦後日記Ⅲ
内田百閒
自宅へ客を招き九晩かけて還暦を祝う。昭和二十三年六月一日から二十四年十二月三十一日まで。索引付。〈巻末エッセイ〉平山三郎・中村武志〈解説〉佐伯泰英
206704-2

た-7-2
敗戦日記
高見順
〝最後の文士〟として昭和という時代を見つめ続けた著者の戦時中の記録。日記文学の最高峰であり昭和史の一級資料。昭和二十年の元日から大晦日までを収録。
204560-6

た-24-5
ふらふら日記
田中小実昌
自身のルーツである教会を探すも中々たどり着けなくて――。目の前に来た列車に飛び乗り、海外でもバスでふらふら。気ままな旅はつづく。〈解説〉末井昭
207190-2

た-30-60
疎開日記　谷崎潤一郎終戦日記
谷崎潤一郎
激しい空爆をさけ疎開した文豪が思い出す平和な日の記憶。随筆集『月と狂言師』に永井荷風・吉井勇との往復書簡などを増補。〈註解〉細川光洋〈解説〉千葉俊二
207232-9

た-89-1
雪あかり日記／せせらぎ日記
谷口吉郎
一九三八年、ベルリンに赴任した若き日の建築家。建設総監シュペールとの面会、開戦前夜の市民生活などが透徹な筆致で語られる。〈解説〉堀江敏幸
206210-8

と-28-1
夢声戦争日記 抄　敗戦の記
徳川夢声
活動写真弁士を皮切りに漫談家、俳優としてテレビ・ラジオで活躍したマルチ人間、徳川夢声が太平洋戦争中に綴った貴重な日録。〈解説〉水木しげる
203921-6

と-28-2
夢声戦中日記
徳川夢声
花形弁士から映画俳優に転じ、子役時代の高峰秀子らと共演した名優が、真珠湾攻撃から東京大空襲に到る三年半の日々を克明に綴った記録。〈解説〉濱田研吾
206154-5

各書目の下段の数字はISBNコードです。978 - 4 - 12が省略してあります。

の-2-3
海軍日記　最下級兵の記録
野口冨士男
どこまでも誠実に綴られた、横須賀海兵団で過ごした一九四四年九月から終戦までの日々。戦争に行くはずのなかった「弱兵」の記録。〈解説〉平山周吉
207080-6

の-3-15
新編「終戦日記」を読む
野坂昭如
空襲、原爆、玉音放送……あの夏の日、日本人は何を思ったか。文人・政治家の日記を渉猟し、自らの体験を綴る。戦争随筆十三篇を増補。〈解説〉村上玄一
206910-7

は-77-1
八代目正蔵戦中日記
林家正蔵（八代目）
瀧口雅仁編
噺家・八代目林家正蔵（後の彦六）の日記から昭和一六年一二月～二〇年八月の記述を摘録。名人の素顔とともに、東京下町の銃後の暮らしを伝える一級資料。
207235-0

ふ-2-5
みちのくの人形たち
深沢七郎
お産が近づくと屏風を借りにくる村人たち、両腕のない仏さまと人形――奇習と宿業の中に生の暗闇を描いた表題作をはじめ七篇を収録。〈解説〉荒川洋治
205644-2

ふ-2-6
庶民烈伝
深沢七郎
周囲を気遣って本音は言わずにいる老婆（「おくま嘘歌」）、美しくも滑稽な四姉妹（「お燈明の姉妹」）ほか、烈しくも哀愁漂う庶民を描いた連作短篇集。〈解説〉蜂飼耳
205745-6

ふ-2-7
楢山節考／東北の神武たち　深沢七郎初期短篇集
深沢七郎
「楢山節考」をはじめとする初期短篇のほか、伊藤整・武田泰淳・三島由紀夫による選評などを収録。文壇に衝撃をもって迎えられた当時の様子を再現する。〈解説〉小山田浩子
206010-4

ふ-2-8
言わなければよかったのに日記
深沢七郎
小説「楢山節考」でデビューした著者が、武田泰淳、正宗白鳥ら畏敬する作家との交流を綴る文壇日記。巻末に武田百合子との対談を付す。〈解説〉尾辻克彦
206443-0

ふ-2-9
書かなければよかったのに日記
深沢七郎
ロングセラー『言わなければよかったのに日記』の姉妹編（『流浪の手記』改題）。飄々とした独特の味わいとユーモアがにじむエッセイ集。〈解説〉戌井昭人
206674-8

み-9-13
戦後日記
三島由紀夫

「小説家の休暇」「裸体と衣裳」ほか、昭和二十三年から四十二年の間日記形式で発表されたエッセイを年代順に収録。三島による戦後史のドキュメント。

206726-4

み-9-10
荒野より 新装版
三島由紀夫

不気味な青年の訪れを綴った短編「荒野より」、東京五輪観戦記「オリンピック」など、〈楯の会〉結成前の心境を綴った作品集。〈解説〉猪瀬直樹

206265-8

み-9-11
小説読本
三島由紀夫

作家を志す人々のために「小説とは何か」を解き明かし、自ら実践する小説作法を披瀝する、三島由紀夫による小説指南の書。〈解説〉平野啓一郎

206302-0

み-9-12
古典文学読本
三島由紀夫

「日本文学小史」をはじめ、独自の美意識によって古今集や能、葉隠まで古典の魅力を綴った秀抜なエッセイを初集成。文庫オリジナル。〈解説〉富岡幸一郎

206323-5

み-9-14
太陽と鉄・私の遍歴時代
三島由紀夫

三島文学の本質を明かす自伝的作品二編に、自死直前のロングインタビュー「三島由紀夫最後の言葉」（聞き手・古林尚）を併録した決定版。〈解説〉佐伯彰一

206823-0

み-9-15
文章読本 新装版
三島由紀夫

あらゆる様式の文章・技巧の面白さ美しさを、該博な知識と豊富な実例と実作の経験から詳細に解明した万人必読の書。人名・作品名索引付。〈解説〉野口武彦

206860-5

み-9-16
谷崎潤一郎・川端康成
三島由紀夫

世界的な二大文豪を三島由紀夫はどう読んだのか。両者をめぐる批評・随筆を初集成した谷崎・川端文学への最良の入門書。文庫オリジナル。〈解説〉梶尾文武

206885-8

み-9-17
三島由紀夫 石原慎太郎 全対話
三島由紀夫
石原慎太郎

一九五六年の「新人の季節」から六九年の「守るべきものの価値」まで初収録三編を含む全九編。七〇年の士道をめぐる論争、石原のインタビューを併録する。

206912-1

各書目の下段の数字はISBNコードです。978－4－12が省略してあります。

み-9-9
作家論　新装版
三島由紀夫
森鷗外、谷崎潤一郎、川端康成ら作家15人の詩精神と美意識を解明。『太陽と鉄』と共に「批評の仕事の二本の柱」と自認する書。〈解説〉関川夏央
206259-7

よ-17-9
酒中日記
吉行淳之介 編
吉行淳之介、北杜夫、開高健、安岡章太郎、瀬戸内晴美、遠藤周作、阿川弘之、結城昌治、近藤啓太郎、生島治郎、水上勉他――作家の酒席をのぞき見る。
204507-1

よ-17-10
また酒中日記
吉行淳之介 編
銀座や赤坂、六本木で飲む仲間との語らい酒、先輩たちと飲む昔を懐かしむ酒――文人たちの酒にまつわる出来事や思いを綴った酒気漂う珠玉のエッセイ集。
204600-9

よ-17-11
好色一代男
吉行淳之介 訳
生涯にたわむれし女三千七百四十二人、終には女護の島へと船出し行方知れずとなる稀代の遊蕩児世之介の物語が、最高の訳者を得て甦る。〈解説〉林　望
204976-5

よ-17-13
不作法のすすめ
吉行淳之介
文壇きっての紳士が語るアソビ、紳士の条件。著者自身の酒場における変遷やダンディズム等々を通して「人間らしい人間」を指南する洒脱なエッセイ集。
205566-7

よ-17-15
文章読本
吉行淳之介 選
日本ペンクラブ 編
名文とは何か――。谷崎潤一郎から安岡章太郎、金井美恵子まで、二十名の錚々たる作家が綴る、文章術の極意と心得。〈巻末対談〉吉行淳之介・丸谷才一
206994-7

よ-17-17
ネコ・ロマンチスム
吉行淳之介 編
気まぐれで不可思議で魅力的な生き物に、夢と現実のあわいへ導かれる――。豪華な執筆陣による猫にまつわる幻想的な作品全一三篇を収録。〈解説〉福永　信
207203-9

よ-17-18
吉行淳之介掌篇全集
吉行淳之介
短篇の名手による、研ぎ澄まされた掌篇五十篇。一九六一年の「肥った客」から八三年の「夢の車輪」まで年代順に初集成。文庫オリジナル。〈解説〉荒川洋治
207487-3